Veit Müller

Tübinger Blues

Über dieses Buch

In seinem vierten Kriminalroman schickt Veit Müller seinen Protagonisten, den Tübinger Journalisten Luka Blum, auf eine emotionale Achterbahnfahrt: Seine Freundin Nelly reist Hals über Kopf nach Irland ab, um ihren kranken Vater zu pflegen. Kurz darauf trifft Luka Blum eine alte Liebe aus Studientagen wieder. Längst verdrängte Gefühle kommen zurück. Doch die kurze Romanze wird von einem brutalen Mord im Schönbuch unterbrochen. Dann stürzt auch noch ein Mann von der Blauen Brücke in den Tod. Hatte da jemand nachgeholfen? Und wenn ja, gibt es einen Zusammenhang zwischen den beiden Fällen?
Luka Blum beginnt zu recherchieren. Und als ginge es nicht schon turbulent genug zu, kehrt dann auch noch Nelly überraschend nach Tübingen zurück. Luka Blum hat den Blues – den Tübinger Blues.

Veit Müller ist in Kaiserslautern geboren und in der Pfalz aufgewachsen. Er studierte in Tübingen Germanistik und Anglistik. Seit 1988 arbeitet er als Journalist und Autor. In der beliebten Luka-Blum-Reihe erschienen bisher »Zwischen den Zeilen lauert der Tod«, »Tod im Schönbuch« sowie »Flucht im Neckartal«.

Veit Müller

Tübinger Blues

Ein Luka-Blum-Krimi

Oertel+Spörer

Alle Personen und Handlungen sind frei erfunden.
Sollten sich dennoch Ähnlichkeiten mit lebenden oder verstorbenen Personen ergeben, so sind diese rein zufällig und nicht beabsichtigt.

Titelbild: Veit Müller

Postfach 16 42 · 72706 Reutlingen

Umschlaggestaltung: Atelier Lehmacher, Friedberg;
Stephanie Hausch, Reutlingen
Satz: Uhl + Massopust, Aalen
Druck und Einband: Oertel+Spörer Druck
und Medien-GmbH+Co., Riederich
Printed in Germany
ISBN 978-3-88627-961-6

1

Nervös trommelte Freddy mit den Fingern auf dem Lenkrad seines Wagens herum. Seine Gedanken kreisten um Jeanette. Wann würde sie endlich kommen? Seit einer Viertelstunde war sie schon überfällig. Aber er war sich sicher, dass sie kommen würde.

Sie hatten sich für 18 Uhr verabredet. Hier auf diesem Parkplatz im Schönbuch, der von der Straße aus nicht einsehbar war. Ein idealer Treff. Je weniger Leute ihn sahen, um so besser.

Freddy lächelte.

Dabei war es ganz allein ihre Idee gewesen, sich hier zu treffen. Sie hatte diese Stelle vorgeschlagen. Aber es kam ihm entgegen. Ein guter Anfang .

Jeanette hatte ihm den Weg genau beschrieben, weil er sich hier nicht auskannte. Er kam aus Norddeutschland. Erst in letzter Zeit war er öfters im Süden unterwegs. Der Norden war ihm zu heiß geworden, so heiß wie das Wetter, das seit ein paar Tagen herrschte.

Wieder lächelte Freddy.

Er ging noch einmal ihre Angaben durch. Von Tübingen aus Richtung Bebenhausen, dann am Kloster vorbei. Auf den Blitzer am Abzweig zur Ortsmitte aufpassen, dann nach der Kurve rechts abbiegen auf den Parkplatz. Er hatte sich ihre Anweisungen aufgeschrieben und war ihnen genau gefolgt. Jetzt stand er zwischen hohen Buchen auf dem Parkplatz. Hier im Wald ließ es sich besser aushalten. Das Laub hielt die Sonne ab und sorgte so für Kühle.

Aber Jeanette war nicht da. Jeanette. Über den Namen musste er schmunzeln. Sicher war das nicht ihr richtiger Name. Genauso wenig, wie er Freddy hieß. Jeanette und Freddy. Klingt gar nicht so schlecht, dachte er. Er ließ seine Hände auf beiden Seiten des Lenkrads hinunter gleiten, bis sie in seinem Schoß lagen.

Schon zwanzig Minuten über der Zeit. Wo blieb sie nur? Er schaute sich um. Kein anderer Wagen stand auf dem Parkplatz. Warum auch? Es war ein einfacher Wochentag. Auch war die Ferienzeit schon vorüber. Kein Tag also für Touristen, die das Kloster besuchen wollten. Er hatte im Vorbeifahren nur wenige Fahrzeuge auf dem großen Parkplatz am Ortsrand gesehen. An Ferientagen oder Wochenenden war er sicher voll und das Gedränge groß. Aber heute war nichts los. Und wenn der große Parkplatz direkt am Ort schon so leer war, warum sollte dann jemand hier auf diesem »Ausweichparkplatz«, wie er auf einem Schild gelesen hatte, seinen Wagen abstellen und den langen Weg zurück zum Kloster laufen. Hier kommen unter der Woche allenfalls Spaziergänger her, die eine Runde im Wald drehen wollen, vermutete Freddy. Aber dafür war es jetzt schon etwas spät. Halb sieben. Da saßen die guten Schwaben wahrscheinlich zuhause beim Abendessen, bei Spätzle mit Kartoffelsalat.

Freddy grinste.

Schon eine halbe Stunde über der Zeit. Hatte Jeanette ihn versetzt? Es wäre das erste Mal, dass eine Frau ihn versetzen würde. Vielleicht hatte sie kalte Füße bekommen, vielleicht vertraute sie ihm nicht, obwohl er alle Charme-Register gezogen hatte, um ihr näher zu kommen. Um ihre Zurückhaltung, ihre Vorsicht zu überwinden. Freddy hatte Erfahrung, er wusste, wie man Frauen ansprechen musste. Er hatte Jeanette im Internet gefunden. In einem Chatroom. Er hatte sich diesmal viel Zeit gelassen, die Richtige zu finden. Der Raum hatte Ü30 geheißen und galt für Leute, die älter als 30 waren. Freddy lächelte. Sicher war Jeanette schon über 40. Frauen korrigierten in den Chatrooms gerne ihr Alter nach unten. Niemand konnte es ja nachprüfen. Und im Ü30-Chatroom waren die meisten Frauen sicher schon weit über 30. Und das war gut so. Er wollte die älteren, die waren einfacher zu überreden. Die suchten, wenn sie Single waren, nach einem Strohhalm, nach einer zweiten oder vielleicht schon dritten Chance. Und das bedeutete, er hatte leichtes Spiel.

Um solche Frauen kennen zu lernen, war das Internet ideal. Er konnte sich vorsichtig vortasten, ihre Vorlieben und Sehnsüchte ausspionieren. Und sein Wissen, seine Erfahrung dann gezielt einsetzen. Sie konnten ihn nicht sehen, konnten nicht fühlen, ob er es ernst meinte oder nicht. Für ihn war es hier sehr einfach, einen Menschen vorzugeben, der er gar nicht war. Er hatte nicht viel gelogen, das brauchte er nicht. Gut, er hatte sich jünger gemacht. Ende dreißig. Hatte dabei, mit Blick auf Jeanette, die er für älter als 40 hielt, immer betont, dass man so jung ist, wie man sich fühlt. Sie sollte auf ihn anspringen, sollte glauben, sie habe sich einen jüngeren Mann geangelt.

Jeanette war eines Tages in dem Chatroom aufgetaucht. Ihre Art zu schreiben, war ihm sofort aufgefallen. Er kannte diese Art Frauen. Sie war melancholisch, zurückhaltend, vorsichtig, sicher war sie von einem Mann verletzt worden und suchte nun wieder Anschluss. Sie war schwach, so brauchte er sie. Er hatte sie langsam aus der Gruppe von Leuten, die sich regelmäßig in dem Chatroom trafen, herausgefiltert. Schließlich hatten sie ihre eigene, private Gesprächsrunde eröffnet, wo die anderen nicht mitlesen konnten, was sie beide sich schrieben.

So konnte er mutiger werden. Sie austesten. Er sorgte dafür, dass die Gespräche mit der Zeit intimer wurden. Freddy hatte ein gutes Gespür dafür, wie weit er gehen konnte. Und so hatte er Jeanette dorthin gesteuert, wo er sie haben wollte. Jeanette war die erste gewesen, die auf ein Treffen gedrängt hatte. Dies war auch sein Plan gewesen. So konnte er abwarten, reagieren, ihr das Gefühl lassen, dass sie die Fäden in der Hand hielt. Das sollte sie ruhig glauben, das machte sie unvorsichtiger.

Freddy schaute in den Rückspiegel. Sein Aussehen war perfekt. Leicht angegraute Schläfen und ein sonnengebräunter Teint, darauf flogen die Frauen. Er wirkte viel jünger als er war. Und er hatte sich ein distinguiertes Auftreten angewöhnt. Er gab sich in diesen Situationen zuvorkommend, hilfsbereit und er konnte zuhören, das war wichtig. Nicht nur um seinem Gegenüber Geborgenheit vorzugaukeln, es war auch wichtig, um die entscheidenden Informationen zu sammeln.

Freddy bemerkte, dass er anfing zu schwitzen. Am Mittag war es noch angenehm warm gewesen. Eigentlich zu warm für einen Spätsommertag. Jetzt aber war es richtig schwül geworden. Die Hitze wurde immer unerträglicher. Er war sich sicher, dass es in der Nacht noch ein Gewitter geben würde. Dies hatte auch der Wetterbericht angekündigt.

Freddy kurbelte das Seitenfenster seines Wagens hinunter.

Freddy dachte nach. Wie würde Jeanette aussehen? Vielleicht war sie etwas…, er suchte nach einem anderen Wort als dick. Voluminös fiel ihm ein. Freddy lächelte. Er versuchte sich, Jeanette als voluminös vorzustellen. Je mehr er sich in diesen Gedanken hineinvertiefte, je mehr er sich wohl proportionierte Frauen vorstellte, um so mehr stieg seine Stimmung. Er sah riesige Hintern vor sich und riesige Brüste, die ihn zu ersticken drohten. Ihm fiel der Film *Amarcord* von Fellini ein, den er sich vor kurzem wieder einmal angeschaut hatte. Dort hatte es auch eine voluminöse Frau, eine Tabakhändlerin, mit einem Riesenbusen gegeben. Und sie hatte einen Jungen zwischen ihre …

Freddy hörte Schritte, die sich seinem Wagen näherten. Sie rissen ihn aus seinen erotischen Gedanken. Erschrocken fuhr er herum. Neben seinem Auto stand eine Frau. Sie war nicht voluminös und sie hatte keinen Riesenbusen. Sein Blick scannte in Sekunden ihre Figur. Die Frau war gut aussehend, so war jedenfalls sein erster Eindruck.

»Jeanette?«, fragte er, als er sich gefasst hatte.

Die Frau nickte.

»Sorry, ich bin ein bisschen spät, aber ich wurde aufgehalten«, sagte sie und lächelte.

»Das macht doch nichts. Ich bin auch noch nicht lange hier«, log er.

Eine kurze Pause entstand, in der sich die beiden gegenseitig mit ihren Augen musterten.

»Und du bist Freddy?«

Diesmal nickte er. Sie sah wirklich nett aus, wirkte sympathisch, aber Freddy war sich sicher, dass sie ihr Alter im Chatroom aufgehübscht hatte. Die Falten in ihrem Gesicht, die Krähenfüße an den Augen waren ausgeprägt. Jeanette war um oder über 40, schätzte Freddy.

»Willst du nicht aus dem Auto aussteigen?«, fragte sie.

Freddy lachte.

»Ja, sicher.« Sie trat einen Schritt zur Seite, damit er die Tür öffnen konnte.

Nun standen sie direkt voreinander. Freddy überlegte: Sollte er sie in den Arm nehmen zur Begrüßung? Sollte er ihr einen Kuss auf die Wange drücken? Er musste vorsichtig sein.

»Schön, dass du da bist«, sagte er nur und streckte ihr die Hand hin. Sie nahm sie, zog ihn mit der Hand zu sich heran, bis sich beide Körper berührten. Dann schob sie ihn wieder sachte von sich.

Wieder entstand eine kurze Pause. Sie ging forscher zu Werk, als er gedacht hatte.

»Warum haben wir uns gerade hier getroffen?«, fragte er und sah sich um. Er konnte ihr Auto nicht entdecken. Doch ehe er sie nach ihrem Wagen fragen konnte, danach fragen konnte, wie sie hierher gekommen war, nahm sie ihn plötzlich wieder an der Hand und zog ihn hinter sich her.

»Das hat seinen Grund«, sagte sie, »das wirst du gleich selbst sehen.«

Jeanette drehte sich dabei um und sah ihm in die Augen. Was sollte er daraus lesen? Freddy war verwirrt. So hatte er sich Jeanette nicht vorgestellt. Sie war ihm zu selbstsicher, zu bestimmt. Was hatte sie vor? Sie wirkte anders als die Frau, die er im Internet kennen gelernt hatte. Konnte er sich so täuschen?

Was hatte sie vor? Wollte sie ihn verführen? Hier im Wald, unter freiem Himmel? Nein, das konnte nicht sein. Es ging ihm zu schnell. Er schaute sich um. Es war niemand zu sehen.

Freddy überlegte kurz, schob dann aber seine Bedenken beiseite. Wenn sie schnell zur Sache kam, konnte das auch bedeuten, dass sie Nachholbedarf hatte. Umso besser, dann war es leichter für ihn.

»Gut, warum nicht?«, sagte sich Freddy und zuckte mit den Schultern. Es war immer noch sehr warm und je weiter sie in den Wald kommen würden, würde zwischen den Bäumen auch die Schwüle verschwinden. Und der Boden zwischen den Bäumen war sicher weich, eine gute Unterlage.

Auch wenn er überrascht war, dass Jeanette so zielstrebig vorging, gegen ein schnelles Liebesabenteuer hatte er jetzt nichts mehr einzuwenden. Vorfreude stieg in ihm auf. Aber er musste aufpassen, das er das Spiel nicht aus der Hand gab.

Sie gingen zusammen an einer Schautafel vorbei, auf der deutlich sichtbar »Pfeifferstein« zu lesen war. Es war der Name des Parkplatzes.

Sie folgten einem Waldweg, der leicht bergauf führte und mit Splitt befestigt war.

Unterwegs tauschten sie ein paar Allgemeinplätze aus, sprachen über das sonnige Wetter der vergangenen Tage und über den Schönbuch, die Waldlandschaft, durch die sie gerade spazierten.

Aber seine Unruhe wuchs, wie auch seine Neugier. Sie wandte sich ihm zu und sah ihn an.

»Jetzt, wo wir uns nicht nur vom Computer her sondern auch in persona kennen, könnten wir uns doch beim richtigen Namen nennen. Wie heißt du wirklich?«, fragte er sie.

Sie sah ihn verwundert an.

»Jeanette ist doch nicht dein richtiger Name, oder?«

»Warum nicht. Gefällt er dir nicht?«

»Doch, aber das ist doch sicher nur ein Nickname. Ich heiße ja auch nicht Freddy. Im Internet gibt man sich immer andere Namen.«

Sie sah ihn mit großen Augen an. In ihnen las er aber keine Verblüffung, sondern vielmehr so etwas wie Abneigung, was ihn irritierte.

Er würde ihr natürlich nicht seinen richtigen Namen nennen. Es war eins seiner Spiele. Er stellte sich die Frauen vor und suchte sich dann einen speziellen Namen für sie aus. Einen Namen, der passte, der zu ihr passte. Das klappte meist sehr gut. Wenn es ihm zweckmäßig erschien, mogelte er auch schon mal ein »von« zwischen Vor- und Zuname.

»Ich darf mich vorstellen. Ich heiße nicht Freddy, sondern …« Ehe er seinen Fantasie-Vornamen aussprechen konnte, legte sie ihm einen Finger auf den Mund.

»Ich bin Jeanette. Und du bist Freddy.«

»Aber sollten wir uns jetzt nicht …«

»Lassen wir es dabei«, unterbrach sie ihn. Ihre Stimme war ein Tick lauter und noch bestimmter geworden. Freddy zuckte zurück.

»Ich möchte es so.«

Sie war wieder ruhiger geworden.

Er verstand sie nicht, aber wenn sie es so wollte. Er konnte sie auch später noch einmal fragen, nach ihrem Abenteuer im Wald. Dann würde sie ihm sicher ihren richtigen Namen nennen. Er hatte Zeit.

Jeanette hängte sich bei ihm ein und legte ihren Kopf an seine

Schulter. Wortlos schlenderten sie den Waldweg entlang bis sie an eine Weggabelung kamen.

»In welche Richtung gehen wir jetzt?«, fragte er.

»Komm, noch ein kleines Stück weiter geradeaus.«

»Freddy blickte nach links in einen breiten Waldweg. In einiger Entfernung hatte ein Jäger seinen Hochsitz aufgestellt. Doch das hölzerne Gerüst war leer. Kein Jäger war zu sehen, wie überhaupt kein Mensch hier im Wald unterwegs war.

Sie liefen noch ein paar Schritte weiter. Plötzlich blieb Jeanette stehen.

»Was ist?«

Sie sah sich kurz nach allen Seiten um.

»Komm, lass uns hier reingehen.« Sie deutete auf einen Weg, der tief zerfurcht und mit Gras überwuchert war

»Wo? Dort in den Wald?«

Jeanette lachte.

»Wir sind schon im Wald, falls du es noch nicht bemerkt hast. Komm.«

Sie zog ihn zu dem Weg, der wohl ab und zu Forstarbeitern diente, um Baumstämme aus dem Wald zu holen. Der Weg war aber schon lange nicht mehr benutzt worden, denn das Gras zwischen den Fahrspuren stand sehr hoch.

»Gehen wir nicht noch ein bisschen weiter?«

Sie schaute ihn an. Ihr Blick setzte ihn matt.

»Wenn du meinst«, sagte er nur. Aber Freddy wurde zusehends nervöser. Wieso konnte Jeanette nicht noch warten? Er wollte doch die ersten Schritte unternehmen, sie nahm ihm das Heft aus der Hand. Sie war dabei, ihn zu verführen, und das war er nicht gewohnt. Aber auf der anderen Seite, sie war sehr hübsch, hatte eine gute, sehr weibliche Figur, und warum sollte er sich nicht diesen Auftakt gönnen.

»Hast du etwa Angst?«

Sie sah ihn etwas von der Seite an und lächelte.

Er verbarg seine Unruhe.

»Nein, wieso?«

Freddy war jetzt nur noch neugierig darauf, wie sie ihn verführen wollte.

»Das ist gut. Komm.«

Sie lief vor ihm her durch das hohe Gras. Er hatte Mühe, ihr zu folgen. Freddy drehte sich kurz um und blickte zurück. Sie waren schon eine gute Strecke in den Wald gegangen. Der Forstarbeiterweg wurde immer schmaler und mündete schließlich in einen Trampelpfad. Jeanette schien sich hier auszukennen, denn sie ging zielstrebig voran.

»Wo gehen wir denn hin?«, fragte er.

Sie hielt an und drehte sich um.

»In den tiefen, tiefen Wald. Zum Hexenhaus.« Sie kicherte, legte beide Hände um seine Hüfte und zog ihn zu sich heran. Dann küsste sie ihn.

Sie standen eine Weile eng umschlungen im Wald.

»Komm, ich zeige dir einen schönen Platz. Wo uns niemand sehen kann.«

Sie ging wieder voraus durchs Unterholz und er folgte ihr. Plötzlich sah er ein Leinenbündel, das neben einem Baum lag.

»Schau mal«, sagte Freddy und deutete auf das Bündel.

»Ja, das hab ich auch schon gesehen. Den Sack haben sicher die Forstarbeiter liegen lassen.«

»Vielleicht sind sie noch hier.«

Freddy schaute sich nach allen Seiten um.

»Quatsch. Jetzt komm schon. Um diese Zeit ist niemand mehr hier im Wald. Du hast wohl doch etwas Angst, so allein mit mir hier im Wald.«

»Nein, ich …«

Sie ließ ihn nicht ausreden, sondern lief einfach los.

Bis er sich entschlossen hatte, ihr zu folgen, war sie im Gebüsch verschwunden.

»Jeanette, warte.«

Wo war sie hin? Er konnte sie nirgendwo entdecken. Sollte das ein Scherz sein? Für solche Scherze war er nicht zu haben.

Er rannte ein paar Schritte.

»He, wo bist du?«

Es war völlig still im Wald. Nur ein paar Vögel zwitscherten.

Plötzlich hörte er eine Stimme, die irgendwo aus den dichten Büschen herauskam.

»Hier.«

Aber er sah Jeanette nicht.

»Komm, lass den Unsinn.« Freddy gefiel das Spiel nicht. Er kannte sich hier im Wald nicht aus und auch sein Orientierungssinn war nicht gerade sehr gut ausgeprägt.

»Du musst mich suchen«, rief Jeanette.

Er folgte ihrer Stimme. Aber er konnte sie immer noch nicht entdecken.

»Hallo«, sagte plötzlich jemand hinter seinem Rücken.

Freddy fuhr herum. Vor ihm stand Jeanette. Sie blickt ihn mit einem merkwürdigen Grinsen an.

»Hast du dich erschrocken?«

»Jeanette, was soll das?«

»Ich bin die Hexe und verführe dich jetzt.«

Sie ging auf ihn zu und drückte ihn nach hinten.

»Das wolltest du doch die ganze Zeit. Das wolltest du doch schon immer. Mich ausziehen, mich mit deinen Händen überall anfassen. Mich ficken. Das ist alles, was du im Kopf hast. Oder nicht? Jetzt komm schon.« Sie öffnete langsam den Gürtel seiner Hose und schob ihn dabei immer noch weiter nach hinten.

»Jeanette, was soll das? Was willst du von mir?«

»Das weißt du doch.«

»Lass das.«

»Wir sind da, Freddy, wir sind da«, flüsterte sie.

Er spürte an seinen Waden einen harten Gegenstand. Er drehte seinen Kopf zur Seite, um zu sehen, was hinter ihm war. So bekam er nicht mit, wie sie ihre Hände auf seinen Brustkorb legte und ihm einen Stoß versetzte. Freddy stolperte und fiel nach hinten um. Er landete unsanft und mit gespreizten Beinen auf dem Boden. Sein Blick fiel auf den Gegenstand, über den er gefallen war. Es war ein steinernes Kreuz.

Was bedeutete dieses Kreuz hier mitten im Wald?

Er las die Inschrift, die in den alten Stein eingemeißelt war: »Mordplaz.«

»Wo sind wir hier?«

Freddy schaute nach oben.

Jeanette stand über ihm. Sein Blick fiel auf ihr verzerrtes Gesicht und dann auf die Arme, die sie über ihren Kopf hielt. Ihre beiden Hände umfassten einen großen Holzprügel, der im nächsten Augenblick mit voller Wucht auf ihn nieder sauste. Freddy verlor sofort das Bewusstsein.

2

»Du musst den Müll noch runterbringen.«

Nellys Aufforderung erwischte mich zu einem ungünstigen Zeitpunkt. Ich räkelte mich gerade gemütlich in meinem bequemen Sessel im Wohnzimmer, ein Glas pfälzischen Dornfelder in der Hand, um mir die Acht-Uhr-Nachrichten im Fernsehen anzuschauen. Gerade hatte der Tagesschausprecher die nächste verbale Keilerei der Regierungskoalition vor meinen Augen ausgebreitet, was ich nur mit einem Schluck Rotwein ertragen konnte. Bei den Bildern und Phrasen, denen sich meine Augen und Ohren ausgesetzt sahen, kam mir die Steigerung in den Sinn, die ich vor kurzem gehört hatte: Freund, Feind, Parteifreund. Wie wahr der Volksmund doch sein kann.

»Hast du mich gehört?«, unterbrach Nelly meinen politischen Wissensdurst. Wenn ich ihre Beharrlichkeit richtig interpretierte, erwartete sie offensichtlich eine Antwort von mir.

»Aye, aye, chief«, knurrte ich leise zurück, um mich in meinen Gedanken gleich wieder Herrn Riewa zuzuwenden, der in schickem Sakko, mit passender Krawatte und weicher Stimme nach der Bundespolitik zu den weltweiten Katastrophen zwischen Flut und drohendem Vulkanausbruch übergegangen war. Was mich bei all diesem globalen Weltuntergangsszenario etwas aufmunterte: An diesem Tag hatte sich offensichtlich einmal kein Selbstmordattentäter irgendwo auf dieser Welt in die Luft gesprengt und Dutzende von unschuldigen Menschen mit in den Tod gerissen.

Ich hörte die Schritte Nellys hinter mir, die mir signalisierten, dass sie nicht aufgeben wollte und eine sofortige Aktion von mir erwartete.

»Hier, ich stelle die Mülltüte direkt hinter dich. Wirf sie nicht um. Sie ist voll, mehr passt absolut nicht hinein, auch wenn du den Abfall noch so sehr zusammendrückst. Und morgen kommt die Müllabfuhr.« Immer noch war eine gewisse Freundlichkeit aus Nellys Stimme herauszuhören. Und wollte ich die nicht aufs Spiel setzen, musste ich handeln. Schließlich wollte ich es nicht zu Alarmstufe Rot kommen lassen.

»Okay«, sagte ich und deutete eine Bewegung des Aufbruchs an.

»Aber vergiss es nicht.« Nelly drehte sich um, ohne sich weiter um mich zu kümmern und ging in die Küche zurück.

Meine Muskulatur entspannte sich sofort wieder. Jens Riewa näherte sich so langsam dem Wetter. Solange konnte der Müll noch warten. Ich wollte sehen, ob die Sonne nach all den Katastrophen auf unserem Globus auch am nächsten Tag noch scheinen würde oder ob sie sich lieber die Wolken vor Augen halten wollte.

Ich hörte Nelly in der Küche etwas lauter als gewöhnlich herumklappern und wusste, der Countdown fürs Müll hinuntertragen lief.

Seit Monaten lebten meine irische Freundin und ich in meiner bescheidenen Drei-Zimmer-Behausung auf dem Tübinger Herrlesberg zusammen. Zwar hatte auch Nelly noch ihre eigene Wohnung, aber seit unseren herben Erlebnissen in Irland, wo wir in einen Banküberfall geraten waren und den darauf folgenden Abenteuern, die wir mit viel Glück heil überstandenen hatten, wollten wir erst einmal beisammen bleiben. Wir brauchten uns gegenseitig, um gemeinsam wieder in den normalen Alltagsrhythmus zurückzufinden. Aus dem anfänglichen Provisorium war stillschweigend Gewohnheit geworden. Immer mehr Gegenstände aus Nellys Wohnung waren in meine gewandert und langsam lichtete sich auch das Chaos, das zuvor in meiner Junggesellen-Behausung geherrscht hatte. Gefiel mir das? Nun, mir gefiel Nelly, und dafür warf ich gerne meine chaotischen Prinzipien über Bord.

Aber beim Thema Ordnung gab es durchaus Reibungspunkte. Nicht jeder benutzt diesen Begriff auf gleiche Art und Weise. Womit wir wieder beim Müll wären. Wenn eine Abfalltüte nach handfester Komprimierung noch einen Millimeter Platz offeriert und sie noch nicht geplatzt ist, erfüllt sie immer noch voll ihre Funktion. Nelly schien dagegen schon wesentlich früher an die Grenzen ihrer Mülltüten-Akzeptanz zu stoßen. Aber von diesen Unterschieden lebt auch eine Beziehung.

Es klapperte wieder in der Küche.

»Ja, Nelly, ich bin schon auf dem Weg.«

»Ich habe doch gar nichts gesagt«, hörte ich Nellys Stimme aus der Küche.

»Nein, hast du nicht. Und ich habe meine Entscheidung auch vollkommen alleine getroffen«, merkte ich leise an, während sich vor mir die Wetterkarte auf der Flimmerkiste ausbreitete. Es waren viele Sonnensymbole zu sehen, was meine Stimmung aufhellte.

Ich rückte deutlich hörbar meinen Sessel zurecht, stand auf und griff mir die Tüte. Meine Bewegungen waren dabei aber so verlangsamt, dass ich auch noch die Vorhersage für die kommenden Tage mitbekam. Der sonnige Spätsommer kam wohl an seine Grenzen. Schwüle Hitze und Gewitter waren angekündigt. Danach folgte eine Regenfront.

»Auch recht«, dachte ich und machte mich für den Abstieg bereit. Ich musste zugeben, die Tüte war wirklich bis zum Bersten gefüllt. Nelly hatte sie am oberen Ende zusammengebunden, aber der Inhalt suchte sich an ein, zwei aufgerissenen Stellen schon seinen Weg nach draußen. Zur Sicherheit hielt ich die Tüte mit beiden Händen.

»Bin gleich zurück«, rief ich.

»Das hoffe ich doch.«

Gerade als ich die Wohnung verließ, hörte ich das Läuten des Telefons. Das war nun Nellys Aufgabe, dachte ich mir, und stolperte die Treppe zum Mülleimer hinunter. Die meisten Unfälle passieren im Haushalt, deshalb war meine Maxime: so wenig Hausarbeit wie möglich, um die Verletzungsgefahr zu minimieren.

Mein Gang zum Mülleimer, der in einem mit hässlichem Waschbeton verkleideten Kasten vor der Haustür verborgen war, verlief ohne weitere Zwischenfälle, wenn man von dem vorübergehenden Verlust zweier Joghurtbecher absah, die sich durch einen Riss in der Tüte selbstständig gemacht hatten. Ihre Freiheit war schnell beendet, auch sie landeten in der Tonne. Schließlich sollte zur nächsten Kehrwoche alles sauber sein.

Als ich meine Aufgabe erledigt hatte, überlegte ich mir, angesichts des immer noch blauen Himmels, ob wir später nicht noch Zeit für einen romantischen Abendspaziergang fanden. Hand in Hand in einen Sonnenuntergang hinein zu spazieren, das hat schon was. Und zusammen mit Nelly war es nach wie vor prickelnd, als Auftakt für einen vielversprechenden Abend.

Ich sprang vergnügt die Stufen zu meiner, jetzt unserer Wohnung hinauf. Doch schon Sekunden später, war die Stimmung tief im Keller.

Ich öffnete die Wohnungstür und traf schon im Flur auf Nelly. Mit bleichem Gesicht stand sie vor mir, Tränen in den Augen. Ich nahm sie in den Arm, sie drückte sich fest an mich.

»Was ist passiert?«, fragte ich besorgt.

Nelly bekam nur mit Mühe einen Ton heraus.

»Mein Vater hatte einen Schlaganfall. Er liegt in Monaghan im Hospital, auf der Intensivstation. Ich muss sofort nach Irland.«

3

Ich brachte Nelly durch den Stau auf der B 27 zum Stuttgarter Flughafen. Teilweise war der Standstreifen die einzige Möglichkeit, sich vorwärts zu bewegen. Notsituationen erlauben von Zeit zu Zeit unangepasste Fahrweisen, vor allem wenn kein Polizeiwagen in der Nähe ist. Und die Eile war schließlich angebracht, der Flugkapitän würde sicher nicht auf Nelly warten. Die gläsernen Bauten des Flughafens näherten sich, wie der Zeiger meiner Uhr der Abflugzeit.

Die Parkplätze waren alle besetzt, deshalb stellte ich meinen Wagen im Halteverbot ab und holte ihren Koffer aus dem Fond des Wagens. Wir hetzten gemeinsam zum Abflugterminal. Nelly hatte mit viel Glück noch das letzte Ticket für den Flieger nach Irland ergattern können, doch den hätten wir jetzt fast verpasst. Gerade beim letzten Aufruf für die Air Lingus-Maschine nach Dublin liefen wir in das Flughafengebäude ein. Mein Pulsschlag war auf Hochtouren, Nelly dagegen wirkte äußerlich recht ruhig. Sie hatte inzwischen gelernt, mit meinem Zeitchaos umzugehen. Zielstrebig stürmte sie voraus zum Check-in und danach gleich zur Personenkontrolle. Mein wehmütiger Blick folgte ihr. Den Einwand, keinen

Nacktscanner bei meiner irischen Freundin einzusetzen, konnte ich mir sparen. In Stuttgart hatten sie noch gar keine Geräte dieser Art. Nelly drehte sich kurz um und winkte mir zu. Ein Lächeln gelang ihr nicht. Danach verschwand sie im weitläufigen Areal des Stuttgarter Flughafens und ich wusste nicht, wann ich sie wiedersehen würde.

Am folgenden Tag saß ich allein in meiner Wohnung und starrte die weiß tapezierten Raufaserwände an. Und wenn ich mich aufs Bett legte, war's die Decke, im gleichen faden Weiß. Hatte ich mich zuvor an manchen Tagen etwas eingeengt gefühlt und mich hin und wieder nach meiner Junggesellen-Freiheit zurückgesehnt, so fühlte ich mich jetzt plötzlich einsam und verlassen. Wie schnell man sich an einen Menschen gewöhnen kann und wie schnell man doch seinen Lebensrhythmus aufeinander abstimmt. Mir fehlte die Wärme, mir fehlte die Ansprache, mir fehlte Nelly. Freiwillig hätte ich jetzt gerne jeden Tag den Müll entsorgt.

Gleichzeitig steigerte sich meine Unruhe. Ich dachte darüber nach, ob Nelly gut in ihrer Heimatstadt angekommen war. Und wie es ihrem Vater ging. Ich hielt ein großbauchiges Weinglas mit pfälzischem Dornfelder in der Hand und starrte gedankenverloren in die dunkelrote Flüssigkeit. Wo mochte Nelly jetzt gerade sein? Seit einiger Zeit schon wartete ich auf ihren Anruf. Sie hatte versprochen, sich zu melden, sobald sie die Situation zu Hause einigermaßen überblickte. Doch das konnte natürlich dauern.

Als es klingelte, stürzte ich zum Telefon. Zu schnell. Ich trat überhastet auf das Kabel der Basisstation und fegte sie aus dem Regal. Das Handteil des Geräts schleuderte quer durchs Zimmer und landete auf der Couch, auf der ich gerade gesessen hatte. Ich hätte mir den Weg also sparen können.

Nach meinem ersten gescheiterten Versuch hielt ich das Mobilteil schließlich in der Hand und zu meiner Verwunderung funktionierte es noch. Allerdings war nicht Nelly am anderen Ende der Leitung, sondern die Hand, die mich seit Jahren fütterte: Micha Becker, Redakteur des Lokalblatts, für das ich arbeitete.

»Was war denn das?« Seine Stimme klang aufgekratzt.

»Was meinst du?«

»Ich habe nur Geknister und ein Krachen gehört. Ist das deine neue Art ans Telefon zu gehen? War jedenfalls spannend, zu dir durchzudringen.«

»Ach Micha, manchmal bin ich einfach so schnell, dass ich mich selbst überhole«, stöhnte ich.

Da Micha Becker für einen Augenblick nicht wusste, was er mit meinem Kommentar anfangen sollte und deshalb schwieg, machte ich einfach weiter.

»Alles wird gut, Micha. Aber jetzt zu dir, was willst du?« Ich wunderte mich darüber, dass Micha Becker so spät noch in seiner Redaktion saß. Er war normalerweise einer der ersten, der sich aus dem Staub machte, wenn der Feierabend um die Ecke spähte. Diese Erkenntnis behielt ich aber lieber für mich, zumal Micha Becker nun die Initiative übernahm.

»Ja, richtig, mein Junge. Ich brauche dich.«

»Das klingt richtig gut.«

»Mir ist einer meiner Sklaven abgesprungen. Ich brauche Ersatz.«

»Um was geht es denn?« Mein Arbeitseifer hielt sich derzeit zwar in Grenzen, aber Ablenkung tat meiner Gefühlswelt sicherlich gut. Und bevor mir die Decke auf den Kopf fiel, sollte ich lieber wieder ein paar Zeilen schreiben, dachte ich mir. Schließlich brauchte ich das Geld, um mir meine Fertigpizza leisten zu können.

»Eine Podiumsdiskussion«, antwortete Micha Becker.

Meine Freude ließ spürbar nach. Podiumsdiskussionen gehörten nicht gerade zu meiner journalistischen Lieblingsbeschäftigung. Sie sind mit großem Palaver verbunden und gehen immer unendlich lang. Jeder will alles sagen, kaut in langen Monologen seine unverrückbaren Standpunkte durch, geht meist nie auf seinen Gesprächspartner ein und am Schluss ist man genauso schlau oder verwirrt wie zuvor. Und die Höhepunkte der vier Stunden Dauerdisput sollte ich anschließend in einen Artikel mit 90 Zeilen verknappen. Und das aus meinen vollgeschmierten Notizen heraus, die ich kaum noch überblicken, geschweige denn entziffern konnte.

»Worum geht es denn?«, hakte ich nach.

»Europaplatz 21. Das neue Tübinger Zentrum südlich des Neckars.« Becker lachte laut auf.

»Auch das noch«, murrte ich.

Die Zahl »21« stand für die Zukunft, in der das Projekt verwirklicht werden sollte. Beliebt war die Zahl allerdings nicht, schon gar nicht in Stuttgart und Umgebung. Dort verstand bei der Zahl jeder nur Bahnhof.

»Kommt der Heiner auch zum Schlichten?«, fragte ich.

»Wär sicher notwendig. Jede Partei hat auf dem Podium ihren Fahnenträger dabei. Die bekommen sich sicher ordentlich in die Haare. Und im Publikum werden sich die Truppen der Wutbürger zum Gegenangriff formieren. Da hast du jede Menge zu schreiben.«

»Die werden sicher wieder kein Ende finden«, brummte ich leise vor mich hin.

»Ich merke, deine Begeisterung kennt keine Grenzen. Aber du weißt ja, wir haben keinen besseren als dich. Für solch einen heiklen Termin, braucht man so eine journalistische Größe wie dich. Da kann ich nicht jeden hinschicken. Du bist die Idealbesetzung. Du schreibst einfach die besten Artikel.«

Ich wusste, wenn Micha Becker mir Honig um den Mund schmierte, dann hatte er keine Alternativen. Und da ich eine gute Seele war, wollte ich ihn nicht hängen lassen und sagte zu.

»Okay, okay. Ich geh hin. Du hast mich überzeugt.«

»Wir sind gerettet. Ich ernenne dich zu meinem persönlichen Obersklaven.«

»Darauf kann ich verzichten«, schob ich schnell nach und legte auf. Eine Minute später hatte ich Beckers E-Mail auf meinem Computer mit allen Informationen über die Podiumsdiskussion, die ich brauchte.

Viel Zeit blieb mir nicht. Aber als Journalist muss man flexibel sein. Und außerdem hatte ich nichts Besseres vor.

Eine Stunde später machte ich mich, mit Block und Kugelschreiber bewaffnet, auf den Weg in die Schlacht.

4

Am nächsten Morgen wachte ich leicht verkatert auf. Nelly hatte sich immer noch nicht bei mir gemeldet. Dies war aber nicht der Hauptgrund, warum mein Schädel in meinen noch matten Gedanken größer wirkte, als er eigentlich war. Die Podiumsdiskussion war, wie erwartet, ausgeufert. Jeder hatte sein eigenes Konzept, das er natürlich für das beste hielt. Und keiner war bereitet, auch nur einen Zentimeter davon abzuweichen. Da wäre selbst Heiner Geißler auf Granit gestoßen. Um die Nerv raubende Gesprächsrunde zu verarbeiten, hatte ich mich für einen dunkelbraunen Schlaftrunk im Irish Pub entschieden. In Torschlusspanik war ich die Wilhelmstraße hinunter gerauscht, in der Hoffnung, dass um die späte Uhrzeit kein mobiler Blitzer mehr unterwegs war. Ich war ohne »Unser Foto für Flensburg« davongekommen und hatte auch noch Glück mit der Kneipe gehabt, die ich kurz vor der Sperrstunde erreicht hatte.

In meiner Freude unterzog ich mich einer intensiven Guinness-Kur. Allerdings meinte ich es wohl zu gut mit mir, ein Pint weniger wäre wohl mehr gewesen.

Diese Meinung setzte sich vor allem jetzt bei mir durch, nachdem ich meine Augen geöffnet hatte und versuchte, meine bei Arthur Guinness verloren gegangenen Lebensgeister wiederzufinden. Klar hatte ich meinen Wagen vor der Kneipe stehen lassen. Ist doch Ehrensache, von wegen Vorbild und so. Ich befühlte vorsichtig meine Nase, sie war noch genauso lang wie zuvor.

Langsam kroch ich unter der Bettdecke hervor. Ich wankte vorsichtig in die Küche. Dort warf ich nach guter englischer Art einen Teebeutel in eine Tasse, goss Milch darüber und wartete den Wasserkocher ab, bis er sich ausgekocht hatte. Das heiße Wasser leerte ich über Beutel und Milch und hatte im nächsten Augenblick eine braun-weiße Brühe, die ich gierig hinunterkippte, um meinen Pulsschlag auf Touren zu bringen. Den Teebeutel drückte ich mit einem Löffel aus und warf ihn in den Bio-Müll. Ich schaute mir die übrig gebliebene Flüssigkeit in der Tasse näher an und entschloss mich, sie in der Spüle zu entsorgen.

Inzwischen waren meine beiden Brotscheiben, leicht angeschwärzt, aus den Schlitzen des Toasters herausgesprungen. Eine hatte es sogar bis auf die Tischplatte geschafft. Nachdem ich mir erst zwei Finger und dann meine Zunge leicht verbrannt hatte, hatte ich eigentlich schon genug. Da Nellys Abreise nicht lange zurück lag, war der Kühlschrank noch mit einer Menge köstlicher vegetarischer Brotaufstriche bestückt. So etwas kann man sich auf den Toast streichen, muss man aber nicht. Ich entschied mich für Orangenmarmelade, die gut zu den bitteren Resten meines zu stark aufgebrühten Tees, Marke English Breakfast Tea, passte, die noch in den feinen Geschmacksnerven auf meiner Zunge wüteten.

Tee, Toast und eine ausgiebige Dusche, als Weichei natürlich so heiß wie möglich, schafften die Grundlage für einen neuen Tag, der noch jede Menge Überraschungen auf Lager haben sollte.

Die erste folgte gut eine Stunde später. Nachdem ich meine Notizen auf dem Schreibtisch vor mir ausgebreitete hatte und gerade versuchte, wichtige von unwichtigen Redebeiträgen der Podiumsdiskussion zu trennen, riss mich das Läuten des Telefons aus meiner Konzentration. Wieder war mein Brötchengeber an der langen Leitung und wie immer ließ er mich gar nicht erst zu Wort kommen.

»Lass alles stehen und liegen. Sie haben eine Leiche im Schönbuch gefunden.«

In meiner Überraschung bekam ich nur ein stotterndes »Wie« und »Wo« heraus.

»Das erfährst du alles vor Ort.«

»Aber vor welchem Ort?«

Micha Becker war völlig aufgedreht. Offensichtlich hatte man ihn aus dem Vormittagsschlaf in der Redaktion gerissen. Seine Sprache reduzierte sich auf kleine Bruchstücke.

»Mach schon. Schönbuch. Bebenhausen. Pfeifferstein. Parkplatz. Das genügt.«

»Das genügt«, stimmte ich zu, um ihn zu beruhigen.

Doch Micha Becker war nicht zu beruhigen.

»Unser Mann für Katastrophen hat einen Funkspruch der Polizei oder Feuerwehr aufgeschnappt. Weiß nicht, welche Leitung er angezapft hat, ist ja auch egal. Aber die sind dort noch ganz hektisch zugange. Ist noch nicht so lange her, dass sie den Toten gefunden haben. Und bei deiner Vergangenheit bist du doch unser Fachmann für Leichen. Du kennst doch all die Kripoleute persönlich.«

Ich hauchte noch ein »und was passiert mit der Podiumsdiskussion« in den Äther, aber die Worte blieben ungehört, Micha Becker hatte schon längst aufgelegt.

Nur zu gerne ließ ich meinen Schreibtisch und die Europaplatz-Diskussion hinter mir. Sie konnten warten. Wenige Minuten später startete ich meinen Wagen und machte mich Richtung Schönbuch auf. Ich fuhr die Pfrondorfer Steige in Lustnau hinunter und bog an der Adler-Kreuzung nach rechts Richtung Bebenhausen ab. Mein Benzinanzeiger war noch im grünen Bereich, deshalb konnte ich die beiden Tankstellen links wie rechts liegen lassen. Wenige Minuten später erreichte ich Bebenhausen. Die Polizei hatte den Parkplatz hinter dem Ort bereits abgesperrt. Die Beamten winkten heftig mit den Armen, um mich daran zu hindern, auf den Wanderparkplatz abzubiegen. Doch das kümmerte mich wenig. Ich war im Einsatz für die freie Presse und hielt ihnen meinen Ausweis unter die Nase.

»Hier gibt es nichts für Sie«, bellte mich einer der Beamten an, nachdem ich meinen Wagen abgestellt und das Fenster auf der Fahrerseite geöffnet hatte.

»Davon möchte ich mir selbst ein Bild machen«, entgegnete ich ihm.

Mit Widerspruch hatte der Blauuniformierte offensichtlich nicht gerechnet. Er suchte nach Worten, vergebens.

»Wer ist denn hier der zuständige Beamte?«, fragte ich forsch.

»Sie können hier nicht so einfach herumlaufen. Der Bereich ist für die Öffentlichkeit gesperrt.« Der Beamte hatte seine Sprache wieder gefunden.

»Was ist passiert?« Ich hoffte, dass er langsam zugänglicher wurde. Doch ich hatte mich getäuscht.

»Das geht Sie nichts an. Wenden Sie sich an die Pressestelle der Landespolizeidirektion, wenn Sie etwas wissen wollen.« Er baute sich bedrohlich vor mir auf.

»Sie wollen doch nicht die Arbeit der Presse behindern.«

»Das werde ich sehr wohl. Und wenn Sie jetzt nicht gleich …« Weiter kam er nicht. Er wurde von einer Stimme aus dem Hintergrund unterbrochen. Es war ein Kollege von Hauptkommissar Hemmerle, den ich von der Landespolizeidirektion und meinen Neckartal-Erlebnissen her kannte.

»Kalle, lass den Verrückten nur durch. Ich kümmere mich um ihn.« Der Beamte, der sich nur Zentimeter vor meiner Nase aufgebaut hatte, drehte sich um, musterte seinen Kollegen, erkannte den höheren Dienstgrad, schnappte kurz nach Luft und ließ mich dann mit einem Brummen passieren.

Das bekannte Gesicht mit der etwas altmodischen Brille auf der Nase hatte mich gerettet, ich war einen Schritt in meiner Mordrecherche weiter.

»Was ist passiert?«, fragte ich nun noch einmal und deutete auf die vielen Polizeifahrzeuge und die Absperrbänder, die überall herumhingen. Peinlich war mir allerdings, dass mir der Name des Beamten nicht einfiel. Er hatte ein besseres Gedächtnis als ich, hielt sich aber nicht lange mit Formalitäten auf.

»Kommen Sie, Herr Blum, ich bringe Sie zu meinem Kollegen Hemmerle. Der wird entscheiden, was Sie wissen dürfen.«

Wir machten uns gemeinsam auf den Weg, der leicht bergan führte.

»Sie haben eine Leiche gefunden?«, fragte ich vorsichtig, um ein Gespräch in Gang zu bringen.

»Das kann man so sagen. Aber warten Sie, bis wir Hemmerle gefunden haben.«

Die nächsten Schritte verbrachten wir in beiderseitigem Schweigen. Ein Schwätzer war der Kripobeamte jedenfalls nicht. Ich nutzte die Gelegenheit, um mich umzusehen. Der Wald mit seinen vielen Laubbäumen um mich herum sah sehr friedlich aus, eigentlich viel zu friedlich, um als Kulisse für einen Mord zu dienen.

Schließlich hatten wir eine Stelle erreicht, an der es auf einer Art Holzfällerweg rechts in den Wald ging. Hier hatte die Dichte an Polizeibeamten pro Quadratmeter deutlich zugenommen. Einige stocherten in Reih und Glied im Wald herum, andere zogen sich gerade weiße Schutzkleidung über.

»Hier ist ja die Hölle los.«

»Da haben Sie nicht ganz unrecht«, meinte der Beamte vielsagend und starrte in den Wald.

Ehe ich noch einen weiteren Versuch der Konservation starten konnte, hielt mich mein Begleiter am Arm fest. Er sah mich eindringlich an.

»Bleiben Sie hier, genau hier, und unternehmen Sie nichts auf eigene Faust. Ich hole Herrn Hemmerle für Sie.«

»Alles klar.«

Wieder ließ man mich alleine zurück, aber dies hielt nur kurze Zeit an. Drei Minuten später stand Kommissar Hemmerle vor mir. Er erschien mir noch etwas rundlicher als zuvor. Aber vielleicht täuschte ich mich auch. Er schritt jedenfalls recht leichtfüßig auf mich zu.

»Blum, nicht Sie schon wieder.« Hemmerle verzog sein Gesicht.

»Doch.«

»Und wie immer der Konkurrenz voraus. Woher wissen Sie eigentlich so schnell, dass wir hier im Wald etwas gefunden haben, das die Presse gerne reißerisch ausschlachten möchte. Da hat doch nicht etwa jemand heimlich unseren Funk abgehört?«

»Wo denken Sie hin? Wir Journalisten stehen auf dem Boden der…«

»Wo Sie stehen, das weiß ich«, fuhr er mir dazwischen. »Und was ich von Journalisten halte, das sage ich lieber nicht so laut. Sonst hab ich noch eine Beleidigungsklage am Hals.«

Nachdem wir unsre übliche Begrüßungsformel hinter uns hatten, konnten wir zum informativen Teil des Gespräches übergehen.

»Nur die Ruhe, Herr Kommissar. Wenn Sie mit der ganzen Kavallerie ausrücken, dann kann das nicht geheim bleiben. Unten am Parkplatz hab ich auch schon die ersten Gaffer hinter den Absperrbändern gesehen.«

»Ja, ich weiß. Das werden sicher bald noch mehr. Aber lassen wir das. Was wollen Sie wissen? Damit ich's hinter mich bringe und mich wieder meiner eigentlichen Arbeit widmen kann. Sie wissen, dass ich das nur für Sie tue. Nach der Irlandgeschichte haben Sie noch was gut.«

Das freute mich zu hören. So kam ich schneller an Informationen, als meine Kollegen. Und ein schlechtes Gewissen hatte ich dabei auch nicht. Schließlich war die Polizei nicht ganz schuldlos daran gewesen, dass Nelly und ich vor einem Jahr einiges abbekommen hatten. Die Terroristenhatz steckte immer noch tief in unseren Knochen.

»Dann wollen wir keine Zeit verlieren. Was haben Sie denn dort gefunden? Ich nickte mit dem Kopf in die Richtung, in der ich die Leiche vermutete.

»Auf was wir dort gestoßen sind, das wollen Sie lieber nicht sehen. Das ist kein schöner Anblick. Sehen Sie meine Kollegin dort?« Hemmerle zeigte auf eine Beamtin, die sich mit einer Hand an einem Baum abstützte und auf den Boden stierte. Ihre Gesichtsfarbe schwankte zwischen blass und lindgrün.

Ich nickte.

»Sie war die erste Beamtin am Fundort der Leiche. Das ist ihr gar nicht gut bekommen. Auch dem Mann, der den Toten gefunden hat, geht es nicht sonderlich gut.«

»Wer hat den Toten denn entdeckt?«, fragte ich.

Hemmerle schmunzelte.

»Das war so ein Geo-Caching-Spinner.«

»Sie meinen, einer dieser digitalen Schatzsucher.«

»Genau. Die Leute, die alte Socken oder andere sinnlose Gegenstände in den Wald oder sonst wohin hängen, die andere dann per GPS-Daten aufspüren müssen. Man glaubt es nicht, womit man sich heutzutage die Zeit vertreiben kann.«

Hemmerle schüttelte den Kopf.

»Die Forstleute sind auf diese Typen nicht gut zu sprechen. Diese Verrückten stolpern mit der Nase auf ihren Geräten querfeldein durchs Unterholz, trampeln alles nieder, scheuchen das Wild auf und sind dann ganz aus dem Häuschen, wenn sie die alte Socke gefunden haben. Na, da hat der Cacher aber sicher gestaunt, als er plötzlich keine Socke sondern eine Leiche vor sich hatte. Diesen Fund wird er so schnell nicht mehr vergessen.«

»Was genau hat er denn im Wald gefunden?«, fragte ich, während ich mir die ersten Notizen machte.

»Offiziell für Sie: einen Mann.«

»Wie alt?«

»Nicht mehr ganz so jung. Vielleicht Ihr Alter.«

»Danke.«

»Bitte. Gern geschehen.« Hemmerle schmunzelte wieder. Ich war überrascht, welch guter Laune Hemmerle war.

»Wissen Sie schon, wer der Tote ist? Und wo er herkommt?«, bohrte ich nach.

»Er hat sich uns leider nicht vorgestellt. Nein, einen Namen haben wir noch nicht. Und wenn, dann würde ich Ihnen den jetzt noch nicht auf die Nase binden. Unsere Ermittlungen, die lassen Sie uns doch lieber alleine und in Ruhe machen.« Hemmerle sah mich an und stöhnte.

»Ich weiß, ich weiß. Bei Ihnen stößt diese Aufforderung auf taube Ohren«, meinte er.

Ich nickte.

»Was ist an dem Toten denn so schrecklich?« Mein Blick ging hinüber zu der leidenden Beamtin im Wald.

»Hören Sie zu Blum. Der Mann erhielt erst mehrere Schläge mit einem stumpfen Gegenstand auf den Kopf und wurde dann durch mehrere Schüsse getötet. Die Tatwaffen haben wir bisher noch nicht gefunden Wenn Sie noch mehr erfahren wollen, dann warten Sie unsere gemeinsame Pressekonferenz mit der Staatsanwaltschaft ab. Wann die über die Bühne geht, das erfahren Sie rechtzeitig und offiziell.«

Es entstand eine kleine Pause.

»Und inoffiziell?«, beendete ich die Schweigerunde.

Hemmerle verzog die Mundwinkel.

»Sie geben wohl nie auf?«

Ich schüttelte mit dem Kopf.

»Gut. Aber das will ich morgen nicht in der Zeitung lesen. Der Kopf des Mannes wurde übel zugerichtet. Von Schädel und Gesicht ist nicht mehr viel übrig. Da hat sich jemand ausgetobt. Ach ja, auch unten rum war nicht mehr alles so, wie es sein sollte.«

»Unten rum?«

»Na, Sie wissen schon, an der Stelle, an der ein Mann ein Mann ist.«

»Nett ausgedrückt. Ich wusste gar nicht, dass Sie so verklemmt sind.«

Hemmerles Blutdruck stieg an.

»Jetzt reicht's Blum. Treiben Sie's nicht auf die Spitze. Mehr erfahren Sie von mir nicht mehr.«

»Nein, so im Detail will ich es auch nicht wissen. Aber auf was für einen Menschen könnte das hinweisen? Auf eine Männer hassende Mörderin?«

»Muss es nicht unbedingt gewesen sein. Vielleicht war's auch ein eifersüchtiger Liebhaber, der seinen Nebenbuhler aus dem Weg geräumt und in seiner Wut verstümmelt hat. Aber überlassen Sie die Schlussfolgerungen bitte uns. Wir sind die Polizei, wir sind die Ermittler, nicht Sie.«

In diesem Augenblick näherten sich uns mit unaufgeregtem Gang zwei dunkel gekleidete Männer aus Richtung Parkplatz. Sie trugen einen Zinksarg zwischen sich. Als sie uns erreicht hatten, hielten sie kurz an. Einer der Männer wandte sich an Hemmerle.

»Wo ist die Leiche, die wir in die Pathologie bringen sollen?«

Hemmerle wies Ihnen die Richtung.

»Immer diesen Waldweg entlang. Passen Sie auf, es ist sehr uneben dort. Und Sie müssen etwas durchs Gebüsch. Der Mann mit der Brille, das ist mein Kollege Bergmann, der führt Sie hin. Ich bin auch gleich bei Ihnen, wenn ich diesen Naseweis hier abgefertigt habe.«

Die beiden Männer schauten mich erstaunt an, nickten lässig mit dem Kopf und gingen weiter, in die Richtung, die ihnen Hemmerle gezeigt hatte. Jetzt wusste ich auch den Namen des Beamten, der mir vorhin nicht eingefallen war. Bergmann, richtig, so hieß der Brillenträger. Ich hatte ihn im Polizeipräsidium kennengelernt. Ein Kollege Hemmerles, ganz sympathisch und umgänglich.

»Was gibt's noch?« Jetzt hatte ich wieder Hemmerles volle Aufmerksamkeit.

»Wie lange liegt der Tote schon dort?«

»Kann ich noch nicht genau sagen. Aber ein paar Tage schon.«

»Und wo liegt er genau? Wurde er dort auch getötet oder nur abgelegt.«

»Das sind so zwei-, dreihundert Meter von hier aus in den Wald. Ganz in der Nähe des so genannten Pfeiffersteins. War wohl auch der Tatort.«

»Pfeifferstein? Was ist das denn?«

»So ein Steinkreuz, das mitten im Wald steht. Erinnert an irgendein Vorkommnis hier im Schönbuch vor was weiß ich wie viel Jahren. Aber das recherchieren Sie mal gefälligst selbst. Alle Arbeit kann ich Ihnen ja nicht abnehmen. Herr Blum, ich muss jetzt los. Machen Sie endlich, dass Sie von hier fortkommen.«

Ich ließ noch nicht locker.

»Die Tatwaffe haben Sie noch nicht?«

»Nein, das habe ich Ihnen doch schon gesagt. Wir suchen aber gerade die ganze Umgebung danach ab. Bisher noch ohne Erfolg.«

»Kann ich Fotos machen?«

»Hier oben im Augenblick noch nicht. Aber unten, kein Problem.«

Hemmerle drehte sich um und ging in den Wald zurück.

»Bergmann bringt Sie nach unten, damit Sie nichts anstellen können«, meinte Hemmerle im Gehen.

Sein Kollege kam schnellen Schrittes auf uns zu. Offensichtlich hatte er seinen Auftrag, die Sargträger zum Leichenfundort zu führen, inzwischen erledigt. Was mir als Bestätigung diente, dass der Tote wohl wirklich nicht sehr weit von mir entfernt hier im Wald lag. Bergmann unterhielt sich kurz mit Hemmerle, dann kam er zielstrebig auf mich zu. Zuvor hatte ich meinen Fotoapparat aus der Tasche gezogen und heimlich ein Bild geschossen.

»Hier wird nicht fotografiert.«

»Nein, natürlich nicht. Hab nur schon einmal meine Kamera gezückt, damit ich unten gleich Polizei und Absperrbänder ablichten kann«, log ich.

»Gut, gut. Jetzt kommen Sie.« Bergmann drückte seine Brille, die auf dem Nasenrücken etwas nach unten gerutscht war, wieder nach oben. Er ging voraus, in der Erwartung, dass ich ihm auch folgen würde. Ich wollte ein guter Journalist sein und mir mit der Polizei nicht alles verderben, also heftete ich mich an Bergmanns Fersen. Kurze Zeit später waren wir nach einem schnellen Schweigemarsch wieder beim Parkplatz. Dort hatten sich bereits eine Menge Leute hinter den Absperrbändern versammelt, die neugierig jeden beäugten, der kam und ging. Also auch mich. Ich reihte mich am Rande in die Schar der Gaffer ein und gaffte selbst. Nachdem ich mir alle möglichen Motive angeschaut hatte, schoss ich ein paar

Fotos von Absperrbändern und Polizeiwagen. Auch die Schaulustigen nahm ich mir vor. Ich fotografierte eine kleine Menge von Leuten, die angeregt miteinander diskutierten und die auch versuchten, den Polizeibeamten einige Informationen zu entlocken. Während ich mit der Kamera die Gesichter der Menschen ablichtete und munter hin und her zoomte, stutzte ich kurz. Hatte ich nicht gerade ein bekanntes Gesicht zwischen den Schaulustigen entdeckt? Ich löste meinen Blick vom Sucher der Kamera und schaute mir die Leute genauer an. Aber ich erkannte niemanden. Die Gesichter waren mir fremd.

In diesem Augenblick kam Bewegung in die Menge. Ich drehte mich um und sah, dass sich die Sargträger mit ihrem Zinksarg näherten. Ich zückte sofort die Kamera und lichtete auch die beiden blassen Männer in ihren schwarzen Anzügen ab, wie sie mit ernsten Gesichtern das graue Behältnis in ihren Leichenwagen hievten. Ich beneidete sie nicht um ihre Arbeit.

5

Gerade als ich ins Auto steigen wollte, fiel mir Claudius Schall ein. Er hatte mir schon bei der Geschichte mit dem Selbstmörderstein im Schönbuch weitergeholfen. Er konnte mir sicher auch erzählen, was es mit diesem Pfeifferstein auf sich hatte. Er war ein wandelndes Lexikon, was Sagen und Ortsgeschichten hier in dieser Gegend anging.

Ich kramte umständlich mein Handy aus der Tasche. Dabei fiel mir das Gerät allerdings aus der Hülle und genau in den Spalt zwischen den beiden Vordersitzen. Mit einem leisen Fluch auf den Lippen tastete ich mühselig zwischen alten Kekskrümeln, leeren Plastikhüllen von Süßigkeiten und zerknüllten Park- und Tankquittungen nach dem Handy. Ich zwängte meine rechte Hand zwischen das Sitzgestänge, holte mir dabei einen kleinen Riss am Zeigefinger, und stieß, während ich zurückzuckte, meinen Kopf am Lenkrad an. Ich ließ mich zur Seite wegrutschen und entdeckte im nächsten Augenblick, dass ich mir die ganze Akrobatik hätte sparen können. Das kleine Elektronikteilchen war durch das Gestänge in den Fußraum vor dem Fahrersitz gerutscht, wo ich es mit Leichtigkeit hätte aufklauben können, wenn ich meine rechte Hand wieder aus dem Gestänge gebracht hätte. Dies gelang mir erst beim vierten Versuch und mit einem zweiten kleinen Riss am Finger. Ich suchte mir ein Wort aus meinem reichhaltigen Fluchwortschatz heraus und ließ ihm freien Lauf. Aber es war ja alles gut, ich hatte mein Handy und meine Hände wieder in Freiheit.

Über die Telefon-Auskunft ließ ich mir Schalls Nummer geben und gleich weiterverbinden. Ich musste es lange läuten lassen, bis sich am anderen Ende etwas tat.

»Schall«, krächzte es aus dem Hörer.

»Mein Gott, was ist denn mit ihrer Stimme los?«

»Wer ist denn da?«, fragte die Rabenstimme.

»Blum. Ihr Lieblingsjournalist.«

Schall fand meine Bemerkung nicht sonderlich lustig.

»Was wollen Sie denn? Ich hab keine Zeit. Mir geht's nicht gut.«

Ich ließ nicht locker.

»Ich brauche ein paar Informationen. Sie sind doch der Schönbuchfachmann, kennen jeden Winkel hier in dieser Gegend und alle Verwandtschaftsbeziehungen zwischen sämtlichen Geistern und Sagengestalten, die jemals in diesem Wald gehaust haben.«

»Können Sie sich auch weniger geschwollen ausdrücken?«

»Ja, kann ich. Was wissen sie über den Pfeifferstein bei Bebenhausen.«

»Da muss ich erst einmal nachschauen. Aber eines kann ich Ihnen gleich sagen. Da geht es nicht um Sagen oder Geister. Der Stein steht, soviel ich weiß, für ein reales Verbrechen.«

»Das können Sie laut sagen.«

»Wie?«

»Das erkläre ich Ihnen später.«

»Bis wann brauchen Sie denn meine Antwort?«, fragte Schall.

»Bis gestern.«

Schall versuchte ein Lachen herauszudrücken, das allerdings sofort in ein Husten überging.

»Was ist denn mit Ihnen los?«, fragte ich.

»Ich hab die Spätsommergrippe. Sonst hätten Sie mich um diese Uhrzeit hier gar nicht erreicht. Schließlich geh ich einer geregelten Arbeit nach, was man von Ihnen ja nicht gerade behaupten kann.«

»Nein, im Ernst, ich brauche Ihre Antwort so schnell wie möglich für einen Artikel.« Ich erzählte ihm, dass die Polizei beim Pfeifferstein eine Leiche gefunden hatte. Und dass ich deshalb etwas über den Stein im Schönbuch wissen wollte, um meinen Artikel informativer zu machen.

»Wo sind Sie gerade?«, fragte mich Schall.

»Bei der Leiche sozusagen«, antwortete ich und blickte auf den dunkeln Wagen, der gerade an mir vorüber fuhr.

»In Bebenhausen?«

»Könnte man so sagen.«

»Dann kommen Sie doch gleich vorbei. Bis Sie in Walddorfhäslach sind, hab ich in meiner Bibliothek etwas über den guten, alten Pfeiffer gefunden.«

»Das klingt gut. Ich bin gleich bei Ihnen.«

Ich unterbrach die Verbindung, rückte mich auf meinem Sitz zurecht und startete den Wagen. Ich hätte schwören können, einer der Polizisten machte hinter meinem Rücken drei Kreuze, als ich endlich den Parkplatz verließ.

Weit kam ich allerdings nicht. Gerade als ich die ersten Meter der dreispurigen Straße, die zur Kälberstelle führte, erreicht hatte, klingelte mein Handy. Ich nahm das Gerät in die Hand und starrte aufs Display. Ich erkannte die Nummer sofort. Es war Nelly. Nach ein paar Metern hielt ich in einer Parkbucht an und nahm den Anruf entgegen. Ich war glücklich Nellys Stimme zu hören. Und meine Stimmung stieg noch weiter an, als sie mir berichtete, dass sich der Gesundheitszustand ihres Vaters gebessert habe. Die Werte seien stabil, er sei schon wieder guter Dinge. Aber so schnell komme er wohl doch nicht aus dem Krankenhaus. Sie wolle in jedem Fall noch einige Tage bleiben, allein schon um ihrer Mutter, die ziemlich durch den Wind sei, zur Seite zu stehen.

Das klang nicht danach, dass ich Nelly bald wiedersehen würde. Ich erzählte ihr von der Leiche im Schönbuch und dass ich gerade auf dem Weg zu Schall war.

»Pass auf dich auf und mach keine Dummheiten«, war ihr Kommentar.

»Ganz sicher nicht. Ich warte damit, bis du wieder zurück bist.

Ich hebe dir auch ein paar gefährliche Situationen auf. Ohne dich macht das alles nur halb so viel Spaß.«

Nelly lachte. Sie wirkte gelöst, und das stimmte mich zufrieden. Sie versprach mir, sich bald wieder bei mir zu melden.

Zwei Minuten später war ich wieder auf der alten Stuttgarter Straße unterwegs. Auf dem Hügel angekommen, bog ich rechts nach Walddorfhäslach ab.

Unterwegs starrte ich immer wieder ins Unterholz am Straßenrand. Der Schönbuch war hier sehr dicht. Das große Waldgebiet beherbergte einige unheimliche und gruselige Geschichten. Ich war gespannt, was mir Schall diesmal zu bieten hatte.

Einen Kreisverkehr und weitere Kilometer durch den Schönbuch später, erreichte ich den kleinen Ort Walddorfhäslach. Schließlich stellte ich meinen Wagen vor Schalls Haustür ab. Ich sah, dass in dem neuen Wohngebiet am Ortsrand in kurzer Zeit schon wieder einige Häuser hochgezogen worden waren. Der Ort schien sich mit Macht weiter vergrößern zu wollen.

Ich ging über die Straße und steuerte auf Schalls Haustür zu. Noch ehe ich sie erreicht hatte, hörte ich ein Summen und die Tür sprang auf. Schall hatte mich bereits erwartet.

Kurz darauf saß ich an seinem Wohnzimmertisch. Mir gegenüber kauerte ein Mann, dem es augenscheinlich nicht sonderlich gut ging. Um seinen Hals hatte er einen Schal gewickelt. Seine Nase war rot und triefte, die Augen wirkten glasig.

»Nehmen Sie Platz«, sagte er, obwohl ich schon vor ihm saß. »Und bleiben Sie mir vom Leib, damit Sie sich nicht bei mir anstecken. Ich sage Ihnen, so eine Sommergrippe ist kein Zuckerschlecken!«

»Das kann ich mir vorstellen«, stimmte ich ihm zu.

Als Antwort erhielt ich ein längeres Husten.

»Haben Sie etwas für mich?«, fragte ich ihn, nachdem er sich ausgehustet und die Bazillen in die Raumluft entlassen hatte.

»Ja, ich habe gleich etwas gefunden. Keine schöne Sache. Es ging um einen armen Jungen, einen Forstlehrling.«

Schall legte ein aufgeschlagenes Buch auf den Tisch. Es zeigte ein Foto von einem Gedenkstein. Ich warf einen flüchtigen Blick darauf.

»Ich kann Ihnen kurz erzählen, was dort passiert ist.«

Er lehnte sich in seinem Stuhl zurück und nahm, begleitet von weiterem Schniefen und Husten, seine Vortragshaltung ein.

»Hoffentlich hält das meine Stimme durch.«

Das hoffte ich auch.

»Hier, sehen Sie.« Schall zeigte mit dem Finger auf das Foto. »Da steht der Name des Jungen: Wilhelm Pfeiffer. Ihn hat es damals getroffen, einen Sechzehnjährigen, obwohl er ja gar nichts für den Streit konnte.«

Schall hatte die Angewohnheit, nie direkt zur Sache zu kommen. Er näherte sich immer auf Umwegen dem eigentlichen Thema, deshalb versuchte ich, ihn auf den direkten Weg zu führen.

»Was ist dem armen Menschen passiert? Ich brauche ein paar Details«, forderte ich Schall auf.

»Sie müssen wissen, früher war es Sitte, dass die Leute, wenn sie Holz brauchten, einfach in den Wald gingen und sich ihr Holz schlugen. Das passte der Forstbehörde dann aber nicht mehr, weil es die Leute übertrieben. Sie schränkte die Nutzungsrechte für die Bevölkerung stark ein.«

»Von welcher Zeit reden Sie?«, unterbrach ich Schall.

»Nun, ich rede vom 18. und 19. Jahrhundert. Diese Sache hier ist 1822 passiert. Die Jahreszahl kann man noch gut lesen, den Tag auch. Es war der 26. Februar.« Wieder deutete Schall auf die Fotos im Buch.

Ich hatte Schall mit meiner Frage etwas aus dem Konzept gebracht.

»Ach, ich habe Ihnen gar nichts angeboten. Möchten Sie etwas trinken?«

Schall machte eine Bewegung, als ob er aufstehen wollte.

»Vielleicht einen Kräutertee? Ist gut für den Hals und gegen Erkältung.«

Ich winkte ab.

»Sicher? Ja, gut, freiwillig trinkt man so eine Brühe wahrscheinlich auch nicht. Ihnen geht es ja noch ganz gut.«

Das sollte auch so bleiben. Deshalb wollte ich so schnell wie möglich diesen Tummelplatz zahlloser Grippebazillen verlassen, die Schall mit jedem Hüsteln in meine Richtung ausschickte. Ich rückte etwas vom Tisch ab, während Schall sich anschickte, sich vom Stuhl zu erheben.

»Nein, danke, bleiben Sie ruhig sitzen. Erzählen Sie einfach nur weiter.«

Schall schien froh zu sein, dass er es sich wieder auf seinem Stuhl bequem machen konnte.

Inzwischen hatte eines der Bilder in dem kleinen Buch meine Aufmerksamkeit auf sich gezogen. Es zeigte die andere Seite des Steines. In großen Lettern eingemeißelt stand dort »Mordplaz«.

Ich wollte Schall auf das Bild hinweisen, aber er ließ mich gar nicht zu Wort kommen.

»Wo war ich gerade? Richtig, beim Holz.« Schall lehnte sich etwas zurück, den Kopf leicht zur Seite geneigt. Seine Hände legte er, ineinander verschränkt, auf den Tisch. Es war Zeit für die nächste Lektion.

»Nun, dass die Leute ihr Holz nicht mehr so einfach aus dem Wald holen konnten, passte ihnen natürlich nicht. Für sie war das all die Jahre selbstverständlich gewesen, der Wald wuchs doch direkt vor ihrer Haustür. Sie waren der Meinung, dass es genügend Bäume für alle gab und sie verstanden nicht, dass man ihnen auf einmal hohe Strafen androhte, wenn sie angeblich zu viel Holz schlugen, wenn sie einen ›Waldfrevel‹ begingen, wie es damals hieß. Der Ärger war vorprogrammiert.«

»Die Leute haben sich gewehrt?«, fragte ich.

»Das können Sie laut sagen. Wissen Sie, auch damals gab es schon ›Wutbürger‹, nicht erst seit Stuttgart 21 oder den Castortransporten.« Schall lächelte.

»Sie ließen sich nicht alles von der Obrigkeit gefallen. Allerdings ging es damals wohl noch heftiger zu als heute. Ein Autor spricht sogar von ›kriegsähnlichen Zuständen‹, die damals zwischen der Bevölkerung und den Forstleuten geherrscht hätten.«

»Und wie kommt nun der Pfeiffer mit drei f ins tödliche Spiel?«

»Wie? Ach ja. Der Pfeiffer. Das war ein junger Forstadjunkt, ein Forstlehrling. Der hat die ganze Wut abbekommen.« Schall legte eine kurze Pause ein, in der er einen Schluck aus seiner Teetasse nahm. Dann fuhr er mit seinem Vortrag fort.

»Die Behörde hat natürlich kontrolliert, ob sich die Bevölkerung an die Nutzungsrechte hielt. Und wie es heißt, war dieser Wilhelm Jacob Pfeiffer damals gerade alleine auf einem Kontrollgang, als er aufgebrachten Leuten aus Bebenhausen begegnete. Es kam zu einer Auseinandersetzung, die schließlich eskalierte. Der junge Mann wurde von den Leuten erschlagen.« Schall hielt kurz inne, um seine Worte wirken zu lassen.

»An der Stelle, an der das passierte, errichteten die Forstleute das Sühnekreuz, das bis heute dort steht. Man hat seine Leiche wohl erst Tage später gefunden. Er soll schrecklich zugerichtet worden sein. Wie der arme Pfeiffer ausgesehen hat, das will ich mir gar nicht vorstellen.«

Da stimmte ich mit Schall überein. Mein erkälteter Gesprächspartner zeigte, begleitet von einem Krächzen, mit einem Finger auf das Buch.

»Übrigens, hier steht, dass es auch ein Grab bei der Kirche in Bebenhausen geben soll. Aber ob das stimmt, das müssen sie selbst herausfinden.«

Schall beugte sich etwas nach vorn, hustete kräftig in die Faust seiner rechten Hand, die er rechtzeitig vor den Mund gehalten hatte. Es war wie ein Zeichen dafür, dass meine »Audienz« nun beendet war. Es war mir recht, ich hatte fürs erste genügend Informationen für meinen Artikel gesammelt. Die historische Pfeiffergeschichte passte, auch wenn damals keine Pistole im Spiel gewesen war, recht gut zur aktuellen Todesart. Ich erhob mich von meinem Stuhl, verabschiedete mich von Schall, blieb dabei aber auf Distanz zu ihm und vermied es, seine rechte Hand schütteln zu müssen, die er gerade beim Husten als Bazillenfänger eingesetzt hatte.

Ich verließ Schalls Haus und wäre auf der Straße fast von einem strammen Radfahrer überfahren worden. Als er an mir vorüber war, erkannt ich ihn, was vor allem an seiner ausladenden Lockenpracht lag. Es war Rolf Vohrer, Lehrer an der örtlichen Hauptschule. Er hielt kurz an und drehte sich zu mir um.

»Ach, der Herr Blum, der rasende Lokalreporter. Wohl wieder beim Recherchieren sensationeller Neuigkeiten unterwegs. Lassen Sie sich nicht aufhalten. Und, schreiben Sie was Schönes.« Er lachte laut auf, winkte wild mit einer Hand, wäre dabei fast vom Rad gefallen und war im nächsten Augenblick in einer Seitenstraße verschwunden.

Minuten später saß ich in meinem Auto und fuhr durch den Schönbuch Richtung Pfrondorf und Lustnau. Der Wald wirkte auf mich unheimlich und düster.

6

Ich las meinen Artikel und nickte zufrieden. Es war eine runde Geschichte geworden. Ich hatte Schalls Erzählungen wie auch die Presseerklärung der Polizei, die mir Micha Becker zugemailt hatte, in meinen Bericht eingearbeitet. Ich hatte in den Zeilen einen Spannungsbogen aufgebaut, der fast an einen Kriminalroman erinnerte. So konnte es weiter gehen. Meine Arbeit machte mir wieder Spaß. Dass ich auch noch den Artikel über die Podiumsdiskussion verfassen musste, blendete ich noch aus meinen Gedanken aus.

Ich schloss meine Kamera per USB-Kabel an den Computer an und ging die Fotos durch, die ich an den polizeilichen Absperrungen am Parkplatz geschossen hatte. Die Sargträger, der Leichenwagen, die Polizeibeamten im Wald, das waren die richtigen Motive, um meinen Artikel zu bebildern. Die Auswahl fiel mir schwer.

Ich ging die Fotos einzeln durch. In jedem Fall mussten auf einem Bild auch Schaulustige zu sehen sein, denn die Gaffer sollten sich auch selbst in der Zeitung wiederfinden können.

Ich entschied mich schließlich für eine Aufnahme, die eine Gruppe von Leuten zeigte, die sich angeregt unterhielten. Daneben waren zwei, drei Personen zu sehen, die gebannt auf die Polizisten an den Absperrbändern starrten. Ich musste zweimal hinsehen. Dieses eine Gesicht am linken Bildrand kam mir bekannt vor. Ich vergrößerte die Aufnahme: die langen, welligen Haare, die großen Augen, der Mund mit den schmalen Lippen. Ich hatte die Frau nicht sofort erkannt, weil ich mit ihrem Gesicht an dieser Stelle gar nicht gerechnet hatte. Aber jetzt war ich mir sicher. Die Person am Rande dieser Gruppe war Kathrin. In Sekundenschnelle lief ein ganzer Film vor meinen Augen ab. Und ich verlor mich einen Augenblick in meinen Gedanken.

Die Zeitmaschine ratterte und versetzte mich um Jahre zurück. War das eine wilde Zeit gewesen? Während meines Studiums an der Uni Tübingen hatte ich Kathrin in einem Germanistik-Seminar kennen gelernt. Wir hatten zusammen eine Hausarbeit über ein einfach klingendes Linguistik-Thema geschrieben. Es ging um Argumentation und wie Menschen besser miteinander kommunizieren. Doch die Texte, die wir behandelten, waren so kompliziert, das wir kein Wort verstanden. Dafür verstanden wir uns umso besser.

Es dauerte nicht lange und Kathrin und ich teilten Tisch und Bett. Wir waren rund um die Uhr zusammen. Das Germanistik-Studium wurde vorübergehend zur Nebenbeschäftigung, wir studierten uns gegenseitig. Unsere Beziehung wurde immer intensiver. Nichts konnte uns trennen. Alles erledigten wir gemeinsam, Einkaufen, Kino, Zwiebeln schälen. Und die Nächte dauerten gefühlte 20 Stunden.

Klar, dass das nicht ewig gut gehen konnte. Einem von uns beiden musste diese Schwärmerei einmal zu viel werden, irgendwann musste diese Nähe bei einem von uns beiden Klaustrophobie auslösen. Kathrin war die erste, die es traf. Sie zog sich immer mehr von mir zurück und gab mir schließlich den Laufpass, nachdem sie festgestellt hatte, dass es in ihrem zweiten Leben wichtige Seminare, ein noch wichtigeres Studium und vor allem auch noch andere Menschen als mich gab.

Ich brauchte einige Zeit, um die Veränderung in meinem Leben annehmen zu können. Zuerst fiel ich in ein tiefes Loch. Als es mir dort zu dunkel wurde, suhlte ich mich einige Zeit in melancholischem Liebeskummer, den ich abwechselnd mit Guinness oder Dornfelder zu therapieren versuchte. Nach nächtelangen Therapiesitzungen, bei denen mir Freunde halfen, mein gebrochenes Herz zusammenzuflicken und gleichzeitig den danieder liegenden Umsatz der Alkoholindustrie anzukurbeln, hatte ich mich so einigermaßen wieder auf den Weg gebracht, dass ich mein Examen ansteuern konnte. Die Richtung stimmte, auch wenn ich nicht gerade mit vollen Segeln mein Ziel anpeilte.

An dieser wehmütigen Stelle holte mich die Zeitmaschine wieder in die Gegenwart zurück.

Was suchte Kathrin unter den Schaulustigen auf dem Parkplatz? Meines Wissens wohnte sie nicht in Bebenhausen. Damals, als wir uns begegnet waren, hatte sie unter dem Dach eines Fachwerkhauses in der Tübinger Altstadt gelebt. Aber vielleicht war sie ja inzwischen umgezogen. Sicher war sie das. Unsere Beziehung lag ja schon viele Jahre zurück, auch wenn mir plötzlich alles wie gestern vorkam.

Kathrin hatte sicher einen mustergültigen Studien-Abschluss in der Tasche. Wahrscheinlich war sie inzwischen in einem gut bezahlten Job gelandet und hatte einen reichen und blendend aussehenden Schnösel geheiratet, mit dem sie zwanzig glückliche und gesunde Kinder hatte. Wahrscheinlich lebte sie in einer großen Villa mit gepflegtem Garten drum herum, mit Porsche, Pool und so weiter.

Das Summen meines Handys riss mich aus meinen immer wirrer werdenden Gedanken. Ich zog es aus meiner Jackentasche, drückte auf das grüne Hörersymbol und nahm das Gespräch an.

»Ja, Kathrin, was ist?«, fragte ich leise.

»Wie?« Es herrschte eine kurze Pause. » Ich weiß nicht, wen Sie gerade gerne an der Strippe hätten. Aber ich vermute einmal, sicher nicht mich.« Ich erkannte die Stimme sofort, es war Hemmerle.

»Da vermuten Sie richtig«, entgegnete ich ihm.

»Hab ich trotzdem Ihre Aufmerksamkeit?«

»Sicher. Ich bin ganz Ohr.« Ich war wieder in der Wirklichkeit angekommen.

»Wir haben für übermorgen Nachmittag, 16 Uhr, eine Pressekonferenz im Polizeihochhaus angesetzt. Ich rate Ihnen, dorthin zu kommen. Wir haben interessante Neuigkeiten, was den Mordfall im Schönbuch angeht. Möglicherweise können wir dann schon etwas zur Identität des Opfers sagen.«

»So schnell?«

»Wir sind von der schnellen Truppe, das wissen Sie doch.«

»Nun, wenn Sie mich so fragen, dann …«

»Ich will Ihren unqualifizierten Kommentar gar nicht hören«, unterbrach mich Hemmerle.

»Gut, dann rücken Sie raus mit der Sprache. Wer ist der Tote?«

»Warten Sie's ab. Wir brauchen noch ein paar Stunden, um Gewissheit zu haben. Aber ich bin mir sicher, wir sind auf der richtigen Spur.«

Ich wollte noch eine weitere Frage stellen, aber Hemmerle hatte schon aufgelegt.

Ich rief sofort Micha Becker in der Redaktion an. Er wusste schon von dem Termin, war aber überrascht, dass die Polizei mich persönlich informiert hatte.

»Du hast wohl wirklich einen guten Draht zu unseren Freunden und Helfern in Grün.«

»Kann man wohl so sehen.«

»Na, dann bleib dran an der Geschichte. Aber vorher will ich noch den Artikel über die Podiumsdiskussion.«

Ich stöhnte auf. Diese Qual hatte ich für einen Augenblick ganz vergessen. Ich sah mich auf meinem Schreibtisch um. Da lag er, der Stoß mit Blättern, auf denen ich alle qualifizierten sowie die überflüssigen Kommentare der Diskussionsteilnehmer notiert hatte. Der Gedanke, dass ich mich jetzt durch diese Notizen quälen musste, ließ meine Stimmung in den Keller sinken. Ich suchte nach einer Alternative.

»Ich habe heute doch schon einen Sensationsbericht für euch geschrieben. Einen zweiten bringt ihr gar nicht im Blatt unter. So viel Platz habt ihr nicht auf der Seite. Können wir den Artikel nicht auf morgen schieben?«

»Kommt gar nicht in Frage. Die Konkurrenz wird sich sicher episch über das Thema auslassen, also brauchen wir auch etwas. Setz dich an deine Kiste und hau in die Tasten. Tipp, tipp, hurra.« Das war seit Jahren Beckers Standardspruch, wenn er seine Schreibsklaven zu Höchstleistungen antreiben wollte.

»Von wegen hurra. Was ist mit dir los? Du scheinst guter Stimmung zu sein, so kenne ich dich gar nicht.«

»Mir geht's auch bestens. Nach der positiven Tarifrunde wartet die nächste Gehaltserhöhung auf mich und ich muss leider demnächst meine freien Tage nehmen, sonst verfallen sie. Sommer, Sonne, Sonnenschein. In letzteren werde ich mich genüsslich auf meiner Terrasse legen, während du dich um Mord und Totschlag kümmerst. Aber genug der Träumerei, schick mir als erstes einmal ein paar Fotos von der Podiumsdiskussion, damit ich sie an die

Technik weitergeben kann. Für den Artikel hast du 90 Zeilen, mehr nicht, verstanden?« Micha Becker legte auf.

Das reichte auch. Widerwillig widmete ich mich wieder meiner Wunderkiste. Ich tippte eine Taste an, der Bildschirmschoner verflüchtigte sich und ich hatte jede Menge Fotos vor der Nase. Meine Kamera hing noch immer an meinem Computer.

Jetzt ging es allerdings um die Podiumsdiskussion. Sofort hatte ich die Fotos gefunden, die ich brauchte. Ich schaute mir Bild für Bild genau an und wählte eine Szene aus, bei der die Teilnehmer der Diskussionsrunde wild gestikulierten und schräge Grimassen zogen. Ich war schlecht gelaunt, weshalb sollten dann die Leute auf den Fotos in der Zeitung gut aussehen. Meine kleine Rache. Ich wählte ein Grimassen-Bild nach dem anderen aus. Wichtig war es auch, ein Foto von der Masse im Saal auszuwählen. Im nächsten Augenblick breiteten sich schätzungsweise weit über hundert Menschen auf meinem Bildschirm aus. Auch ihre Gesichter stammten nicht gerade von einem Schönheitswettbewerb. Doch halt, eines schon. Ich erkannte es sofort wieder.

Kathrin. Zwei völlig unterschiedliche Termine, ein Gesicht. Ein Zufall? Wohl kaum.

7

Lena Finthen gefiel, was sie im Spiegel sah. Sie drehte sich zur linken, dann zur rechten Seite, strich ihr Kleid mit beiden Händen glatt und betrachtete ihre Figur. Ihr Blick folgte den Umrissen ihres Körpers. Es passte alles, ihr Busen war nicht groß, aber doch markant und ihre schmale Taille ging in einer sanften Kurve in ihre Oberschenkel über. Sie rückte näher an den Spiegel heran. Dabei breitete sich ihr langes, schwarzes Haar gleichmäßig auf ihren Schultern aus und rahmte die feinen Züge ihres Gesichts ein. Ihre Nase war schmal und gerade, ihre Augen strahlten ihr in einem hellen, fast durchsichtigen Blau entgegen. Die Lippen hätten nach ihrem Geschmack etwas voller sein können, doch diesen kleinen Makel korrigierte sie immer mit einem kräftigen Lippenrot, das sie nun vor dem Spiegel sorgfältig nachzog.

Lena war vor zwei Wochen 18 geworden. Sie war jetzt volljährig. Endlich, dachte sie, konnte sie für sich selbst entscheiden und musste nicht mehr die Eltern fragen, wann und wie lange sie ausgehen durfte. Ein gutes Gefühl, aber sie konnte sich nicht beklagen. Sie verstand sich gut mit ihren Eltern, die ihr schon zuvor viele Freiheiten gelassen hatten. Aber sie konnte natürlich auch verstehen, dass sie sich Sorgen machten, wenn sie abends mit ihren Freundinnen ausging und es etwas später wurde.

Aber was sollte schon passieren? Tübingen war keine gefährliche Großstadt, sondern ein überschaubarer, ruhiger Ort mit wenig Kriminalität und mit vielen Studenten, die bis spät in der Nacht die Straßen der Altstadt bevölkerten. Zudem gab sie immer Acht, dass sie in der Dunkelheit keine größeren Strecken alleine zurücklegen musste, schon gar nicht in abgelegenen Gegenden.

Das war auch heute so. Zwar war diesmal keine ihrer Freundinnen dabei. Dafür aber Raphael. Sie hatte ihn vor zwei Monaten bei einer Party kennen gelernt und sich sofort in ihn verliebt. Er war zwei Jahre älter als sie und hatte gerade sein Studium der Betriebswirtschaft in Tübingen aufgenommen. Raphael war kein Tübinger, auch kein Schwabe. Das hörte man beim ersten Wort. Er kam aus der Pfalz, aus einem kleinen Ort bei Neustadt an der Weinstraße. Der pfälzische Akzent, den er hatte, fand sie niedlich. Warum, das wusste sie eigentlich nicht. Vielleicht weil er einfach anders war, als das, was sie jeden Tag um sich herum hörte.

Am lustigsten fand sie es, wenn Raphael versuchte, Hochdeutsch zu reden und dabei immer wieder über seinen Akzent stolperte. Aber obwohl er viel Humor hatte, hätte sie sich nie getraut, sich über seine sprachlichen Besonderheiten lustig zu machen.

Nun waren sie das erste Mal zusammen aus, alleine, ohne Freunde. Zuerst hatten sie sich im Kino einen Film angeschaut. Schon dort waren ihre Hände immer nahe beieinander gelegen und ihre Schultern hatten sich berührt.

Nach dem Kino waren sie in die Diskothek in der Tübinger Südstadt gegangen. Sie waren sich schnell näher gekommen, hatten fast die ganze Zeit miteinander getanzt, auch als die Musik langsamer geworden war. Sie hatte sich wohl gefühlt, als sie ihren Kopf an seine Brust legen konnte und er sie fest in seinen Armen hielt, während sie sich gemeinsam im Rhythmus der Musik über die Tanzfläche bewegten.

Jetzt war es schon spät geworden, und sie wollten die Diskothek verlassen und nach Hause gehen. Deshalb war sie noch einmal in der Damentoilette verschwunden, um im Spiegel zu kontrollieren, ob ihr Aussehen noch in Ordnung war.

Lena spürte eine steigende Unruhe in sich. Würde er sie auf dem Nach-Hause-Weg das erste Mal küssen. Und wie würde sie selbst in dieser Situation reagieren? Kam ihr das noch zu früh oder sollte sie gleich ihren Gefühlen nachgeben? Bisher hatte sie nur oberflächliche Beziehungen gehabt, Kindereien, nie war etwas Ernstes, schon gar kein Sex dabei herausgekommen. Aber jetzt war alles anders, Raphael war anders, das spürte sie.

Doch konnte sie ihren Gefühlen vertrauen, konnte sie Raphael vertrauen? Kannte sie ihn wirklich? Wusste sie, wie er reagieren würde, wenn ...?

Sie konnte ihre Gedanken nicht weiterverfolgen, denn in diesem Augenblick ging die Tür zur Damentoilette auf und eine andere Frau kam herein, die einige Jahre älter als Lena Finthen war. Sie war deutlich angetrunken, stellte sich leicht schwankend neben sie und betrachtete sich ebenfalls im Spiegel. Lena war verstört. Sie mochte es nicht, wenn Frauen so viel tranken. Und es gefiel ihr nicht, dass sich diese Zicke nun vor dem Spiegel breit machte und immer näher zu ihr herüber rückte. Als die Alkoholfahne sie erreicht hatte, hatte Lena genug. Sie griff sich ihre Handtasche, drehte sich um und verließ den Raum.

Sofort schlug ihr wieder die laute Musik und das Diskolicht von der Tanzfläche entgegen. Sie drängte sich durch die Menge zu ihrem Platz zurück. Raphael wartete schon auf sie. Er schaute sie mit einem durchdringenden Blick an.

Er sagte etwas. Zumindest bewegten sich seine Lippen, sie konnte ihn wegen des Diskolärms nicht verstehen. Sie beugte sich zu ihm hinunter. Ihre Gesichter waren nun nahe beieinander. Mit seinen Armen hielt er ihre Schultern fest. In diesem Augenblick lief eine Gruppe von Jungs an ihnen vorüber. Einer von ihnen rempelte Lena aus Versehen an. Sie fiel leicht nach vorne und landete auf Raphaels Schoß.

»Tut mir leid, aber diese Idioten ...«, sagte sie laut und zeigte in Richtung der Jungs, die gerade Richtung Tanzfläche drängten und auf dem Weg dorthin auch andere Paare anrempelten.

»Macht doch nichts«, antwortete Raphael, der sie einen Moment auf seinem Schoß hielt. Sie lächelten sich an. Und wieder irritierte sie dabei Raphaels Blick ein wenig. War in seinen Augen Unsicherheit oder gar Ablehnung abzulesen? Sie konnte nicht genau sagen, was es war. Wahrscheinlich war er jetzt genauso nervös wie sie. Sie wurde ruhiger, als sie spürte, dass er sie am Rücken sanft streichelte.

»Komm, gehen wir«, sagte Lena.

»Ja, ich glaube, es ist besser, wir gehen, bevor es hier richtig abgeht. Diese Idioten provozieren jeden hier. Die sind sicher auf Stress aus.« Ihr Blick ging Richtung Tanzfläche, wo die Gruppe der Jungs nun lärmend und rücksichtslos mit den Armen herum fuchtelnd durch die Menge polterte. Lena und Raphael waren sich einig: Das konnte nicht mehr lange gut gehen.

Lena erhob sich, nahm ihre Handtasche und Jacke und ging Richtung Ausgang. Sie spürte, dass Raphael direkt hinter ihr war. Er fasste sie leicht an der Taille an und drückte sie sacht durch die Menge, die sich im Gang vor dem Raum mit der Tanzfläche versammelt hatte.

Sie erreichten die Absperrgitter, die zur Kasse führten.

»Gib mir deine Karte, ich bezahle für uns beide«, sagte Raphael.

»Das brauchst du nicht.«

»Doch, ich möchte dich einladen. Der Abend mit dir war sehr schön.«

Lena sah Raphael nicht an, blickte nur nach unten auf den Boden und sagte leise »danke«.

Sie gab ihm die Karte, und er bezahlte die Rechnung für beide.

Vor der Diskothek hielten sich mehrere kleine Grüppchen von jungen Leuten auf. Sie alberten miteinander herum oder diskutierten lautstark, wohin sie jetzt noch gehen sollten. Einige standen nur da und bliesen Zigarettenrauch in den Nachthimmel.

Als Lena zusammen mit Raphael die Reutlinger Straße erreicht hatte, sah sie die Leuchtreklame eines Schnellimbisses. Ein leichtes Hungergefühl machte sich bemerkbar. Doch gerade als sie

Raphael vorschlagen wollte, ob sie noch eine Kleinigkeit zu essen holen sollten, drängte sich auf der anderen Straßenseite eine lärmende Gruppe von Jungs in den Imbiss. Sie hatte keine Lust, sich in eine lange Schlange vor der Kasse zu stellen, mit Typen, die ihr mit ihrem blöden Gehabe auf die Nerven gingen.

Ohne dass sie etwas abgesprochen hatten, spazierten Lena und Raphael die Reutlinger Straße Richtung Innenstadt entlang. Hier draußen war es wesentlich ruhiger als in der Diskothek, hier konnte man normal miteinander reden und musste sich nicht anschreien. Sie wartete darauf, was Raphael vorschlagen würde.

Doch ehe er etwas sagen konnte, wurden sie von lärmenden Menschen abgelenkt. Auf dem Bürgersteig gegenüber rannte ein junger Mann, den eine Gruppe laut fluchender Männer verfolgte. Sie bekam nicht mit, was weiter passierte, da sie in die nächste Seitenstraße abgebogen und danach aus ihrem Sichtfeld verschwunden waren. Ängstlich sah sie Raphael an.

»Was geht da ab? Ich habe Angst, dass sie den Mann zusammenschlagen. Meinst du, wir sollten die …«. Doch ehe sie das Wort »Polizei« aussprechen konnte, unterbrach sie Raphael.

»Mach dir keine Gedanken um diese Idioten. Da passiert schon nichts. Die haben einfach nur zu viel getrunken«, versuchte er sie zu beruhigen. Doch Lena wurde nicht ruhiger. Das änderte sich allerdings, als sie wahr nahm, dass sich ein Streifenwagen näherte und in die Straße einbog, in die die Meute abgetaucht war.

Erleichtert hakte sie sich bei Raphael unter und zog ihn mit sich. Sie war überrascht, dass sie so spontan reagiert und seine körperliche Nähe gesucht hatte. Raphael zog sich nicht zurück, ihm schien die Berührung zu gefallen. Man sollte nicht immer zu viel nachdenken, sondern spontaner sein, dachte Lena. Sofort hatten sie den Gleichschritt mit Raphael gefunden und sie schlenderten gemeinsam weiter Richtung Blaue Brücke.

Als sie die nächste Seitenstraße überquerten, fiel Lenas Blick auf zwei Männer, die vor einer Gartenmauer standen. Sie stutzte, was die beiden dort zu tun hatten. Dann machte ihr die Körperhaltung der lachenden Gestalten klar, dass die beiden gerade über die niedrige Mauer in den Vorgarten urinierten.

Sie schüttelte den Kopf.

»So eine Sauerei!«, regte sich Lena auf.

»Ach lass, diese blöden Schweine sind es nicht wert, das man sich über sie aufregt«, meinte Raphael.

Die Männer drehten sich zu ihnen um, weil sie wohl bemerkt hatten, dass sie beobachtet wurden. Allerdings interessierte es sie nicht weiter. Sie hatten ihre Pinkel-Aktion beendet und trollten sich, immer noch lachend, in entgegengesetzter Richtung davon. Lena konnte sich nicht beruhigen.

»Wenn das so weiter geht, werden die Anwohner der Stadt noch mehr Druck machen. Und mit Recht. Wer will schon den ganzen Dreck und Lärm vor der Nase haben? Diese Idioten machen alles kaputt. Wenn das so weiter geht, wird die Disko noch früher schließen müssen.«

Lena hatte vor kurzem einen Artikel in der Zeitung gelesen, der die Probleme rund um die Diskothek und den Ärger der Anwohner aufgelistet hatte. Doch Raphael interessierte die Diskussion nicht sonderlich. Er hatte anderes im Kopf.

»Du hast Recht«, sagte er nur.

Lena wunderte sich, dass Raphael auf einmal so wortkarg war. Schweigend gingen sie ein paar Schritte nebeneinander her. Sie waren nicht mehr weit von der Blauen Brücke, die in die Tübinger Innenstadt führte, entfernt. Sie hatten den Lärm und die Betriebsamkeit der Diskothek deutlich hinter sich gelassen. Keine Menschenseele war mehr zu sehen.

Lena spürte, wie die nächtliche Stille sie nervös machte. Sie war froh, dass Raphael bei ihr war. Allein wollte sie hier nun doch nicht entlang laufen. Ihr Arm rutschte immer weiter nach unten, bis sich schließlich ihre Hände trafen. Raphael zog seine nicht weg. Als sie an der hässlichen Beton-Unterführung vorbei kamen, die zum Landestheater führte, griff Lena Raphaels Hand noch fester. Sie hasste diese dunkle Ecke und war froh, dass sie nicht durch den triste beleuchteten Fußgängertunnel hindurch mussten. Ängstlich blickte sie in das fahle Licht der Unterführung, die mit Graffiti voll gesprüht war.

Plötzlich zuckte sie zusammen, weil sie glaubte, am anderen Ende des Tunnels einen Schatten gesehen zu haben. Sie drückte sich noch enger an Raphael. Wieder glaubte sie, eine Bewegung wahrgenommen zu haben, doch es tauchte niemand am anderen Ende der trüben Betonröhre auf. Lena beschleunigte ihre Schritte und zog Raphael mit Richtung Blaue Brücke.

»Was ist?«, fragte Raphael.

»Ich habe Angst.«

Raphael starrte sie an.

»Wieso?«

Lena blickte sich nervös um.

»Ich weiß nicht. Es ist so dunkel hier, so unheimlich.«

Plötzlich hörte sie ein rumpelndes Geräusch, das näher zu kommen schien. Sie erschrak.

»Was ist das?«, fragte sie.

Raphael drehte seinen Kopf zur Seite. Jetzt hörte er es auch. Es war ein seltsames Geräusch.

»Ich weiß es nicht.«

Lena wünschte sich, dass Raphael sie in den Arm nehmen und beruhigen würde. Doch er wirkte distanziert, sein Körper war angespannt.

»Lass uns von hier verschwinden«, sagte Lena leise.

Doch Raphael ging nicht auf sie ein.

»Jetzt weiß ich, was das für ein Geräusch ist. Das ist ein Güterzug. Die fahren oft mitten in der Nacht«, sagte er.

Die Erklärung beruhigte sie nur zum Teil. Sie hatte kein gutes Gefühl und wollte nur weg von diesem Ort, der sie so sehr ängstigte.

Doch Raphael ließ sie nicht. Er hielt sie fest und drückte sie an sich.

»Bleib ruhig. Ich bin doch bei dir.«

Den Satz hätte sie gerne früher schon gehört. Jetzt passte er nicht zu ihrem Gefühl. Trotzdem lehnte sie kurz ihren Kopf an seinen Oberkörper. Ihr Blick ging zur Seite. Sie hörte das Rumpeln, das nun ganz nahe war.

Im nächsten Augenblick ging alles sehr schnell. Sie sah die kurze Bewegung auf der Blauen Brücke. Ein schwarzer Schatten torkelte am Geländer hin und her. Im nächsten Augenblick fiel er nach unten. Lena erstarrte. Ihr war sofort klar, dass ein Mensch auf die Gleise gestürzt war.

»Nein«, schrie Lena laut auf.

Raphael schaute auf Lena und drehte sich dann erschrocken in Richtung Gleise um. Im selben Augenblick hörten sie das markerschütternde Kreischen der Zugbremsen. Doch erst nach einigen hundert Metern kam der Güterzug zum Stehen.

8

Was wäre der Mensch ohne Telefon? Glücklich und frei. Und weniger genervt.

Es gibt Tage, an denen steht dieses kleine Gerät nie still. Immerzu spielt es eine dieser grässlichen Melodien oder Töne, die ein armseliger Konstrukteur vermutlich im Vollrausch dem unschuldigen Plastikteil eingepflanzt hatte. Oder er rächt sich, weil vom Arbeitgeber unterbezahlt und ausgebeutet, am Kunden, der wegen seines Schnäppchenwahns mit schuld an seinem Billiglohn ist. Das Fazit: Wer nicht mehr ausgeben will, hat es nicht besser verdient – billiges Gerät, billiger Klingelton.

Und außerdem scheppert das Telefon immer zum ungünstigsten Zeitpunkt: frühmorgens um zehn beim Frühstück, mitten im wohlverdienten Mittagsschlaf des Journalisten, nach harter Recherche oder wenn man gerade nach getaner Arbeit mit einem Glas Dornfelder in der Hand die Katastrophen des Tages Revue passieren lässt.

Es begann bei Punkt eins und es war der Anruf, den ich schon erwartet hatte.

Ich hatte mir gerade einen vertrockneten Toast zurecht gelegt, um ihn mit Orangenmarmelade zu bestreichen. Und der Teebeutel mit Milch in meinem Irland-Becher wartete auf sein Wasser, das im Kocher auf Siedetemperatur gebracht wurde. Der nervige Klingelton übertönte das laute Sprudeln des Wassers. Einen Augenblick überlegte ich, wer von beiden, Tee oder Telefon, wichtiger war. Ich entschied mich für den Anrufer.

Als ich den Hörer abgenommen hatte, war klar, dass es sich um eine Anruferin handelte. Am anderen Ende der Leitung meldete sich zu meiner Überraschung meine verflossene Liebe Kathrin. Nach einer kurzen Begrüßung folgte eine Pause. Ich war der erste, der wieder das Wort ergriff.

»Was willst du?«, versuchte ich, nicht gerade einfallsreich, ein Gespräch in Gang zu bringen. Ich war neugierig, warum sich Kathrin nach so vielen Jahren bei mir meldete.

»Ich wollte einfach mal wieder deine Stimme hören.« Wieder war es kurz still. Sogar der Wasserkocher hatte sein Blubbern aufgegeben. Wahrscheinlich hätte ich jetzt besser gesagt: So, jetzt hast du meine Stimme gehört, und nun beenden wir das Gespräch. Aber so war ich nicht. Ich war höflich, zugegeben auch feige und vor allem, wie gesagt, neugierig.

»Ich habe dich vor kurzem gesehen. Nicht in echt, auf einem Foto, nein, eigentlich auf zweien«, stotterte ich.

Kurze Pause.

»Wenn man so will, dann doch in echt.« Es war kein guter Anfang. Ich merkte, wie ich mich immer mehr verhaspelte.

»Was meinst du?«, fragte sie mich etwas ratlos.

»Am besten beginne ich noch einmal von vorne.«

»Ja, keine schlechte Idee.«

»Ich habe dich draußen bei der Leiche gesehen.«

»Wo?« Kathrins Stimme klang entsetzt.

»Die Polizei hat doch vor ein paar Tagen eine Leiche im Schönbuch gefunden. Draußen bei Bebenhausen. Nicht weit von diesem Ausweichparkplatz entfernt.«

»Jetzt weiß ich, was du meinst. Ja, das stimmt. Ich war dort. Das war ziemlich aufregend. Die Polizei hatte alles abgesperrt. Ich wusste erst gar nicht, was los war. Deshalb hab ich mich unter die Leute gemischt, um mehr zu erfahren. Schrecklich, was dort passiert ist.«

»Ja, schrecklich.«

In der nächsten Sekunde fielen wir uns gegenseitig ins Wort. Es folgte eine Pause, dann sagten wir synchron: »Du wolltest gerade etwas sagen«.

»Jetzt dürfen wir uns was wünschen«, meinte Kathrin und lachte.

Wieder Stille.

Unser Gespräch nahm einen merkwürdigen Verlauf.

Auf die Sache mit dem Wunsch wollte ich nicht eingehen, deshalb kehrte ich zum Ausgangspunkt zurück.

»Ich war draußen bei der Leiche und habe fotografiert und die Polizei ausgefragt.«

»Ja, ich weiß, Luka, der rasende Reporter.«

»Hast du mich nicht gesehen?«

Kathrin wartete etwas mit der Antwort.

»Doch, hab ich«, sagte sie zögerlich. »Und woher weißt du, dass ich dort war?«

»Mir entgeht nichts.«

»Ich weiß.«

»Nein, ehrlich. Ich habe da draußen im Wald viele Fotos gemacht.«

»Auch von der Leiche?«

»Nein, von der nicht. Die Polizei wollte mich nicht dorthin lassen, was verständlich ist. Sonst würde ich die ganzen Spuren zertrampeln.«

»Ja, klar.«

»Hinterher hab ich mir dann die Fotos angeschaut und auf einem dein Gesicht entdeckt. Ich war ziemlich überrascht. Schließlich hatte ich dich lange nicht mehr gesehen, und jetzt gleich zweimal.«

»Zweimal?«

Ich war zu schnell gewesen. Sollte ich ihr sagen, dass ich sie an anderer Stelle, bei der Podiumsdiskussion zum Thema Europaplatz 21, auch fotografiert hatte? Wie würde sie reagieren? Würde sie mir glauben, dass ich sie erst hinterher auf den Bildern entdeckt hatte?

»Hast du mich etwa auch bei der Diskussion gesehen?«, kam Kathrin mir zuvor.

»Ja. Nun, gesehen nicht, aber fotografiert.«

»Das ist wirklich ein Zufall.«

»Wirklich?«, wollte ich fragen, aber es kam nur ein »Ja« heraus.

Und wieder folgte das, was unser Gespräch kennzeichnete, eine Pause.

»Es ist schön, dass wir jetzt miteinander reden«, sagte sie leise. »Als ich dich im Wald gesehen habe, da habe ich mich nicht getraut, zu dir zu gehen. Aber zuhause hab ich viel an früher gedacht. Und dann habe ich mich entschlossen, dich anzurufen.«

»Schön.«

»Ich würde dich gerne wiedersehen«, sagte Kathrin plötzlich.

Ich schluckte kräftig. Dieser Vorschlag war etwas viel für meinen leeren Magen, der sich langsam zu Wort meldete. Aber noch schneller signalisierten mir jetzt meine Beine, dass es angebracht war, sich hinzusetzen. Ich ließ mich auf einen Stuhl nieder.

Wie sollte ich auf diesen Vorschlag reagieren? Alte Bilder schossen mir wieder durch den Kopf. Wollte ich sie wirklich gerne wiedersehen? Ich wusste es nicht.

Mein Journalisten-Reflex schaltete sich ein. Ich beschloss, zuerst noch meine Gesprächspartnerin auszufragen.

»Wohnst du denn noch in Tübingen?«

»So ungefähr?«

»Was meinst du mit ungefähr?«

»Ich wohne nicht mehr in der Stadt wie damals, sondern in einem Vorort. In Bebenhausen. Deshalb war ich ja auch vor ein paar Tagen dort draußen. Der Parkplatz ist nicht weit weg von meiner Wohnung. Selbst zu Fuß ist man in ein paar Minuten dort.«

»Ich verstehe. In Bebenhausen. Wirklich ein netter Ort zum Wohnen. Du lebst dort sicher in einer Villa mit großem Park drum herum.« Gab es so etwas überhaupt in Bebenhausen? Keine Ahnung. Kathrin beendete meine Gedanken.

»Nein, weit gefehlt. Ich wollte weg aus der Innenstadt, war mir zu laut dort. In dem kleinen Ort hinter den sieben Bergen ist es wesentlich übersichtlicher und ruhiger. Ich habe dort zusammen mit einer Freundin eine nette kleine Wohnung gemietet.«

»Kein reicher Ehemann mit Villa?«

»Nein, leider nicht.«

»Keine Kinder?«

»Nein, auch nicht. Hat nicht geklappt. Ich bin schon seit längerer Zeit wieder solo.«

Ein Hinweis, der mich beunruhigte.

Der zweite Anruf, den ich an dem Tag erhielt, kam von Micha Becker. Auch er hatte Neuigkeiten für mich, die zum Glück Arbeit bedeuteten. Ich brauchte dringend Aufträge.

»Hab ich dich beim Mittagsschlaf gestört?«, fragte er mich.

»Fast.«

»Nun, dann bring' mal schnell deinen Kreislauf auf Touren, bevor du dich aufs Ohr legst, damit du meinen weisen Worten folgen kannst.«

»Gut, ich versuch's, Sokrates.«

Ich hörte ein leises Glucksen am anderen Ende der Leitung. Becker war immer noch unverschämt guter Laune.

»Ich merke, du hast deine sieben Sinne, wenn du überhaupt so viele hast, noch beisammen.«

»Ich bin immer einsatzbereit, weiser Mann. Nun, schieß los.«

»Es geht weniger ums Schießen, mehr ums Fallen. Mir ist gerade zugetragen worden, dass vergangene Nacht irgendetwas auf der Blauen Brücke passiert ist. Oder vielmehr darunter. Ich weiß es nicht genau. Obwohl es noch sehr früh war, haben genug Leute den Auftrieb gehört und gesehen. Auch unsere flotte Tübinger Notärztin war wieder unterwegs, wie man mir sagte. Ist halt Tag und Nacht im Einsatz. Sie konnte aber wohl nicht mehr viel ausrichten.«

»Was ist denn passiert?«

»Irgendein Typ muss sich von der Brücke gestürzt haben und ist auf die Gleise gefallen. Das hat er, wie du dir denken kannst, nicht überlebt. Ich habe wegen der Sache bei der Polizei angerufen, aber die gaben sich sehr zugeknöpft. Es gäbe nichts für uns zu berichten, meinte der Pressesprecher. Wenn's ein Selbstmord war, so sieht es zur Zeit aus, dann erhalten wir auch keinen Pressetext von der Polizei. Aber ich sage dir: Mein großer Zeh juckt und das bedeutet …«, Becker machte eine bedeutungsvolle Pause.

»Fußpilz«, warf ich ein.

»Quatsch, das bedeutet, wir sollten an der Sache dran bleiben, du Schwätzer. Auf meinen juckenden Zeh kann ich mich verlassen.«

»Gut, dass wir ihn haben. Und was ist nun meine Aufgabe dabei?«

»Du gehst doch nachher zur Pressekonferenz der Polizei wegen des Schönbuch-Killers.«

»Ja, klar.«

»Zapf mal deine Kontakte dort an. Vielleicht erfährst du ja mehr über den Brückensturz. Dann können wir immer noch entscheiden, ob wir eine Geschichte daraus machen. Eine Reihe von Leuten hat angerufen, die wollten wissen, was den Trubel mitten in der Nacht ausgelöst hat. Ein paar Zeilen über den Vorfall sollten wir schon bringen.«

»Okay. Wird erledigt. Ich frage nach.«

»Und noch etwas. Du suchst doch immer nach Arbeit in diesen trüben Tagen. Ich hab gerade meine Kollegin vom Kulturressort getroffen. Die sucht dringend jemanden für eine Premiere in Melchingen.«

»Im Lindenhof-Theater?«

»Genau. Das wär' doch was für dich. Eine Fahrt auf die Alb. Da kommst du mal raus an die frische Landluft. Außerdem schadet dir ein bisschen Bildung sicher nicht. Ruf sie gleich mal an, bevor sie jemand anderen gefunden hat.«

In der letzten Zeit hatte ich fast nur endlos lange Gerichtsverhandlungen und öde Podiumsdiskussionen zu beackern. Die Aussicht auf eine Theaterpremiere hob meine Stimmung deutlich. Sie versprach eine angenehme Abwechslung in meinem schnöden Journalistenalltag. Die Lindenhöfler haben das erste und einzige Regionaltheater in Deutschland und immer interessante Produktionen im Programm, mit viel Lokalkolorit. Vor allem ihre aufwendigen Freiluftinszenierungen sorgen für viel Aufsehen. Ich war gespannt auf die Inszenierung in ihrem Haustheater.

Gleich nachdem ich das Gespräch mit Micha Becker beendet hatte, rief ich die Chefin des Kulturressorts an. Sie war etwas überrascht über meinen Anruf. Aber sie hatte noch niemand anderen erreicht und war froh, dass sie nun nicht mehr weiter suchen musste. Ich hatte den Auftrag.

Gerne wäre ich mit Nelly zu dieser Premiere gegangen. Doch sie war in Irland und würde wohl sobald nicht in Tübingen auftauchen.

Und dies brachte mich zu Anruf Nummer drei. Ich hatte nach dem Gespräch mit der Kultur-Chefin kaum mein Mobilteil auf die Basisstation zurück gestellt, als es wieder diese unsägliche Melodie abspielte. Ich war etwas ungehalten. Heute konnte ich wohl meinen Schönheitsschlaf zur Mittagszeit vergessen. Ich nahm das Gerät in die Hand und meldete mich, wohl etwas zu unwirsch.

»Was ist denn mit dir los? Geht's dir nicht gut?« Es war Nelly. Sofort änderte sich meine Stimmung.

»Doch, doch. Ich bin nur etwas genervt, weil das Telefon laufend klingelt.«

»Keine Angst, ich mach's kurz. Brauchst nicht lange mit mir zu reden. Ich dachte, du wolltest vielleicht wissen, wie es meinem Vater geht.«

Patsch. Mit großer Treffsicherheit war ich wieder einmal in ein Fettnäpfchen getreten.

»Nein, ich freue mich, dass du anrufst. Das hast du völlig falsch verstanden. Ich meinte nur, dass ich …« Ich suchte nach einer guten Erklärung, die wieder gutes Wetter verhieß, aber mir fiel nichts Passendes ein. Ein lautloser Fluch mit vier Buchstaben entfloh meinen Lippen. Ich gab auf und setzte das Gespräch einfach fort.

»Erzähl, wie geht es deinem Vater?«

Eine kurze Pause setzte ein.

»Immer besser, er liegt schon nicht mehr auf der Intensivstation. Er ist guter Dinge, man muss ihn richtig bremsen. Jedenfalls ist nichts zurück geblieben. Die Lähmung ist nur kurzzeitig aufgetreten und scheint vollkommen auszuheilen. Er hat viel Glück gehabt, weil er so schnell ärztlich versorgt wurde. Meine Mutter hat unglaublich schnell reagiert. Aber die Ärzte überlegen noch, ob er vielleicht einen Herzschrittmacher braucht. Sie müssen eine Reihe von Untersuchungen machen. Ich bleibe in jedem Fall noch ein paar Tage in Monaghan.«

»Ja, klar.«

»Vor allem meine Mutter braucht jemanden, der ihr beisteht. Dads Schlaganfall war ein Schock für sie. Du musst dir vorstellen, die beiden sind seit vierzig Jahren verheiratet. Und das sogar sehr glücklich. Sie sind ein so eingespieltes Team, der eine käme ohne den anderen gar nicht zurecht. Und ich glaube, das geistert gerade in ihrem Kopf herum. Sie hat Angst. Ich muss sie beruhigen. Daneben ist es, trotz aller Aufregung, auch schön, einmal wieder für ein paar Tage in der Heimat zu sein. Irland fehlt mir schon, die Menschen hier, die grünen Hügel, der Wind, der von See kommt, der tiefe Himmel mit den kräftigen, dunklen Wolken, das miese Wetter ...« Jetzt lachte Nelly.

»Nein wirklich, es ist schön hier. Auch wenn's mir in Monaghan zu eng und zu provinziell ist.«

Kurz war es still in der Leitung. Ich hörte nur noch ein leises Knacken.

»Nelly?«

»Keine Angst, ich komm' schon wieder zurück. So schnell wirst du mich nicht los.«

»Das hoffe ich doch.« Aber ihre Worte hatten mich nachdenklich gestimmt. Ich hatte schon länger gespürt, dass Nelly Heimweh hatte. Wie lange würde sie es noch in Deutschland aushalten? Wie lange würde sie es noch mit mir aushalten? Für immer? Konnte ich das von ihr verlangen? Sicher nicht. Zweifel an unserer gemeinsamen Zukunft machten sich breit. Offensichtlich spürte Nelly meine Unsicherheit.

»Was treibst du denn so? Was macht die Leiche im Schönbuch? Ist es bisher nur bei einer geblieben oder hat der Killer wieder zugeschlagen?«, unterbrach Nelly meine Gedankenwelt.

Ich erzählte ihr, was sich alles ereignet hatte. Das dauerte nicht lange, denn viel Neues gab es ja nicht zu berichten.

»Außerdem muss ich über eine Theaterpremiere im Melchinger Lindenhof schreiben«, sagte ich.

»Schön für dich.«

»Schade, dass du nicht mit mir kommen kannst.«

»Ja, schade.«

»Ja.«

Unser Gespräch wurde immer einsilbiger. Ich vermisste Nelly. Und ich hatte das Gefühl, dass es ihr ähnlich ging. Es fehlten mir die gemeinsamen Abende auf der Couch bei einem Glas Dornfelder. Es waren die Augenblicke, in denen wir über alles reden konnten. Über alles reden? Konnten wir das wirklich? Warum hatte ich ihr dann nichts von meiner Ex, nichts von Kathrin erzählt? Und davon, dass wir uns in zwei Tagen treffen wollten?

9 Es war Zeit für die Pressekonferenz der Polizei. Ich suchte mir ein paar Zettel für Notizen zusammen, angelte mir einen Stift aus der Schreibtischschublade und machte mich auf den Weg Richtung Polizeihochhaus. Ich war gespannt auf Hemmerles Neuigkeiten, nach seinem Hinweis am Telefon war er offensichtlich in seinen Ermittlungen weiter gekommen.

Ich fuhr durch Lustnau und hatte kurze Zeit später die Reutlinger Straße erreicht. Dort stockte allerdings wieder der Verkehr. Ich kam nur langsam voran. Nervös schaute ich auf meine Armbanduhr. Ich hatte noch eine Viertelstunde Zeit, bis die Pressekonferenz begann. Wieder musste ich an einer roten Ampel halten. Es war klar, Tübingen zeigte seine Vorliebe für rote Wellen, obwohl die Stadt bei den vergangenen Wahlen richtig grün geworden war. Ich quälte mich im Schritttempo an der Blauen Brücke vorbei, was mich an Micha Beckers Aufforderung erinnerte. Ich musste nach der Pressekonferenz eine meiner Quellen anzapfen und nach dem Brückensturz ausfragen.

Der Verkehr wurde plötzlich flüssiger. Ich atmete auf. Allerdings achtete ich auch darauf, nicht schneller als mit 50 Stundenkilometern am Parkplatz für Bahnreisende vorbei zu fahren, weil sich dort die amtlichen Blitzer gerne versteckten. Schließlich bog ich von der Bundesstraße nach rechts ab. Nach wenigen hundert Metern stand vor mir das Polizeihochhaus, das sich wie ein warnender Finger in den Himmel hob.

Wie immer war vor dem Gebäude der Landespolizeidirektion alles zugeparkt. Aber ich hatte Glück. Ein Autofahrer machte einen Platz frei, den ich sofort belegte. Ich sprang aus meinem Wagen und wollte gerade Richtung Polizeigebäude lossprinten, als ich feststellte, dass ich meine Notizzettel im Auto vergessen hatte. Fluchend drehte ich eine Ehrenrunde um meinen Wagen und kam schließlich Sekunden später in den Raum, in dem die Pressekonferenz stattfinden sollte. In meiner Eile hätte ich am Eingang fast den Kameramann des Regionalfernsehens über den Haufen gerannt. Mit einer geschickten Körperdrehung gelang es mir, die Kollision zu vermeiden.

Die Pressekonferenz hatte noch nicht begonnen. Ich suchte mir einen Platz und fand einen neben der Kollegin des Konkurrenzblattes. Sie zeigte mir ein breites Grinsen, rückte ihre bunte Brille zurecht und grüßte mich mit einem trockenen: »Hallo.« Ich ließ mich etwas außer Puste auf dem Stuhl neben ihr nieder.

»Wir haben alle nur auf dich gewartet.«

Ein kurzes Kichern folgte.

»Und jetzt bist du da. Dann können wir ja endlich anfangen.«

»Genau«, meinte ich, erwiderte ihr Grinsen, ordnete meinen Zettelsalat und sah nach vorne. An einem breiten Tisch hatten der leitende Oberstaatsanwalt Andreas Dressler, Kripo-Chef Hemmerle und weitere Ermittler Platz genommen. Sie unterhielten sich untereinander und schienen die wartende Journalistenschar gar nicht wahrzunehmen. Doch dann kam Bewegung in die Gruppe. Dressler prüfte noch einmal die Runde, drehte sich dann zu uns um und räusperte sich.

»Ich glaube, wir können jetzt anfangen.« Er rückte näher an die Mikrofone, die Radio- und Fernsehreporter vor ihm aufgebaut hatten.

Nach einer kurzen, formalen Begrüßung übergab Dressler das Wort an Hemmerle.

»Unser Chef-Ermittler soll Ihnen unsere bisherigen Erkenntnisse mitteilen.«

Hemmerle setzte sich zurecht. Mit einer Hand nestelte er am Knoten seiner Krawatte, die er offensichtlich extra für die Pressekonferenz umgebunden hatte. Kleine Schweißperlen bildeten sich auf seiner Stirn.

»Ja, also meine Damen und Herren von der Presse. Dann wollen wir mal. Wir haben ein paar Neuigkeiten zum Mord im Schönbuch zu vermelden. Als erstes, zur Todesursache. Der Mann, der beim Pfeifferstein tot aufgefunden wurde, hat ein multiples Verletzungsbild aufzuweisen.«

Hemmerle legte, ehe er fortfuhr, eine kurze dramatische Pause ein.

»Er wurde nach den Erkenntnissen der Gerichtsmediziner mit einem stumpfen, harten Gegenstand niedergeschlagen. Es trafen ihn vermutlich mehrere Schläge, die aber nicht todesursächlich waren. Sie gingen in erster Linie gegen den Kopf. Wie viele Schläge es waren, kann man aber nicht mehr so genau sagen. Es wurden nämlich noch mehrere Schüsse auf den Mann abgefeuert, zwei davon trafen ihn im Gesicht, vom dem danach, wie Sie sich sicher vorstellen können, nicht mehr so viel übrig geblieben ist. Die Schüsse haben das Opfer getötet, nicht die Schläge. Aber eine lange Leidenszeit hatte er wohl nicht. Schläge und Schüsse sind sehr kurz nacheinander erfolgt. So wie es die Gerichtsmedizin beschrieben hat, war der Mann schon nach ein, zwei Schlägen vermutlich ohne Bewusstsein.«

Einigen Journalisten wurde es von Hemmerles genauer Beschreibung über den Zustand der Leiche flau im Magen. Glücklicherweise ging der Kommissar nicht weiter ins Detail. Auch die Verstümmelungen an der Leiche erwähnte er nicht. Offensichtlich sollten diese Verletzungen nicht an die Öffentlichkeit. Ich musste Hemmerle später fragen, was dies zu bedeuten hatte.

»Die Spuren lassen darauf schließen, dass der Fundort der Leiche wohl auch der Tatort war. Einen Kampf zwischen Täter und Opfer hat es aber nicht gegeben. Der Mann wurde offenbar von den Schlägen überrascht und hatte keine Abwehrmöglichkeit mehr.«

»Herr Hemmerle, Sie sprachen von mehreren Schüssen. Zwei gegen den Kopf, wo gingen die anderen hin?« rief einer der Journalisten dazwischen.

»Das möchten wir zu diesem Zeitpunkt noch nicht preisgeben. Das ist reines Täterwissen. Das könnte uns später bei der Aufklärung noch von Nutzen sein.«

»Haben Sie die Tatwaffen schon gefunden?«, hakte der Journalist nach.

»Nein. Wir haben dort draußen gleich alles abgesucht, wir haben aber nichts gefunden. Keinen entsprechenden Prügel oder Stock, kein was auch immer, nichts. Auch keine Pistole. Der Täter muss die Waffen mitgenommen haben. Vielleicht hat er sie an einer anderen Stelle im Wald entsorgt. Wir kämmen das Gebiet weiter durch. Wir müssen uns dabei beeilen, denn das Wetter schlägt um. Wenn der große Regen einsetzt, der laut Wetterbericht noch am Abend kommen soll, könnten wichtige Spuren verloren gehen.«

»Kann man irgendetwas zum Täter sagen, was glauben Sie, war

es ein Mann oder eher eine Frau?«, wollte meine Kollegin wissen.

»Nur mit der Ruhe. Lassen Sie mich nur ausreden, dann erfahren sie noch genug«, antwortete Hemmerle ungehalten.

Die Gesichtsfarbe der Journalistin wechselte aus Ärger über die Zurechtweisung leicht ins Rötliche.

»Der Täter hat mit dem stumpfen Gegenstand kräftig und mit voller Wucht zugeschlagen. Das könnte auf einen Mann hinweisen. Aber warum soll nicht auch eine Frau zu so etwas in der Lage sein? Eine Pistole können Frauen und Männer eigentlich gleichermaßen gut bedienen, vor allem wenn sie mit ihrem Umgang etwas vertraut sind.«

Hemmerle griff zu dem vollen Mineralwasserglas, das vor ihm stand. Er nahm einen ausgiebigen Schluck und stellte es dann wieder vor sich hin. Er schaute kurz hinüber zu Dressler, dann richtete er seinen Blick auf die Journalisten.

»Aber genug der Spekulationen über den möglichen Täter oder die Täterin. Ich kann Ihnen versprechen, wir werden bald mehr Klarheit darüber haben, wer den Mann am Pfeifferstein getötet hat.«

Alle schauten neugierig auf. Außer mir. Mein Kugelschreiber streikte. Und ich hatte vergessen, Ersatz mitzunehmen. Leicht verzweifelt suchte ich noch einmal meine Taschen ab. Nichts. Meine Nebensitzerin schaute mir aufmerksam zu und grinste wieder. Ich deutete ihr an, was mein Problem war. Sie beugte sich zur Seite, kramte kurz in ihrer Tasche und streckte mir dann einen neuen Kugelschreiber hin, der das Logo ihrer Zeitung trug. Prima, dachte ich, jetzt mache ich auch noch Werbung für die Konkurrenz. Aber egal, wichtiger war, dass ich wieder mitschreiben konnte. Denn es wurde spannend.

»Sie haben ja bisher noch gar nicht nach dem Toten gefragt?«, dozierte Hemmerle und schaute zu dem Journalisten hinüber, der ihn zuvor unterbrochen hatte.

Es wurde still im Raum.

»Nun, wir konnten den Toten trotz seines schweren Verletzungsbildes inzwischen identifizieren. Die Gerichtsmedizin hat da ihre Methoden, auf die ich momentan allerdings nicht näher eingehen will. Den Namen des Opfers möchte ich Ihnen heute auch noch nicht nennen. Wir sind der Auffassung, dass es zum jetzigen Zeitpunkt nicht förderlich für unsere Ermittlungen ist, wenn man den Namen morgen in jedem Blatt zu lesen kann.«

Ich spürte die Enttäuschung bei den Journalisten.

»Aber ich kann Ihnen doch einiges über den Toten im Schönbuch verraten. Er ist kein unbeschriebenes Blatt. Jedenfalls nicht für unsere Kollegen in Norddeutschland. Sie haben dort eine dicke Akte über ihn. Der gute Mann ist, oder besser war, ein Betrüger und Heiratsschwindler. Ich sage Ihnen, der hat einiges auf dem Kerbholz.«

Hemmerle nippte wieder an seinem Wasserglas.

»Er hat gutgläubige Geldanleger aufs Kreuz gelegt, hat ihnen eine große Rendite auf Aktiengeschäfte versprochen. Dabei handelte es sich aber um windige Papiere und Optionsscheine. Ein hochriskantes Geschäft, von dem die Anleger nichts wussten. Sie haben dem Mann offensichtlich voll vertraut. Am Ende hat sich ihr Geld aber in Luft aufgelöst. Die Opfer haben keinen Cent mehr wiedergesehen. Er selbst hat es sich ganz gut gehen lassen. Hat sich hohe Summen der Anleger in die eigene Tasche gesteckt und deshalb erst gar nicht alles angelegt, was er versprochen hatte. Die Anleger wären ihm hinterher gerne an den Kragen gegangen, hab ich gehört. Da waren Leute dabei, die ihm sogar ihren ganzen Sparstrumpf gegeben und dann alles verloren haben. Aber dazu kann Ihnen noch Frau Staatsanwältin Rosenberg aus Hamburg etwas sagen.«

Hemmerle wandte sich so abrupt seiner Nebensitzerin zu, dass sie erschrak und zusammenzuckte. Die kleine, kräftig gebaute Frau mit glatten und streng nach hinten gebundenen, braunen Haaren wirkte auf den ersten Blick unscheinbar, was wohl eher an ihrer konservativen Kleidung mit schwarzer Brille, weißer Bluse und grauem Rock lag. Doch ihre großen Augen mit den hellblauen, fast durchsichtigen Pupillen und der schmale Mund gaben ihrem Gesicht reichlich Attraktivität. Ihr Blick wirkte streng und sanft zugleich.

Die Staatsanwältin nestelte erst nervös an ihrer Halskette, dann ging ihre linke Hand kurz zu einem der mit Glitzer-Steinen besetzten Gold-Kreolen, die in ihren Ohren steckten. Sie drehte das Schmuckstück hin und her. Hemmerle hatte sie mit seiner überraschenden Ansprache offenbar kurz aus der Fassung gebracht. Doch schnell hatte Rosenberg sich wieder im Griff und ihre offizielle Haltung eingenommen, jegliche Unsicherheit war aus ihrem Gesicht verschwunden. Die Staatsanwältin räusperte sich kurz und redete dann mit einer beeindruckend dunklen Stimme, die den ganzen Raum füllte.

»Ja, ich war bei dem Prozess damals in Hamburg dabei. Die Opfer waren empört, dass der Mann, der ihr Geld so unverschämt verprasst hatte, am Ende so glimpflich davonkam. Er saß überraschender Weise nur kurz im Knast und war als Freigänger gleich wieder draußen. Dieser Mann konnte sich eben unglaublich gut verkaufen, auch vor Gericht. Gepflegte Manieren, flottes Auftreten, der konnte jeden beschwatzen. Er gab sich zwar Mühe, etwas von dem Geld an die Leute zurückzuzahlen. Das sah nach außen hin gut aus. Doch es war nur ein Tropfen auf den heißen Stein. Als er wieder draußen war, hat er gleich weitergemacht. Aber er war jetzt auf einem anderen Gebiet unterwegs. Nach den Anlegern hat er sich an Frauen heran gemacht. Hat ihnen das Blaue vom Himmel versprochen und sie dann ausgenommen, bevor er sich aus dem Staub machte. Wir glauben, dass es viele dieser Fälle gibt, gemeldet haben sich aber nur wenige. Aber er ist untergetaucht, wir konnten ihn nicht finden. Wahrscheinlich hatte er sich ins Ausland abgesetzt. Also gelang es uns auch nicht, ihm etwas nachzuweisen. Wir mussten die Akten vorübergehend beiseitelegen, was mir gar nicht gefallen hat. Umso überraschter war ich, als ich jetzt erfahren habe, dass man ihn hier gefunden hat. Ich bin sofort hierhergekommen, um meine Kollegen zu unterstützen.« Mit dieser Bemerkung holte sich Rosenberg ein Lächeln bei ihren Nebensitzern ab.

Ein Radiojournalist kletterte gebückt nach vorne, um sein Mikrophon auf dem Tisch näher an die Staatsanwältin heranzuschieben, was den Kameraleuten gar nicht gefiel, denn er war ihnen durchs Bild gehuscht.

»Es sieht nun so aus, als ob unser Betrüger wieder nach Deutschland zurück gekommen ist, um seinen Aktionsradius hier in diese Gegend zu verlegen. Es würde mich nicht wundern, wenn …«.

Ehe sie ihren Satz beenden konnte, wurde sie von Hemmerle unterbrochen.

»Darüber wissen wir aber bisher noch nichts. Wir haben noch keine Anhaltspunkte, was er hier getrieben hat. Wir nehmen uns derzeit alle offenen Betrugsfälle vor. Vielleicht melden sich auch betrogene Frauen bei uns, wenn sie morgen ihre Artikel in der Zeitung lesen.«

»Oder er war wieder auf seinem alten Betätigungsfeld aktiv und hat Geldanleger übers Ohr gehauen«, fügte Rosenberg schnell hinzu.

Hemmerle nickte zustimmend.

»Ganz recht. Aber eins ist indes sicher: Er kann nun niemandem mehr schaden.«

Ein Raunen ging durch den Saal.

»Aber natürlich wüssten wir gerne, wer ihn getötet hat. Mit dem, was wir über den Mann wissen, denke ich, kommen wir dem Motiv für den Mord wahrscheinlich sehr nahe. Aber sicher ist das natürlich noch nicht. Das Spekulieren überlassen wir nun erst einmal Ihnen und verfolgen, was dabei herauskommt.« Hemmerle lächelte kurz in die Runde.

Es gab eine Reihe von Nachfragen, die Hemmerle nur zum Teil beantworten konnte oder wollte. Nach seinen Angaben war der Tote Anfang vierzig, hatte einige Zeit in Hamburg und Hannover gelebt. Zu legalen Zeiten hatte er als Programmierer in einem kleinen Computerunternehmen gearbeitet, kannte sich also mit Computern gut aus.

»Was ist mit dem Pfeifferstein?«, fragte meine Kollegin neben mir plötzlich.

Alle drehten sich zu ihr um.

»Wie meinen Sie das?«

»Das ist doch ein etwas merkwürdiger Tatort, so mitten im Wald. Da kommt doch normalerweise niemand hin.«

»Normalerweise nicht, da haben Sie recht. Den Pfeifferstein findet man nur, wenn man weiß, wo er steht.«

»Wie kommen dann Täter und Opfer ausgerechnet dorthin?«

»Wenn wir das wüssten, wären wir sicher schon einen großen Schritt weiter. Vielleicht war es nur Zufall, dass der Stein in der Nähe war. Er ist ja nicht weit weg vom Hauptweg, der in den Schönbuch führt. Über einen kurzen Forstarbeiterweg kommt man in ein, zwei Minuten zum Pfeifferstein.«

»Könnte der Stein nicht doch eine Rolle bei dem Mord spielen«, bohrte die Journalistin weiter.

»Dafür gibt es bisher keinen Anhaltspunkt«, antwortete Hemmerle.

»Doch«, warf ich ein. Jetzt hatte ich die Aufmerksamkeit aller.

»Wie meinen Sie das?«

»Auf dem Stein steht deutlich erkennbar ›Mordplaz‹. Und dass nun dort ein Mord geschieht, das halten Sie für Zufall?«

»Sie können sicher sein, Herr Blum, wir gehen allen Spuren nach. Aber die Sache, die da vor fast 200 Jahren passiert ist, zeigt keine Parallelen zu dem heutigen Fall auf. Damals ging es um Obrigkeit, um Forstleute und Holz, das, was wir hier jetzt haben, ist etwas ganz anderes. Hier haben wir keinen toten Forstmann, sondern einen toten Betrüger. Aber Sie können gerne weiter fantasieren. Das können Sie ja gut als Journalist.«

Es wurde immer unruhiger im Saal. Einige Journalisten fingen an, untereinander zu diskutieren. Dressler ergriff das Wort.

»So viel für heute, meine Damen und Herren von der Presse. Ihre Kollegen von Funk und Fernsehen wollen jetzt noch ein paar O-Töne. Und danach lassen Sie uns wieder an unsere Arbeit gehen. Es gibt viel zu tun. Wir haben übrigens eine 25 Mann starke Sonderkommission mit dem Namen ›Schönbuch‹ gegründet. Sie ermittelt auf Hochtouren, das können Sie mir glauben. Wir brauchen aber noch ein paar Tage, um Ihnen konkretere Ergebnisse präsentieren zu können. Wir werden uns sicher bald wieder sehen. Ich danke Ihnen. «

Es gab kleinere Proteste von Journalisten, denen alles viel zu schnell ging. Doch Dressler hatte die Pressekonferenz beendet und bei mir den deutlichen Eindruck hinterlassen, dass die Polizei wesentlich mehr wusste, als sie preisgeben wollte. Aber das überraschte mich nicht.

Ich erhob mich von meinem Platz und schaute mich um. Ich suchte nach einem Informanten und entdeckte am Ausgang Hemmerles Kollegen Bergmann.

»Wo geht's hin?«, fragte meine Kollegin neben mir.

»Recherche«, antwortete ich und machte mich Richtung Bergmann auf, den verdutzten Blick der Journalistin in meinem Rücken.

Nach ein paar Schritten hatte ich Bergmann erreicht.

»Kann ich Sie einen Augenblick sprechen?«

»Ich kann Ihnen nicht mehr sagen, als mein Kollege Hemmerle. Das dürfte ich auch gar nicht.«

»Nein, es geht nicht um den Mord im Schönbuch.«

»Um was denn?« Bergmann war neugierig geworden.

»Können Sie mir etwas über Menschen sagen, die von der Blauen Brücke springen?«

»Ach, den Fall meinen Sie?«

»Muss einiges dort los gewesen sein?«

»Ja, das stimmt. Polizei, Notarzt und das ganze Aufgebot. Und das mitten in der Nacht. Viele Leute sind allein schon von dem Zuglärm aufgewacht.«

»Zuglärm?«

»Ja, als der Mann auf die Gleise gestürzt ist, fuhr gerade ein Güterzug durch. Der Lokführer hat gleich eine Notbremsung veranlasst, was glauben Sie, was das für einen Lärm macht. Aber es war natürlich zu spät, es dauert einige hundert Meter, bis so ein Zug zum Stehen kommt. Der Lokführer tut mir leid. Wenn die Menschen, die sich selbst umbringen wollen, doch überlegen würden, was sie anrichten, wenn sie sich auf die Gleise stürzen. Der Lokführer ist völlig fertig. Er musste zum Psychologen.«

»Es war ein Selbstmord?«

»Ja, sicher. Was denken Sie denn? Es gibt keinen Hinweis auf ein Fremdverschulden. Der Mann war alleine auf der Brücke. Wir haben sogar eine Zeugin, und die hat niemanden sonst dort gesehen. Im Bericht meines Kollegen steht jedenfalls nicht Derartiges drin.«

»Der Mann war sofort tot?«

»Davon können Sie ausgehen. Wenn er nicht durch den Sturz schon umgekommen ist, dann spätestens durch den Güterzug, der ihn überrollt hat. Glauben Sie mir, der Mann wollte ganz sicher gehen, dass er nicht überlebt. Aber das wollen ja die meisten Selbstmörder.«

»Aber warum dann die Notärztin?«

»Das muss sein, das ist Routine. Die Polizei hat sie gleich verständigt, nachdem sie von der Zeugin angerufen worden war.«

Ich sah Bergmann etwas enttäuscht an. So viel hatte die Geschichte bisher nicht für mich her gegeben. Ich hatte noch nicht genügend Stoff für einen Artikel.

»Können Sie mir etwas über Herkunft, Alter oder Beruf des Mannes sagen?«

»Nein, Herr Blum, das geht Sie nichts an. Bei einer Selbsttötung geben wir nichts an die Presse raus. Da wahren wir die Privatsphäre.«

Bergmann wandte sich zum Gehen.

»Einen kleinen Hinweis könnten Sie mir doch geben?«

Ich wollte nicht so schnell aufgeben, weil ich mich an Micha Beckers juckenden Zeh erinnerte.

Bergmann zögerte kurz, dann drehte er sich zu mir um.

»Nun, einen verrückten Zufall gibt es schon. Der Mann, der sich von der Brücke gestürzt hat, heißt so wie der Stein.«

Ich verstand nicht sofort, was er meinte.

»Welcher Stein?«

»Na, Sie sind aber schwer von Begriff. Der Stein im Schönbuch, in dessen Nähe der Mord geschehen ist.«

»Wie?«

Bergmann sah mich mitleidig an. Langsam dämmerte mir, was er andeuten wollte.

»Pfeiffer?«, fragte ich leise.

»Genau.«

10

Mit einem Fingerdruck auf die Enter-Taste hatte ich meinen Artikel über die Pressekonferenz bei der Tübinger Polizei den Weiten des weltweiten Netzes überlassen, in der Hoffnung, dass er den Weg in die Lokalredaktion und dort ins E-Mail-Postfach von Micha Becker fand. Trotz Breitbandkabel und schneller Internet-Verbindung verschwanden manche meiner wertvollen Zeilen immer wieder im Nirwana des digitalen

Orbits. Deshalb lag meine Hand schon auf dem Mobilteil meines Telefons. Mit einem Anruf in der Redaktion wollte ich sicherstellen, dass mein Artikel angekommen war. Es gab noch einen weiteren Grund, Micha Becker zu kontaktieren. Mir ging das Gespräch mit Bergmann nicht aus dem Kopf. Ein Satz geisterte dabei durch meine Gedanken, den ich in der Vergangenheit schon oftmals gehört hatte und den ich nicht vertreiben konnte: Es gibt keinen Zufall.

Ich wollte mich in keinen philosophischen oder kognitiv-psychologischen Gedankenspielen verlieren, sondern lieber mit meinem Fachmann für schlaue Sprüche diskutieren. Ich wählte die Nummer von Micha Becker.

»Wer stört?«, meldete er sich.

»Deine Muse.«

Eine kurze Pause entstand.

»Kenn ich nicht.«

»Dann wird es Zeit, dass du sie kennen lernst. Musen fördern die Kreativität, und davon hast du nicht …«

»Was willst du, du Musenclown?«, unterbrach mich Becker.

»Reden.«

»Willst du mir dein Herz ausschütten? Dazu hab ich keine Zeit. Ich stecke mitten in der Tagesproduktion. Muss die Seite noch zukriegen und das ist gar nicht so einfach. Ein Termin ist ausgefallen, ein Drei-Spalter fehlt und ich weiß noch nicht, wie ich das Loch füllen soll.«

»Lass es doch frei und schreib hin: Platz für Notizen.«

»Der alte Witz ist offensichtlich auch schon bis zu dir durchgedrungen.«

»Nein, Ernst beiseite, hat dich mein wertvoller Artikel erreicht?«, fragte ich.

»Klar. Hab ihn schon bearbeitet. Interessant, aber ich will den Namen des Typen. Bleib dran.«

Ich zögerte mit einer Antwort.

»Was ist?«, hakte Becker nach.

Ich erzählte ihm von meiner Begegnung mit Bergmann.

»Ich wusste, ich kann mich auf meinen Zeh verlassen. Hier fügt sich zusammen, was zusammen gehört.«

»Wie meinst du das?«

»Weiß ich noch nicht, klingt aber gut, oder?«

»Wie sollen wir weiter vorgehen? Die Polizei behandelt den Fall als Selbstmord. Die werden mir keine neuen Informationen geben können. Und bisher haben wir keinen einzigen konkreten Hinweis, ob hinter dem Fall auf die Gleise noch irgendetwas anderes steckt. Wir fischen im Trüben, Micha. Das mit dem Namen ist doch an den Haaren herbeigeholt. Ein dummer Zufall, sonst nichts.«

»Es gibt keinen …« Becker unterbrach sich selbst. »Warte, lass mich nachdenken.«

»Das kann dauern«, seufzte ich.

Es herrschte eine kurze Stille in der Leitung.

»Ich melde mich gleich wieder. Ich muss jemanden anrufen.«

Becker legte auf und ließ mich verdutzt zurück. Was hatte er jetzt wieder im Sinn? Aber ich war mir ziemlich sicher, dass es Arbeit für mich bedeutete. Und dagegen hatte ich nichts einzuwenden. Ich war alt und brauchte die Kohle.

Ich stand auf, setzte mich im Wohnzimmer auf die Couch und schaltete den Fernseher an. Ich zappte durch die Kanäle. Telenovelas und Gerichtsshows rauschten an mir vorüber. Massenware, die mich nicht interessierte. Ich blieb an einem Nachrichtensender hängen. Der Sprecher berichtete von einem starken Erdbeben in Japan und einem Tsunami, der die Ostküste des Landes überflutet hatte. Die ersten Berichte aus dem Land in Fernost ließen Schlimmstes befürchten. Was mich an dem Fernsehbild irritierte, waren die Börsenmeldungen, die ständig unten durchs Bild liefen, während eine Reporterin aus Fernost erschüttert über die ersten Todesopfer der Katastrophe sprach.

In diesem Augenblick klingelte das Telefon.

Ich griff zu meinem Mobilteil und meldete mich, während ich nebenher den Bildern aus Japan folgte. Es war, wie ich erwartet hatte, Micha Becker.

»Wie flexibel bist du?«

»Sehr flexibel.«

»Das ist gut.«

»Schieß los.«

»Wenn man lange in Tübingen gelebt hat, kennt man seine Leute. Ich habe meine Ureinwohner-Kontakte angezapft und, ich sage dir, in solchen Fällen ist Tübingen manchmal ein Dorf. Jedenfalls habe ich nach ein, zwei Anrufen jemanden gefunden, der uns einen Schritt weiterbringen könnte. Er kennt das Mädchen, das den Brückensturz mitbekommen hat.«

»Wie bist du an sie gekommen?«, fragte ich überrascht.

»Ja, weißt du, in der Unterstadt kennt eben jeder jeden. Da spricht sich alles schnell herum.«

»Unterstadt?«

»Mein Gott, wie lange lebst du denn schon in Tübingen?«

Mein Kopf fing zu rechnen an, durchquerte in Gedanken meine fröhlichen Jugendjahre in der Pfalz, das weniger fröhliche, zwanzig Semester lange Studium in Tübingen und die brotlosen Stunden als Journalist. Während ich noch meine Jahre, die ich bisher in der Universitätsstadt am Neckar verbracht hatte, an meinen Fingern abzählte, unterbrach mich ein ungeduldiger Micha Becker.

»Vergiss das Nachzählen. Du wirst nie ein Einheimischer. Hier hast du eine kostenlose Lektion in Heimatkunde. Kann dir pfälzischem Ignoranten nicht schaden. In der Tübinger Oberstadt, in der Nähe von Stiftskirche und Marktplatz, da lebten früher die, die sich für etwas Besseres hielten, die so genannte ehrenwerte Gesellschaft«.

Becker lachte.

»In der Unterstadt dagegen, jenseits des damals ziemlich stinkenden Ammerkanals, da waren die einfacheren Leute zu Hause, die Handwerker, Metzger und Weinbauern.«

»Die Gogen«, wollte ich mit meinem Tübinger Halbwissen glänzen.

Jetzt stöhnte Becker auf.

»Ja, genau, Luka, die Gôgen. Aus deinem Schwäbisch wird nie etwas.« Ich versuchte, den Laut nachzusprechen, leise, neben der Hörermuschel. Scheiterte aber deutlich.

»Vielleicht könnten wir jetzt wieder zum eigentlichen Thema zurückfinden«, schlug ich vor.

»Du hast Recht. Lektion beendet. Also, wie gesagt, ich habe jemanden gefunden, der jemanden kennt, der gehört hat... du kennst ja den Lauf der Geflüsterkette. Und jetzt habe ich die Handynummer der jungen Frau, die das Unglück an der Blauen Brücke mitbekommen hat. Schreib dir die Nummer auf und ruf sie gleich an. Frag sie aus, was sie gesehen hat. Vielleicht reicht das für einen ersten Artikel.«

Ich zögerte.

»Ich bin mir immer noch nicht sicher, ob wir da nicht doch auf dem Holzweg sind.«

Micha Becker reagierte nicht auf meinen Einwand.

»Und meinst du nicht, wir sollten die Frau in Ruhe lassen, nach dem, was sie erlebt hat?«

»Höre ich da leichte Skrupel aus deinen Worten heraus. Leg sie beiseite, Luka, du bist der Sensationsreporter, der unsere Auflage in die Höhe schießen lässt. Deine Storys haben Hand und Fuß, und Kopf und Hirn, die werden gelesen.« Und nach einer kleinen Pause: »Und ich weiß doch, wie einfühlsam du sein kannst.«

»Deine Schleimerei kannst du dir sparen. Okay, gib mir die Nummer, ich rufe die Frau an.«

Micha Becker nannte mir die Handynummer, die ich auf den Rand einer Zeitung, die neben mir lag, kritzelte.

Nachdem Micha aufgelegt hatte, wählte ich die Nummer. Es meldete sich eine sehr jugendlich klingende Frauenstimme. Ich erklärte meiner Gesprächspartnerin, worum es ging. Sie zeigte sich zuerst misstrauisch und ablehnend. Doch ich ließ nicht locker. Ich setzte meinen ganzen Charme ein, den nicht viele Leute bisher mitbekommen haben und versuchte zudem, besonders seriös zu klingen. Ich hatte schließlich Erfolg, und ein Date mit der Zeugin des Unglücks. Sie willigte ein, sich mit mir zu treffen. Ich drängte auf ein baldiges Rendezvous, damit sie es sich nicht noch einmal überlegen konnte und zu meiner Überraschung schlug sie vor, dass wir uns in einer halben Stunde in der Stadt treffen könnten. Sehr gut, das läuft wie geschmiert, dachte ich. Als Treffpunkt vereinbarten wir ein kleines und gemütliches Café beim Nonnenhaus.

Am Himmel zogen große Wolkenbänke auf. Es war klar, dass das Wetter bald umschlagen würde. Es war wohl der Abschied vom Sommer. Der Herbst stand unmittelbar vor der Tür. Deshalb genoss ich die letzten Sonnenstrahlen, als ich die Parkgarage im Nonnenhaus verließ und den kleinen Platz an der Ammer betrat, der wie jeden Nachmittag, wenn es die Witterung zuließ, von Dutzenden von Leuten bevölkert war.

Von zu vielen Leuten, wie ich jetzt feststellte, denn es fiel mir ein, dass ich vergessen hatte, meine Sturzzeugin zu fragen, wie sie eigentlich aussah. Wie sollte ich sie unter all den Menschen finden. Ich lief zwischen den zahllosen Bistrotischen und Stühlen hin und her, in der Hoffnung, dass mich eine junge Frau ansprach und sich als Lena Finthen outete. Ich sah mir auch die jungen Menschen auf dem »Affenfelsen« an der Ammer an, aber nichts geschah, niemand zeigte Interesse an mir. Ich war ratlos, bis ich das hübsche Gesicht entdeckte, das mich aus dem Café auf der anderen Seite des kleinen Ammerkanals anstarrte. Alles an ihrem Gesichtsausdruck sagte mir: Das ist die Frau, die ich suchte. Ich war irrtümlicher Weise davon ausgegangen, dass sie bei dem schönen Wetter draußen im Freien an einem der Bistrotische auf mich warten würde. Sie saß aber im Café. Ich ging über die Ammerbrücke und stand nach wenigen Schritten im »Piccolo«. Ganz wohl war mir nicht dabei, weil sofort alte Erinnerungen aufstiegen. Ich dachte an Nelly und unser Abenteuer mit McCann und seinen irischen Spinnern. Hier hatte die mörderische Geschichte nach meiner Flucht durchs Neckartal eine entscheidende Wende genommen.

Was würde jetzt auf mich warten?

Ich grüßte den Mann hinter der Theke, der mit einem freundlichen Lächeln reagierte, und ging zu dem Stehtisch, an den sich die junge Frau lehnte.

Nettes Gesicht, nette Haare, nette Figur, dachte ich im Schnelldurchlauf und freute mich auf das Interview.

»Lena Finthen?«, fragte ich die Frau, die ein modisches T-Shirt und eng anliegende Jeans trug. Sie nickte.

Ich stellte mich vor und erklärte ihr, wie ich zu ihrer Handynummer gekommen war. Sie hörte aufmerksam zu. Danach redeten wir über ein paar Belanglosigkeiten, über den Wetterwechsel, die Tübinger Altstadt und die Cafés am Nonnenhaus, ehe wir zum eigentlichen Thema kamen.

»Das ist schrecklich, was Sie da erlebt haben«, sagte ich und legte eine Portion Mitgefühl in meine Stimme.

Sie blickte nach unten.

»Ja«, antwortete sie. Es war fast ein Flüstern.

»Was wollen Sie denn wissen?«, fragte sie mich.

»Erzählen Sie einfach, was Sie gesehen haben.«

»Warum? Wollen Sie daraus einen Artikel machen?«

»Ich weiß es noch nicht. Erzählen Sie einfach.«

»Wenn Sie etwas darüber schreiben, erwähnen Sie bitte nicht meinen Namen.«

»Warum nicht?«

»Ich möchte nicht in der Zeitung stehen, nicht, wenn es um so etwas geht.«

»Was meinen Sie denn, um was es geht?«

Sie sah mich aus großen Augen an. Das Erlebte hatte sie offenbar sehr mitgenommen.

»Es war schrecklich.«

Sie schüttelte den Kopf.

»Wie verzweifelt muss ein Mensch sein, dass er so etwas tut? Ich verstehe das nicht.«

Langsam wurden ihre Augen feucht.

»Tut mir leid, dass Sie so etwas erleben mussten.«

Sie nickte.

Ich ließ ihr etwas Zeit, sich zu fassen.

»Wollen Sie etwas trinken?«, fragte ich sie, um sie abzulenken.

Lena Finthen dachte kurz nach und schaute sich die Karte an, die über der Bar hing. Dann schien sie eine Entscheidung getroffen zu haben.

»Ja, gerne. Kann ich auch einen Aperol Sprizz haben, bitte. Ich könnte jetzt etwas Alkohol vertragen.«

»Warum nicht?«, antwortete ich. Nelly kam mir wieder in den Sinn, weil sie das orangenfarbene Zeug auch mochte.

Ich ging an die Theke, orderte zwei Aperol Sprizz, um eine Verständigungsbrücke zu meiner Gesprächspartnerin aufzubauen. Kurze Zeit später schob mir der Piccolo-Mann die beiden Getränke zu und ich ging mit ihnen zu unserem Tisch zurück.

»Normalerweise trinke ich kaum Alkohol, und um diese Uhrzeit schon gar nicht. Aber jetzt kann ich einen kleinen Schluck gebrauchen. Schön, dass Sie mir dabei Gesellschaft leisten.«

Bingo, dachte ich.

Ich nuckelte an meinem orangenen Getränke und wartete, bis sie so weit war, über die Sache zu reden.

Der Aperol schien sie zu beruhigen.

»Es war eigentlich ein schöner Abend gewesen. Wissen Sie, ich war mit einem Freund in der Diskothek.«

»Sie meinen die Disko in der Reutlinger Straße?«

»Ja. Wir waren dort recht lange. Ich weiß nicht mehr genau, wie spät es war, als wir gegangen sind. Wir wollten dann nach Hause und sind Richtung Blaue Brücke gelaufen.« Sie erzählte mir von den Leuten, denen sie begegnet waren und dem unbehaglichen Gefühl, das sie hatte, als sie an der dunklen Unterführung zum Landestheater vorbeigekommen waren.

»Wir wollten in die Innenstadt. Raphael hatte mir versprochen, mich nach Hause zu bringen. Ich wohne im Zentrum, in der Unterstadt, bei meinen Eltern.«

Ich hätte nun mit meinem neuen Tübinger Heimatkunde-Wissen glänzen können, aber ich hielt mich zurück und überließ ihr das Wort.

»Dann hörte ich dieses Geräusch, dieses dumpfe Rumpeln. Ich werde es nie vergessen. Es war ein Güterzug, wie ich später mitbekam. Ich sah in die Richtung, aus der dieses Rumpeln kam, und dann …« Lena Finthen brach ab. Es fiel ihr schwer, weiterzureden.

»Haben Sie den Mann gesehen, wie er von der Brücke gestürzt ist?«

Sie nickte.

»Wie genau haben Sie den Mann gesehen?«

»Es war noch recht dunkel. Ich konnte eigentlich nur Umrisse erkennen. Einen Schatten. Er hat sich hin und her bewegt. Es ging alles so schnell.«

Wieder brach sie ab.

Ich musste behutsam vorgehen und versuchen, noch mehr von ihr zu erfahren.

Lena Finthen griff nach dem Aperol-Glas und nahm einen

Schluck. Sie verschluckte sich leicht, hustete kurz und sah mich dann an.

»Entschuldigung.«

Ich suchte nach einer Fortsetzung des Gesprächs.

»Hat ihr Freund auch gesehen, wie der Mann von der Brücke gestürzt ist?«, wollte ich von ihr wissen.

»Nein. Er stand mit dem Rücken zur Blauen Brücke. Er drehte sich erst um, als alles passiert war.«

»Haben Sie gesehen, wie der Mann auf das Geländer geklettert ist?«

»Nein. Ich weiß es nicht. Es war dunkel.«

Lena Finthen schwieg einen Augenblick. Sie überlegte. Offensichtlich gingen ihr die Bilder des Unglücks noch einmal durch den Kopf.

»Er war nicht auf dem Geländer. Er torkelte etwas. Aber wenn er hinter dem Geländer war, wie konnte er dann nach unten … Nein, ich weiß es einfach nicht.«

Sie dachte weiter angestrengt nach.

»Was überlegen Sie?«, fragte ich.

Sie starrte an mir vorbei.

»Es ist noch alles so deutlich vor meinen Augen. Die Brücke, der Schatten, dann der Sturz.«

Die Gedanken an das Erlebte nahmen sie sichtlich mit.

»Reden wir über etwas anderes, wenn es sie so sehr belastet«, schlug ich vor.

Aber Lena Finthen schien mich gar nicht zu hören.

»Warten Sie, warten Sie, irgendetwas stimmt an diesem Bild nicht, das ich vor Augen habe.«

»Was meinen Sie?«

Sie zögerte.

»Da war noch etwas.«

Sie hielt sich beide Hände vors Gesicht, um sich ganz auf die Bilder zu konzentrieren, die vor ihrem inneren Auge abliefen.

»Deshalb war ich die ganze Zeit so irritiert. Auf der Brücke. Ich sah einen Schatten. Zuerst. Am Geländer. Dann stürzte der Schatten nach unten. Und …«

Es folgte eine kleine Pause. Lena Finthen atmete tief durch.

»Und der zweite blieb oben.« Sie nahm ihre Hände vom Gesicht und zeichnete das Geschehen mit ihren Fingern in der Luft nach.

»Was meinen Sie? Ich verstehe Sie nicht ganz.«

»Doch, doch, so war es. Ja, ich bin mir sicher. Ich muss es in der Aufregung vergessen haben. Oder ich hab es verdrängt, weil ich an die ganze Geschichte nicht mehr denken wollte. Ich konnte mich, als die Polizei mich ausgefragt hat, nicht richtig konzentrieren. Da ging alles nur durcheinander in meinem Kopf. Ich habe ihnen einfach das erzählt, was mir eingefallen ist. Und weil mich die Polizei in meiner Aussage bestärkt hat, habe ich nicht darüber weiter nachgedacht. Es war doch alles so klar: der Sturz auf die Gleise, der Zug, es war eben ein unglücklicher Mensch, der sich selbst töten wollte. Aber jetzt ...«

Ich schaute sie gespannt an.

»Sie meinen ...?«

Sie sah mir in die Augen. Lena Finthens Hände zitterten.

»Ja. Da muss noch jemand auf der Brücke gewesen sein. Es gab noch ein zweiten Schatten, ich bin mir jetzt sicher. Der Mann war nicht alleine auf der Brücke. Aber es ging alles so schnell. Vielleicht bilde ich mir das auch nur ein.«

Sie ließ mich nicht aus den Augen.

Aber wenn Sie das so vor Augen haben, dann wird es schon stimmen«, versuchte ich sie zu bestärken.

»Aber wenn das stimmt, wenn da noch jemand auf der Brücke war, was hat das zu bedeuten?«

Ich hob die Schultern. Ich wusste es nicht, noch nicht.

11

Lena Finthen hatte das Café sehr aufgewühlt verlassen. Die neuen Erinnerungen setzten ihr sichtlich zu. Sie wusste nicht, was sie mit dem Bild, das sie nun von dem Geschehen auf der Blauen Brücke in ihrem Kopf hatte, anfangen sollte. Ich hatte ihr geraten, zur Polizei zu gehen. Hemmerle sollte sich anhören, was Lena Finthen zu sagen hatte.

Ich stand immer noch hinter dem Stehtisch am Fenster des Cafés, starrte nach draußen auf den Ammerkanal und überlegte.

Wie sollte ich selbst die neuen Informationen, die ich eben erhalten hatte, beurteilen? Hatte Lena Finthen wirklich einen zweiten Schatten auf der Brücke gesehen oder hatte sie sich getäuscht? Vielleicht war es nur ein Fahrzeug gewesen, das über die Brücke gefahren war und sie hatte diese Wahrnehmung nun mit dem Sturz in Verbindung gebracht. Oder vielleicht spielte ihr die Erinnerung einen Streich und sie bildete sich etwas ein, das sie in Wirklichkeit gar nicht gesehen hatte.

Aber sollte sie Recht haben und es war noch jemand zum Zeitpunkt des Sturzes auf der Brücke gewesen, dann warf dies einige Fragen auf.

Mir spukten einige Antworten im Kopf herum, die ich einzeln durchspielte.

Es hat sich ein Drama auf der Brücke abgespielt, ein Streit vielleicht, ein Laufpass, eine enttäuschte Liebe. Die eine geht, der andere sieht keine Zukunft mehr und stürzt sich vor den Augen des Partners verzweifelt von der Brücke? Schwer vorstellbar, mit viel Fantasie aber möglich.

Oder etwas ganz anderes. Übermütige junge Männer, die im Alkoholdunst eine Mutprobe veranstalten? Einer klettert über das Geländer, verliert das Gleichgewicht und stürzt nach unten auf die Gleise? Der andere rennt davon, weil er sich mitschuldig fühlt und von der Polizei wegen des tödlichen Unsinns nicht zur Rechenschaft gezogen werden will. Vorstellbar und möglich. Es gibt zu viele übermütige Idioten auf dieser Welt.

Oder ein Mensch stößt einen anderen übers Geländer. Der Mann stürzt in die Tiefe, fällt auf die Gleise, wird vom Zug überrollt. Ein Mord? Warum sollte ein Mensch so etwas tun? Unmöglich? Vorstellbar? Eine Antwort darauf fiel mir schwer.

Und, was mir zudem durch den Kopf ging: War diese Geschichte nun einen Artikel wert? Was setzte ich in Bewegung, wenn ich darüber in der Zeitung schrieb?

Ich musste zuerst nach weiteren Informationen suchen? Doch wen sollte ich fragen? Die Polizei würde mir im Augenblick sicher keine andere Auskunft geben als bisher.

In diesem Augenblick ging die Tür des Cafés auf und ein Mann mit dunkler Lederhose, schwarzem T-Shirt mit rötlichem Aufdruck und mit langen, blonden Haaren kam herein. In beiden Händen trug er jeweils einen schwarzen unförmigen Gegenstand, den ich auf den ersten Blick nicht identifizieren konnte. Erst bei genauem Hinsehen erkannte ich, dass es sich um zwei Lautsprecher handelte. Kurz darauf betrat ein zweiter, etwas kleinerer und wesentlich rundlicherer Mann mit kurzen, lichten Haaren, der einen Gitarrenkoffer in der Hand hatte, das Café. Beide gingen zielstrebig zu einer Ecke des Lokals und luden dort alles vor einem großen Weinregal ab.

Ich ging zur Theke und fragte den Café-Besitzer, was das zu bedeuten hatte. Er lächelte mich an und deutete auf ein Plakat, das im Fenster hing und das zwei Männer vor der Kulisse einer amerikanischen Felslandschaft zeigte.

»Die beiden spielen heute Abend hier im Piccolo. Neil Young und solche Sachen. Lohnt sich in jedem Fall zu bleiben«, meinte der Mann hinter der Theke.

Ich schaute auf die Uhr. Es war schon halb sieben. Ich hätte mir die Musik gerne angehört, aber ich musste nach Hause. Vielleicht war Micha Becker noch in der Redaktion? Ich musste ihn anrufen und mit ihm besprechen, was mit der Geschichte von Lena Finthen geschehen sollte.

»Keine Zeit«, sagte ich, verabschiedete mich und ging.

In der Nacht war ein schweres Gewitter über Tübingen gezogen. Es hatte stundenlang geregnet. Der Sommer verabschiedete sich wohl endgültig. Die Erlebnisse der vergangenen Tage hatten mir einen recht unruhigen Schlaf beschert, weshalb ich früher aufstand als sonst. Nach einem kurzen Frühstück hatte ich um kurz vor zehn Micha Becker an der Strippe. Am Abend vorher hatte ich ihn nicht mehr erreicht. Er hörte mir aufmerksam zu und war sichtlich beeindruckt von Lena Finthens Schilderungen.

»Es ist doch gut, wenn man an solchen Geschichten dranbleibt. Da kannst du dir eine Scheibe abschneiden, Luka«, forderte er mich in seiner bescheidenen Art auf.

»Jetzt heb nicht gleich ab. Du wirst den Pulitzer-Preis schon erhalten.«

»Du hast Recht. Wie sollen wir nun weiter vorgehen?«

»Das war eigentlich meine Frage.«

Micha Becker überlegte kurz.

»Ruf doch Hemmerle an. Reib ihm die Geschichte unter die Nase. Vielleicht war ja die gute Lena schon bei ihm und sie stecken mitten in neuen Ermittlungen, was ich allerdings nicht glaube. Vielleicht gibt er dir aber ein paar zusätzliche Informationen, die für einen Artikel reichen. Du hast doch viel Fantasie. Klemm dich hinter die Geschichte, lass nicht locker.«

»Kann man dich noch bremsen?«, fragte ich. Man konnte nicht.

»Mann, eine Leiche im Schönbuch, ein mysteriöser Brückensturz, jeden Tag ein neuer Sensationsaufmacher. Das treibt die Auflage in die Höhe. Und ich werde am Ende noch Redaktionsleiter, ach was, Chefredakteur.« Becker lachte. Er war in Hochstimmung. Das musste ich ändern.

»Das wird nicht einfach. An Hemmerle komme ich normalerweise nur über die Pressestelle der Polizei heran. Und die wird mich abwimmeln.«

»Versuch's. Wenn's nicht klappt, wende dich an die Staatsanwaltschaft. Mann, du bist doch der Sensationsreporter, muss ich dir denn noch unser Handwerk erklären?«

So hatte ich Micha Becker schon lange nicht mehr erlebt. Er sprühte nur so vor Ehrgeiz und Tatendrang. Doch auch in diesen Momenten war er nur schwer aus der Redaktion zu bewegen. Einerseits war er zu bequem dazu, andererseits hielt er auch hinter den Kulissen gerne die Fäden in der Hand. Er schickte lieber seine »Sklaven« an die Front. Eines musste ich ihm aber lassen: Er ließ mir bei meinen Recherchen alle Freiheiten und er gab mir Rückendeckung, wenn's mal nicht richtig lief. Doch wo lagen diese Freiheiten in diesem Fall. Ich wusste nicht, wo mich diese Geschichte hinführen würde. Aber ich wollte nicht länger mit Micha Becker diskutieren.

»Schon gut. Ich setze mich ans Telefon und sehe, was ich aus meinen Informanten herausquetschen kann«, sagte ich und legte auf.

Mir war immer noch nicht ganz wohl bei der Sache. Ich ging die Möglichkeiten durch. Wenn es wirklich ein Selbstmord gewesen war, war es nicht ratsam in der Sache weiter herumstochern.

Ich wollte niemandem zu nahe treten. Auch bei einem Unglück gab die Sache letztlich nicht allzu viel her. Ich könnte höchstens einen Artikel darüber schreiben, welche Konsequenzen gedankenloser Übermut haben kann. Bei einem Mord sah die Sache natürlich ganz anders aus. Normalerweise wäre ich zurückhaltender gewesen, doch Micha Beckers Tatendrang trieb mich selber an.

Ich rief bei der Pressestelle der Polizeidirektion an. Doch wie ich erwartet hatte, drang ich nicht bis zu Hemmerle durch. Er sei gerade nicht im Hause, meinte der Beamte am Telefon. Aber ich erfuhr immerhin, dass Hemmerle den Brückensturz gar nicht bearbeitete. Dafür sei ein anderer Sachbearbeiter zuständig. Aber auch der sei gerade unterwegs. Der Pressesprecher versprach, am Ball zu bleiben und mich zurückzurufen, wenn es etwas Neues gebe. Das bedeutete, dass er sich wohl nie bei mir melden würde.

Ich versuchte es bei der Staatsanwaltschaft. Dort kam ich einen Schritt weiter. Die Frau am anderen Ende der Leitung, ihren Namen hatte ich nicht richtig verstanden, sagte mir, dass Oberstaatsanwalt Gramer für den Fall zuständig sei. Diese Information stimmte mich zuversichtlich. Ich kannte Gramer von vielen endlosen Gerichtsverhandlungen im Tübinger Landgericht. Er war sehr offen und zugänglich und immer für einen lockeren Spruch gut. Und in den Sitzungspausen ließ er manchmal einen Blick hinter die Kulissen zu.

Doch auch Gramer war nicht an seinem Platz sondern bei einer Verhandlung im Amtsgericht in Reutlingen. Ich hatte aber Gramers Handynummer. Ich versuchte, ihn zu erreichen. Aber er meldete sich nicht. Wahrscheinlich war er gerade in einer Verhandlung. Ich nahm mir vor, es später noch einmal zu versuchen.

Oder sollte ich gleich nach Reutlingen fahren? Die Idee erschien mir gar nicht so abwegig, zumal ich im Augenblick nicht viel zu tun hatte. Das schmutzige Geschirr in der Küche und der Berg Schmutzwäsche im Schlafzimmer konnten warten. Und die Staubmäuse unter dem Bett und in den Ecken des Wohnzimmers waren auch noch nicht so groß, dass ich sie mit dem Staubsauger hätte jagen müssen. Sicher wäre Nelly anderer Meinung gewesen, aber sie war in Irland und ich alleine hier in der Wohnung. Ich ließ einen kurzen Stoßseufzer los, griff mir die Autoschlüssel und machte mich auf den Weg.

Als ich im Auto saß, kam mir noch eine weitere Idee. Ich beschloss meine Fahrtroute etwas zu modifizieren. Reutlingen konnte man auch über den kleinen Umweg Blaue Brücke erreichen. Ich wollte mir gerne die Stelle anschauen, an der der Mann auf die Gleise gestürzt war. Ich startete den Wagen, verließ das Wohngebiet Herrlesberg und steuerte die Reutlinger Straße Richtung Innenstadt an. Es dauerte nicht lange und ich hatte die Blaue Brücke erreicht. Allerdings lief der Verkehr diesmal sehr flüssig. In Sekunden war ich auf der anderen Seite der Brücke. So machte es keinen Sinn, ich konnte im Vorbeifahren nicht viel erkennen. Ich bog nach dem Kinokomplex rechts ab und stellte meinen Wagen in der Nähe der Bahngleise ab.

Wenig später stand ich auf der Blauen Brücke. Es war so, wie ich es vermutet hatte. Man konnte nicht direkt vom Brückengeländer auf die Gleise fallen. Es gab einen kleinen Vorbau, eine Art Vordach, der vor allem als Schutz vor der Oberleitung der Bahnstrecke gedacht war. Für einen Selbstmörder war es allerdings sicher kein Problem, dieses kleine Hindernis zu überwinden. Und ein übermütiger Jugendlicher konnte sich im Alkoholdunst ermutigt fühlen, auf diesem schmalen Steg entlang zu balancieren. Für einen Mord stellte dieser Vorbau allerdings ein kleines Hindernis dar. Man konnte sein Opfer nicht einfach übers Geländer nach unten schubsen. Doch mit einem zweiten Stoß wäre auch das möglich gewesen. Also schied keine der Versionen völlig aus.

Ich verließ nachdenklich die Blaue Brücke und ging zu meinem Auto zurück. Schon aus einiger Entfernung erkannte ich, dass ein Strafzettel hinter dem Scheibenwischer klemmte. Ich fluchte laut und drehte mich nach allen Seiten um. Ich konnte den eifrigen »Parkwächter« nirgendwo entdecken. Er musste sich auf der Suche nach anderen Sündern, die die leere Stadtkasse füllen sollten, schnell aus dem Staub gemacht haben.

Als ich mein Auto erreicht hatte, zog ich den Zettel hinter den Wischern hervor, zerriss ihn in kleine Stücke und veranstaltete einen kleinen Konfetti-Regen. Ich freue mich jedes Mal über Post, auch wenn sie nur von der Stadt kommt.

Ich drehte mich um. Von meinem Standort aus konnte ich die Stelle, von der der Mann hinuntergestürzt war von unten sehen. Im selben Augenblick rauschte ein Regionalexpress vorbei, was mein laues Gefühl im Magen noch verstärkte.

Ich stieg in mein Auto ein, drehte wegen des Einbahnverkehrs eine Runde und wartete schließlich an der Ampel am Kinokomplex Blaue Brücke auf die nächste Grünphase. In der Ferne hörte ich eine Sirene, die schnell näher kam. Nur Sekunden später raste ein Notarztwagen heran. Die Ampel war nun für mich auf Grün gesprungen, doch ich konnte nicht in die Kreuzung fahren, weil das Rettungsfahrzeug direkt vor mir stand und in einem kleinen Stau nicht recht vorwärts kam. Als die Fahrbahn endlich frei war und der Notarztwagen mit Blaulicht und Sirene weiterrauschte, war es für mich schon wieder rot. Also wartete ich eine kleine Weile, in der mir eine weitere Idee kam. Die Notärztin, die zu dem Sturz von der Brücke gerufen worden war, könnte ich ja auch noch befragen. Sie zu finden sollte nicht all zu schwer sein, denn in Tübingen kannte sie inzwischen jeder.

Als die Ampel wieder grün zeigte, bog ich links ab und fuhr über die Blaue Brücke und weiter auf der vierspurigen Straße Richtung Reutlingen.

Auf der Stadtautobahn kam ich ohne weitere Verzögerungen vorwärts, nur am Ortseingang von Reutlingen staute sich wie üblich der Verkehr. Mühselig und immer ungeduldiger werdend arbeitete ich mich vor bis zur Kreuzung am Tübinger Tor. Links von mir wuchs die Baustelle der Stadthalle in die Höhe. Ich fuhr weiter die Lederstraße entlang, passierte das Parkhaus, das im Einfahrtsbereich eine bunt beleuchtete, stilisierte Fahrzeugfront besitzt, und bog dann nach links ab. Mein Auto stellte ich auf dem Parkplatz vor der Markthalle ab. Ich lief am Zeitungscenter und dem Planie-Kino vorbei die Gartenstraße hinunter. Schließlich erreichte ich das Gerichtsgebäude. Auch dort drinnen hatte ich schon viele Verhandlungen als Gerichtsreporter abgesessen. Als ich im Innern die Treppenstufen hoch stieg, begegnete mir ein Richter, den ich von zahlreichen Sitzungen her kannte. Ich fragte ihn nach Gramer, aber er zuckte nur mit den Schultern, was wohl »keine Ahnung« bedeutete.

Ich klapperte die einzelnen Gerichtssäle ab. Zwei der Räume waren abgeschlossen, vor dem dritten leuchtete das Zeichen »nicht öffentlich«. Etwas ratlos stand ich im öden Gang des Amtsgerichts. Meine Fahrt nach Reutlingen hatte sich nicht gelohnt. Ich kramte mein Handy aus der Tasche, aber leider hatte ich vergessen, es rechtzeitig aufzuladen. Ein kurzes Summen zeigte mir an, dass der Akku leer war. Verärgert steckte ich es zurück in meine Tasche.

Ich verließ das Amtsgerichtsgebäude, wandte mich nach links und steuerte die Reutlinger Innenstadt an.

Ich hatte kaum die Fußgängerzone bei der Marienkirche erreicht, das stieß ich bereits auf das Gesicht, das ich eigentlich im Gerichtsgebäude erwartet hatte. Oberstaatsanwalt Gramer kam auf mich zu. Er nahm mich allerdings gar nicht wahr, weil er sich mit einem Kollegen angeregt unterhielt und dabei mit den Händen wild in der Luft herum fuchtelte. Seine Zeigefinger unterstützten den Inhalt seiner Rede, indem sie mehrmals in sämtliche Richtungen stießen. Dabei rannte er mich fast über den Haufen.

»Was machen Sie denn hier?«, fragte mich Gramer erstaunt und musterte mich durch seine dicke Brille von oben bis unten.

»Ich recherchiere.«

»So sehen Sie aus.« Ein breites Grinsen machte sich auf seinem Gesicht breit.

»Ja, genauer, ich suche Sie.«

»Mich? Wieso? Von welchem Interesse kann ein armer, unbedeutender und unterbezahlter Staatsanwalt für einen Starjournalisten sein.«

»Unterbezahlt?«

»Ja. Sie wissen ja, wir Staatsanwälte bekommen kein Gehalt, wir bekommen für unsere Arbeit nur Schmerzensgeld.« Gramer lachte.

»Was kann ich für Sie tun?«, fuhr er nach einer kurzen Pause fort.

»Sie arbeiten an einem Fall, der mich interessiert.«

»Ich? Ich bin aber gerade nicht im Dienst. Ich bin in der Kaffeepause. Und die ist wichtig. Ich muss mich erholen, bevor die nächste Verhandlung wieder losgeht. Aber für Sie mach ich doch eine Ausnahme. Um welchen Fall geht es denn?«

»Den Tübinger Brückensturz.«

Gramer sah mich verdutzt an.
»Sie meinen den Mann, der von der Blauen Brücke gefallen ist?«
»Ja. Was wissen Sie über ihn?«
»Nicht viel. Aber ich glaube, das ist nicht gerade ein Thema, das wir hier in der Fußgängerzone in Reutlingen besprechen sollten.«
Gramer schaute auf seine Armbanduhr.
»Außerdem wartet in fünf Minuten die nächste Verhandlung auf mich. Und ich will pünktlich sein. Kann es kaum erwarten, wieder zurück in den Gerichtssaal zu kommen.«
Gramer verdrehte die Augen und lachte. Dann wurde er wieder ernster.
»Rufen Sie mich an. Sie haben doch meine sämtlichen Nummern. Wir machen einen Termin aus und Sie kommen bei mir in der Zentrale vorbei. Aber ich glaube, ich kann Ihnen da nicht sehr viel weiterhelfen. Er hielt kurz inne.
»Warum interessiert Sie gerade dieser Fall?«
»Das sage ich Ihnen, wenn wir uns treffen.«
»Das klingt geheimnisvoll.«
»Ja, ist es.«
Einen Augenblick sah mich Gramer mit durchdringendem Blick an, dann zuckte er mit den Schultern.
»Gut. Dann gehen Sie mal weiter in Reutlingen shoppen und wir wenden uns der Gerechtigkeit zu.«
Bevor ich seine Bemerkung kommentieren konnte, waren Gramer und sein Kollege schon weitergegangen und hatten mich unter dem Turm der Marienkirche mitten in der Reutlinger Fußgängerzone alleine stehen lassen.

12

Am folgenden Tag hatte ich mehrmals versucht, Gramer zu erreichen. Aber erst beim vierten Anruf war es mir gelungen und ich hatte ihn endlich in der Leitung. Wir verabredeten uns für den nächsten Tag. Ich war gespannt, was er mir zu berichten hatte.
Im Schönbuch-Mordfall gab es nichts Neues, zumindest rückte die Polizei noch keine weiteren Neuigkeiten heraus.

Trotzdem fühlte ich mich recht unruhig. Am Nachmittag wartete das Treffen mit Kathrin auf mich. Ich war nicht sicher, ob es eine gute Idee gewesen war, mich mit ihr zu verabreden.

Ich rief Becker an und berichtete ihm von meinem Termin mit Gramer.

»Nimm ihn ordentlich in die Zange, damit er was rausrückt«, meinte Becker.

»Ja, ja«, antwortete ich nur, in dem Wissen, dass Gramer ein ausgefuchster Staatsanwalt war, der immer nur das preisgab, was er auch preisgeben wollte.

»Hast du heute nichts zu tun?«, fragte mich Becker plötzlich.

»Nein, heute hab ich einen Ruhetag.«

»Dem kann ich abhelfen. Ich hätte da noch einen kleinen Termin am Nachmittag. Zu dem wollte ich eigentlich selbst hingehen, aber …«

»Nein, wirklich Micha. Ich habe heute frei«, unterbrach ich ihn. Ein seltsames Gefühl beschlich mich. Irgendwie fühlte ich mich ertappt und hatte ein schlechtes Gewissen, weshalb auch immer.

»Gut, wie du willst. Wenn du die Kohle nicht brauchst, suche ich mir halt einen anderen Freien.« Micha Becker legte auf.

Ich stand von meinem Stuhl auf und lief aufgewühlt durchs Zimmer, schaute aus dem Fenster, ging zurück in die Küche und machte mich an den Abwasch. Danach sah die Spüle wieder einigermaßen präsentabel aus. Als nächstes machte ich mich an die Schmutzwäsche. Ich teilte sie in mehrere Häufen auf, die ich auf dem Fußboden nebeneinander auftürmte und die ich Maschine für Maschine abarbeiten wollte. Zwischendurch ging ich in den kleinen Laden auf dem Herrlesberg, kaufte mir zur Abwechslung einen Fertig-Flammkuchen.

Nach dem Essen legte ich mich aufs Sofa und zappte durch die verschiedenen Fernsehprogramme. Ich wurde von Minute zu Minute unruhiger. Das Klingeln des Telefons schreckte mich auf. Ich ließ es klingeln. Ich hatte keine Lust, mit jemandem zu reden.

Eine halbe Stunde später war es soweit. Ich machte mich auf den Weg nach Bebenhausen.

Das Wetter war wechselhaft wie meine Stimmung. Am Morgen hatte sich kurz die Sonne gezeigt, doch jetzt war es wieder bewölkt. Dunst stieg aus den Wiesen rechts und links der Straße auf. Ein nasser Herbst kündigte sich an.

Ich erreichte Bebenhausen. Der größte Teil des Ortes wirkte wie ein Museum. Die imposante Kloster- und Schlossanlage, die im 12. Jahrhundert von Pfalzgraf Rudolf von Tübingen errichtet und von den Zisterziensern ausgebaut worden war, thronte über den alten Fachwerkhäusern. Bebenhausen hatte über die Jahrhunderte hinweg alle Wirren recht gut überstanden. Nach dem 2. Weltkrieg war das Kloster für einige Jahre sogar Sitz des Landtags von Württemberg-Hohenzollern gewesen.

An Feiertagen und Wochenenden war bei schönem Wetter dort häufig die Hölle los. Viele Touristen schoben sich durch die historischen Gebäude und bewunderten die kargen und kalten Wohn- und Schlafräume der Mönche und die architektonischen Besonderheiten von Kreuzgang, Klosterkirche und Jagdschloss.

Die Historie des Ortes interessierte mich an diesem Tag jedoch wenig. Es war vielmehr die Gegenwart, die meine Gedanken umtrieb. Wie würde das Treffen mit Kathrin verlaufen?

Als ich von der Landstraße in den Ort abbog, vibrierte mein Handy. Doch bis ich angehalten und das Gerät aus meiner Tasche gezerrt hatte, war es still. Ich schaute auf dem Display nach. Die Nummer, die dort zu lesen war, kam mir sehr vertraut vor. Mein schlechtes Gewissen stieg um mindestens eine Maßeinheit an.

Ich stellte mein Auto auf dem Parkplatz unterhalb des Klosters ab. Ich griff nach der Rotweinflasche, die als kleines Geschenk für Kathrin gedacht war, und stieg aus. Das Handy ließ ich im Wagen zurück.

Wenige Minuten später stand ich vor der Adresse, die mir Kathrin gegeben hatte. Es war ein schönes Fachwerkhaus im alten Ortskern von Bebenhausen, in dem mehrere Parteien wohnten. Ich schaute mir die Klingeln an und entdeckte Kathrins Namen. Bevor ich meinen Finger auf den Klingelknopf setzen konnte, summte es schon und die Tür sprang auf. Kathrin musste mich von ihrem Fenster aus gesehen und mir gleich die Tür geöffnet haben. Ich ging ins Innere des Hauses.

Von oben hörte ich Kathrins Stimme, die mir erklärte, dass ich ein Stockwerk höher kommen sollte. Als ich die ausgetretenen Stufen der alten Treppe hinter mir hatte, stand ich vor ihrer Wohnung und vor Kathrin selbst. Ich war kurz sprachlos. Sie war noch genauso attraktiv wie in den Jahren, als wir zusammen waren. Sie trug ein eng anliegendes Kleid mit einem aussichtsreichen Ausschnitt. Ihr Gesicht war dezent geschminkt. Sie lächelte mich an und streckte mir ihre Hand entgegen.

»Hallo«, sagte ich und schüttelte ihre Hand.

»Komm doch herein.«

Wir gingen in ihre Wohnung. Ich war überrascht, als uns im Flur eine Frau entgegen kam.

»Das ist meine Mitbewohnerin und Freundin Ellen. Wir teilen uns dieses kleine Reich hier.«

Ellen war etwas jünger als Kathrin und nicht ganz so attraktiv wie sie, aber durchaus hübsch. Sie trug Jeans, ein dunkles T-Shirt und eine Lederjacke. Ihre Gesichtszüge wirkten leicht maskulin, was zu ihrem forschen Auftreten passte.

»Du bist wohl Luka«, meinte sie und gab mir die Hand.

Ich nickte.

»Schön dich kennen zu lernen. Kathrin hat mir schon viel von dir erzählt.«

»Ich hoffe, nur Gutes.«

»Ja, durchaus. Meistens jedenfalls«. Ellen lächelte, wobei ihre maskulinen Züge verschwanden. Ich sah zu Kathrin hinüber, die mit leicht gerötetem Gesicht nach unten auf den Boden blickte.

Mein Denkapparat setzte sich in Bewegung und stellte sich gerade einen Nachmittag mit zwei attraktiven Frauen vor. Was ich eindeutig bevorzugt hätte, denn dann hätte ich die »Reunion« mit Kathrin mit mehr Abstand und unbefangener genießen können. Doch meine Hoffnung wurde schnell ins Abseits gestellt.

»Na, dann will ich euch beide mal alleine lassen. Ich muss noch in die Stadt. Bin in zwei Stunden wieder zurück, Kathrin.« Ellen drehte sich wieder zu mir um.

»Ja, vielleicht sehen wir uns ja später noch. Bis denn. Und pass auf sie auf, dass sie keine Dummheiten macht.« Ellen sah mir in die Augen. Ich konnte in ihrem Blick nicht genau erkennen, ob sie die letzte Bemerkung nun im Ernst oder scherzhaft gemeint hatte.

»Sie ist ein lieber Kerl«, sagte Kathrin, als Ellen gegangen war, »sie passt immer auf mich auf. Komm, ich zeig dir unsere Wohnung«, sagte Kathrin hinter mir.

Wir gingen Zimmer für Zimmer durch. Alles war durchgestylt und perfekt aufgeräumt. Gut, dass wir ihre Wohnung und nicht meine als Treffpunkt ausgewählt hatten. Bei diesem Gedanken fiel mir meine Wäsche ein. Ich hatte vergessen, sie aus der Waschmaschine zu nehmen. Die feuchten Kleidungsstücke müffelten jetzt sicher gerade gemütlich in der Wäschetrommel vor sich hin. Es war klar, ich musste später noch einmal einen Spül- und Waschgang einlegen.

»Was ist? Du wirkst so nachdenklich?«, fragte Kathrin.

»Alles okay.« Ich behielt meine Wäschegedanken lieber für mich.

Wir gingen ins Wohnzimmer und setzten uns dort an den Esstisch. Tisch, Stühle, Kommode, Wohnzimmerschrank, alles war aufeinander abgestimmt. Und jeder Gegenstand lag dort, wo er auch hingehörte. Das Zimmer war schön anzusehen, wirkte aber unbewohnt.

»Möchtest du einen Tee? Mit Milch? Du trinkst doch keinen Kaffee? Hab ich recht? Oder hast du deine Gewohnheiten geändert?«

Das waren viele Fragen auf einmal, die ich mit einem einfachen »ja, gerne« beantwortete.

»Der Tee ist gleich fertig.«

Kathrin verschwand in der Küche, was mir Gelegenheit gab, mich noch einmal umzuschauen. Ich stand auf, lief durchs Wohnzimmer und landete schließlich vor der Stereoanlage, neben der ein voller CD-Schrank stand. Ich ging die einzelnen Bandnamen durch. Es waren viele moderne Popgruppen, vor allem deutsche, darunter: Silbermond, Juli, sogar eine Pur-CD versteckte sich im Regal. Auch der Eurovision Song Contest und eine Lena-CD waren vertreten. Aber vor allem mochte Kathrin wohl Jeanette Biedermann. Von ihr gab es jede Menge CDs. Ich zog eine aus dem Regal heraus. Das Album hieß »Naked Truth«. Das nächste, das ich in Händen hielt, hatte den Titel »Undress to the Beat«.

In diesem Augenblick kam Kathrin zurück aus der Küche. In der Hand hielt sie ein Tablett mit einer Teekanne, zwei Tassen und einem Teller, der mit Gebäck bedeckt war. Sie stellte alles vorsichtig auf dem Tisch ab.

»Jeanette Biedermann-Fan?«, fragte ich und winkte mit der »Undress to the Beat«-Scheibe.

»Ja, sehr, eine Power-Frau. Ich mag ihre Art zu singen und ihr selbstbewusstes Auftreten. Aber ich weiß, das ist nicht deine Richtung, Luka. Bist du immer noch ein Irland-Fan? Irish Folk, darauf warst du doch immer ganz wild? Da waren manchmal schon schräge Sachen dabei, zumindest für meine Ohren.«

»Ja, ich weiß, mit dem Gedudel konntest du nie allzu viel anfangen. Aber es stimmt, ich mag immer noch Irish Folk.« Und schon war Nelly wieder in meinen Gedanken. Mein schlechtes Gewissen meldete sich zurück und ich fragte mich kurz, was ich eigentlich hier machte. Ich steckte »Undress to the Beat« neben »Naked Truth« zurück ins Regal.

»Komm, setz' dich«, forderte mich Kathrin auf. Ich nahm am Esstisch Platz und lehnte mich zurück, während mir Kathrin den Tee einschenkte. Dabei beugte sie sich leicht nach vorne, was mir tiefe Einblicke erlaubte. Und diese Einblicke vermittelten mir noch ein genauso angenehmes Gefühl wie vor Jahren.

»Milch?«

»Wie?«

»Möchtest du die Milch gleich …?«

»Ja, bitte.«

»Zucker?«

»Nein, danke.«

Unser Gespräch kam nur langsam voran. Es war ein vorsichtiges Abtasten. Nachdem wir die ersten Allgemeinplätze abgehandelt hatten, wurde es interessanter.

»Kommt ihr gut zurecht, Ellen und du?«, fragte ich.

»Ja, sehr gut. Sie hat mir viel geholfen in den vergangenen Jahren. Vor allem, als meine Beziehung auseinander gegangen ist. War nicht einfach, damals? Sie hat mich aus dem Tal rausgeholt. Ich hab ihr viel zu verdanken.«

»Aber kommt ihr euch hier nicht manchmal in die Quere. Wenn

man so eng zusammen wohnt und einmal sein Privatleben haben will?«

»Eigentlich nicht. Jede hat ihr eigenes Reich. Jede kann für sich sein. Die Wohnung ist recht groß, wir haben beide jeweils zwei Zimmer für uns. Das hier ist eigentlich nur der Raum, den wir nutzen, wenn jemand, zu Besuch kommt oder wenn wir eine Party feiern. Ellen nutzt dieses Zimmer sehr wenig, sie ist meist in ihren eigenen beiden Räumen. Es gibt Tage, da sehen wir uns kaum.«

»Die Wohnung ist sicher nicht gerade billig?«, fragte ich.

»Es geht. Wahrscheinlich kostet sie weniger, als du denkst. Aber wir verdienen beide gut genug. Und die Wohnung ist es uns wert.«

Kathrin erzählte von ihrem Job. Sie arbeitete in einem Verlag in Stuttgart, fuhr jeden Tag dorthin, meist über die alte Stuttgarter Straße und nicht über die B 27, weil sich dort morgens meist der Verkehr staute.

»Und was machst du?«, meinte Kathrin plötzlich. Ich legte los mit Geschichten aus meinem Beruf als Freier Journalist, den ich zugegebenermaßen attraktiver und spannender darstellte, als er in Wirklichkeit war.

So kamen wir gut über die ersten Gesprächsrunden. Alle heiklen Themen blieben ausgespart. Manchmal gab es kurze Pausen, in denen niemand redete. Kathrin und ich suchten dann schnell nach dem nächsten Thema, das man unverfänglich ansprechen konnte. Aber immerhin erfuhr ich, dass Kathrin schon länger keine feste Beziehung mehr hatte, aber sich jetzt wieder offen für neue Erfahrungen fühlte, was mich beunruhigte.

»Komm, lass uns ein bisschen spazieren gehen«, sagte Kathrin plötzlich in eine dieser kurzen Redepausen hinein.

Ich schaute aus dem Fenster. Es war triste draußen und Dunstwolken hingen tief über dem engen Tal.

»Das Wetter ist nicht gerade …«

»Stell dich nicht so an. Wir sind doch früher auch bei jedem Wetter unterwegs gewesen.« Da war es, das erste »wir«. Ich zuckte unwillkürlich zusammen. Ich war unschlüssig, was ich tun sollte: einwilligen oder unter irgendeinem Vorwand die Heimreise antreten? Ich war zu langsam. Kathrin hatte das Heft in die Hand genommen. Wenige Minuten später standen wir vor dem Haus. Ich schaute nach oben. Trotz der Wolken am Himmel sah es nicht so aus, als ob es innerhalb der nächsten ein, zwei Stunden regnen würde. Auch die Temperaturen waren noch einigermaßen erträglich.

»Wohin gehen wir?«, fragte ich.

»Lass dich überraschen. Folge mir in den dunklen und geheimnisvollen Schönbuch.«

Kathrin lächelte mich an.

»Jetzt, komm. Sei doch etwas lockerer. Du wirkst so angespannt. Ich weiß, wir haben viel zusammen erlebt. Aber jetzt lass einmal Vergangenheit auch Vergangenheit sein. Zwei gute Freunde unternehmen eine gemeinsame Tour, das ist alles. Okay?«

»Okay.«

Wir zogen los. Nach wenigen Minuten ahnte ich, wo der Weg hinführen sollte. Wir hatten die Landstraße überquert und waren nun in den Schönbuch eingetaucht.

»Wo willst du hin?«

Kathrin ging auf meine Frage nicht ein.

»Lass mich den Führer spielen. Ich möchte mit meinem Heimatkunde-Wissen glänzen. Das hier nennt man den Spötterweg. Schöner Name für einen Spazierweg, oder nicht?«

Durch die Äste der Laubbäume hindurch konnte man die Umrisse des Klosters und der Klosterkirche sehen.

»Hier gibt es auch jede Menge Gedenksteine, die mitten im Wald stehen. Komisch, was?«

Ich wartete ab, was Kathrin vorhatte.

»Gleich haben wir den ersten erreicht.«

Im nächsten Augenblick standen wir von hohen Buchen umgeben vor einem verwitterten, etwas unförmigen Gebilde. Kathrin hatte sich bei mir untergehakt und mich zur Seite gezogen. Sie deutete auf den grauen, mit Moos bewachsenen Stein.

»Hier. Das ist der König-Wilhelm-Stein. Und jetzt erhältst du eine kleine, kostenlose Heimatkunde-Stunde. Der Stein wurde im Beisein des Königs, Wilhelm des II. von Württemberg, im August 1916 hier errichtet. Die Jahreszahl siehst du hier auf dem Stein. Der gute Willi feierte sein 25-jähriges Thronjubiläum und kam offensichtlich gerne in diese Gegend, was ich verstehen kann. Es ist schon schön hier.«

»Du bist gut informiert.«

»Ja, aber ich muss zugeben, ich schmück' mich mit fremden Federn. Die Naturpark-Leute, die im Schloss sitzen, veranstalten immer mal wieder Führungen durch den Schönbuch. Und zu einer dieser Führungen hat mich Ellen einmal mitgenommen. War wirklich interessant. Es gäbe noch viel mehr über diese Denkmale zu erzählen, aber das meiste habe ich leider vergessen.«

Wir standen etwas unschlüssig um den alten, monumentalen Stein herum. Er war sicher um die drei Meter hoch. Ich spürte plötzlich Kathrins Kopf, wie er sich vorsichtig an meine Schulter lehnte. Ich musste zugeben, das Gefühl war nicht unangenehm und erinnerte mich an früher. Ein altes, längst verblichenes Bild kam mir in den Sinn. Bei einem unserer gemeinsamen Spaziergänge waren wir einmal in den Abend hineingekommen. Wir setzten uns auf eine Bank mit freiem Blick aufs Ammertal und beobachteten Arm in Arm den Sonnenuntergang. Eine kitschige Szenerie, aber sie wirkt immer. Sie wirkte auch damals bei uns.

Doch jetzt gab es keine Hoffnung auf einen Sonnenuntergang. Das Wetter war viel zu schlecht dafür. Und meine Stimmung begann sich dem Wetter anzupassen. Die Vergangenheit machte mir zu schaffen, die Erinnerung an eine Zeit, die ich schon abgeschlossen geglaubt hatte, ergriff mehr und mehr Besitz von mir. Und das gefiel mir nicht. Kathrin schien meine Unruhe zu spüren. Sie löste sich von mir und forderte mich auf, ihr zu folgen. Diese Aktion kam so überraschend, dass ich erst unschlüssig da stand, ihr dann aber doch nachlief.

Meine Unruhe stieg weiter an, als wir nach den Seewiesen den Pfeifferstein-Parkplatz erreicht hatten. Es war mir jetzt klar, wo Kathrin hinwollte. Ich hielt sie am Arm fest.

»Kathrin, ich glaube nicht, dass das ist eine gute Idee ist.«

»Was meinst du?«

»Ich kann mir vorstellen, wo du hin willst.«

»So, weißt du das?«

»Ja. Die nächste Station ist der Pfeifferstein, oder?«

Kathrin sah mich an. Die Sanftheit war aus ihren Augen verschwunden.

»Ja, ich habe dir doch den geheimnisvollen Schönbuch versprochen. Ich wollte die vergangenen Tage schon dorthin, aber ich habe mich nicht getraut.«

Nach einer Sekunde kam ihr Lächeln wieder zurück. Mir aber war es eher unwohl in meiner Haut, auch wenn ich selbst eine leichte Neugierde verspürte, den Ort eines Verbrechens aufzusuchen.

»Warum willst du dorthin? Kathrin, dort ist vor ein paar Tagen ein Mensch ermordet worden. Vielleicht hat die Polizei den Ort auch noch gar nicht freigegeben.«

Aber Kathrin gab nicht nach.

»Lass uns nachschauen? Hast du etwa Angst?«

»Nein, natürlich nicht, aber ich glaube nicht …«

»Komm, sei kein Feigling. Du hast doch über den Mord geschrieben. Interessiert es dich nicht, dir auch den Ort anzuschauen, an dem jemand getötet wurde? Ich bin neugierig darauf, was das für ein Gefühl ist, dort zu stehen. Sonst sieht man so etwas nur bei *XY-ungelöst*. Jetzt haben wir einen Mord, einen Tatort praktisch vor der Haustür.

»Mich zieht es nicht gerade dorthin«, meinte ich.

»Aber ich möchte den Ort sehen, aber nicht alleine. Ich brauche jemanden, der mit mir geht.«

Ich war einen Augenblick sprachlos. So hatte ich Kathrin gar nicht eingeschätzt. Ich wusste nicht, was ich ihr antworten sollte. Keinesfalls wollte ich als Feigling da stehen. Aber ich hatte kein gutes Gefühl dabei, diesen Stein aufzusuchen. Die Vorstellung, dass dort ein Mensch auf brutale Weise ums Leben gekommen war, ließ mich erschaudern. Auf der anderen Seite hatte Kathrin Recht. Ich war Journalist und hatte bereits über den Fall berichtet. Die Örtlichkeit etwas genauer unter die Lupe zu nehmen, konnte nicht schaden.

Kathrin nahm mir die Entscheidung ab, indem sie einfach loslief. Auf mein »he, warte« reagierte sie nicht. Ich rannte ihr hinterher. Der Weg ging leicht bergauf. Nach ein paar Metern hatte ich sie eingeholt.

»Also gut, suchen wir das Abenteuer«, sagte ich. Kathrin musterte mich mit einem kritischen Blick, sagte dann aber:

»Es ist schön, dass du mit mir gehst.«

Schließlich hatten wir die Stelle des Weges erreicht, an der ich mich mit Hemmerle unterhalten hatte. Von hier aus ging es in den Wald. Ich sah mich unruhig nach allen Seiten um. Es war niemand zu sehen. Außerdem war es völlig still, noch nicht einmal Vogelgezwitscher war zu hören. Das Licht hier zwischen den hohen Bäumen war diffus. Dunstwolken drückten sich durch die Kronen der Buchen.

Wie ich erwartet hatte, hingen im Wald noch rot-weiße Bänder mit der Aufschrift »Polizeiabsperrung«. Ich war mir nicht sicher, ob wir so ohne weiteres hier herum laufen durften. Auf der anderen Seite wusste ich auch nicht, warum ich auf einmal so viele Skrupel hatte. Ich riss mich zusammen, um Kathrin meine Unsicherheit nicht zu zeigen. Sie scherte sich nicht viel um die Bänder, wich ihnen aus oder kletterte unter ihnen hindurch.

»Weißt du eigentlich, wo der Stein steht?«, fragte ich sie, nachdem wir ein paar Minuten im Wald hin und her gelaufen waren.

»Ungefähr.«

Plötzlich hörte ich hinter mir ein Geräusch. Ich drehte mich um und glaubte zwischen den Bäumen einen Schatten erkennen zu können, der sich seitlich im Unterholz bewegte. Ich starrte angestrengt in den Wald. Mein Herz fing spürbar zu klopfen an. Meine Knie zitterten leicht.

»Was ist?«, fragte Kathrin hinter mir.

»Ich weiß nicht. Ich dachte, ich hätte dort zwischen den Bäumen etwas gesehen.«

»Wo?«

Ich zeigte in die Richtung, in der ich die Bewegung wahrgenommen hatte. Wieder raschelte es im Unterholz.

»Hast du das nicht gehört?«

Kathrin stand jetzt neben mir und starrte ebenfalls in den Wald.

»Nein. Da ist nichts«, sagte sie.

Kathrin war sich sicher, dass ich mir diesen Schatten nur eingebildet hatte. Ich schaute in alle Richtungen. Aber hier war der Wald sehr dicht, es war schwer, etwas zu erkennen. Plötzlich vernahm ich ein lautes Knacksen. Auch Kathrin hatte das Geräusch gehört. Wir sahen uns an.

»Was war das?«, fragte ich Kathrin.

»Was soll das schon sein? Hier im Wald gibt es viele Geräusche, du Angsthase.«

Sie stieß mich kurz vor die Brust, lachte, drehte sich um und rannte los. Ich taumelte nach hinten, hatte mich aber gleich wieder gefangen.

»Komm«, rief sie und war im nächsten Augenblick schon einige Meter weiter. Ich folgte ihr, so gut es ging. Sie bewegte sich recht geschickt zwischen den Bäumen hindurch und kam auch auf dem unebenen Boden, der mit Wurzeln und kahlen Ästen übersäht war, schnell voran. Bei einer Schutzhütte, die aus dunklem Holz und Ziegeln gefertigt war, hatte ich sie eingeholt.

Kathrin lehnte sich gegen die Wand der Hütte. Sie atmete heftig. Ihr Brustkorb hob und senkte sich in schnellem Rhythmus.

»Ich habe dir doch Abenteuer versprochen. Aber ich glaube, den Pfeifferstein vergessen wir lieber«, sagte sie.

Ich nickte und schnappte wie sie nach Luft. Auch mich hatte der kurze Sprint durch den Wald außer Puste gebracht.

»Aber ich kann dir die Geschichte des Steins erklären.«

»Das brauchst du nicht. Die kenne ich schon«, entgegnete ich ihr.

»Stimmt. Du hast in deinem Artikel darüber geschrieben.«

»Ja.«

Kathrin legte mir die Hand auf die Schulter.

»Komm, setzen wir uns einen Augenblick«, sagte sie.

Wir ließen uns auf unbequemen Baumstämmen nieder, die als Bänke dienten und die um eine Feuerstelle herum gruppiert waren.

»Ich glaube, wir gehen lieber wieder nach Hause«, meinte ich, nachdem ich wieder zu Atem gekommen war.

»Wir sind doch noch gar nicht so lange unterwegs«, warf Kathrin ein.

Ich schüttelte den Kopf.

»Komm, Luka. Ich möchte dir noch einen Stein zeigen.«

»Ich glaube, ich habe genug von Steinen.«

»Bitte. Ich möchte noch nicht zurück. Sonst ist der Tag so schnell vorbei.«

Es fiel mir schwer, Kathrin die Bitte abzuschlagen. Aber wo sollte dieser Spaziergang noch hinführen? Eine innere Stimme riet mir, schleunigst umzukehren und nach Hause zu gehen. Doch wer hört schon auf seine innere Stimme? Ich gab nach.

Es zeigte sich, dass Feuerstelle und Hütte direkt an dem Waldweg lagen, auf dem wir vom Parkplatz herauf gekommen waren. Wir standen auf und gingen wortlos weiter. Immer wieder riskierte ich einen Blick seitwärts in die Bäume. Aber es war niemand zu sehen.

Wir erreichten schließlich ein Gatter, das als Tor für ein Wildgehege diente. Wir öffneten es und gingen tiefer in den Wald hinein. Wenige Minuten später hörte ich, wie das Gatter hinter uns knirschte. Ich fuhr herum und sah einen Mann mit grünlicher, etwas herunter gekommener Kleidung, der seinen Hut tief in die Stirn gezogen hatte und laut vor sich hinmurmelte. Was er von sich gab, war so undeutlich, dass ich es nicht verstehen konnte. Er lief leicht nach vorne gebeugt, wirkte aber doch groß und recht kräftig. Nach den Erlebnissen in der Nähe des Pfeiffersteins, ließ mich diese eigenartige Erscheinung, die sich geradewegs auf uns zu bewegte, nicht gerade kalt.

Ich stand wie angewurzelt da und überlegte, was ich tun sollte.

»Was ist? Lass uns weitergehen, damit wir nicht in die Dunkelheit kommen«, forderte mich Kathrin auf. Sie schien den Mann gar nicht zu beachten.

»Wo gehen wir jetzt hin?«, fragte ich sie.

Kathrin antwortete nicht. Ich beobachtete sie und warf dabei auch immer wieder einen Blick nach hinten. Der eigentümliche Mann verfolgte uns unbeirrt.

»Zum Vogtstein«, sagte Kathrin plötzlich.

»Noch so ein komischer Stein mitten im Wald? Ist es noch weit bis dorthin?«, fragte ich sie.

»Wirst du schon müde? Nein, ich kann dich beruhigen, es ist nicht mehr sehr weit, glaube ich jedenfalls. Ich hoffe, ich finde ihn. Man muss schon wissen, wo er steht, sonst läuft man an ihm vorbei.«

Die sonderbare Figur war uns immer noch auf den Fersen, auch als wir nach rechts in den nächsten Waldweg abbogen. Ich forcierte das Tempo. Kathrins Frage ließ nicht lange auf sich warten.

»Warum läufst du so schnell?«

Ich wollte Kathrin nicht beunruhigen. Auf der anderen Seite wunderte ich mich darüber, dass Kathrin über den murmelnden Mann hinter uns kein Wort verlor. Entweder nahm sie ihn gar nicht wahr oder sie wollte ihn nicht wahrnehmen.

Ich suchte mir ein anderes Thema.

»Sicher hast du auch zu diesem Stein eine Geschichte zu erzählen?«

»Sicher.« Kathrin lächelte mich an, antwortete mir aber nicht.

Ehe ich etwas sagen konnte, hatte sich Kathrin bei mir untergehakt und mich in einen Pfad, der auf dichte Hecken zuführte, gezogen. Rechts von uns öffnete sich eine Lichtung. So licht war es hier heute allerdings nicht. Die Nebelschwaden hingen über dem Acker.

»Komm, hier entlang«, forderte sie mich auf.

Ich schaute mir das offene Gelände, das von einem Zaun umgeben war, genauer an.

»Wo sind wir hier?«

»Mauters Wiese, so nennt man diese Lichtung. Ein kleiner Flecken mitten im Wald, der landwirtschaftlich genutzt wird.« Mehr sagte Kathrin nicht.

Der unwirtliche Weg an Mauters Wiese entlang führte immer weiter ins Unterholz. Man sah, dass hier schon lange niemand mehr entlang gelaufen war. Ich blickte Kathrin mit zweifelnden Blicken an.

»Bist du sicher, dass wir hier richtig sind?«

»Vertraust du mir nicht?«

»Doch.« Meine Antwort kam allerdings etwas zögerlich.

»Du bist wohl auch einer von denen, die glauben, Frauen haben keinen Orientierungssinn.«

Ich wollte etwas sagen, aber sie kam mir zuvor.

»Ich sage dir, das ist falsch. Wir wissen sehr wohl, was und wohin wir wollen.« Ihre Stimme hatte einen scharfen Ton angenommen. Doch gleich wirkte sie wieder zärtlicher.

»Und wenn wir uns hier im Wald verirren, das wäre doch romantisch.«

»Romantisch?«

»Wir zwei hier allein, keine Menschenseele weit und breit.«

So romantisch fand ich das nicht. Und überhaupt: keine Menschenseele. Wo war eigentlich unser Verfolger, dieser eigentümlich murmelnde Mensch? Ich drehte mich vorsichtig um. Der Typ war weit und breit nicht mehr zu sehen. Sollte mich das nun beruhigen oder erst recht unsicher machen? War er einfach seines Weges gegangen oder lauerte er irgendwo im Gebüsch auf uns. Langsam ging meine Fantasie mit mir durch, aber meine Gedanken kreisten mehr und mehr um das Wort ›Rückweg‹.

Doch Kathrin hatte sich von mir gelöst und war ein paar Schritte voraus gelaufen. Sie zwängte sich durch Brombeerhecken hindurch. Im nächsten Augenblick stand sie über mir. Kathrin war eine recht baufällig aussehende hölzerne Stiege hinaufgeklettert, die über den Zaun führte, der sich vor uns aus den Hecken schälte. Auf die gleiche abenteuerliche Weise ging es auf der anderen Seite wieder hinunter. Ich hatte Mühe, Kathrin zu folgen. Die Dornen der Hecken zerkratzten meine Hände und Unterarme. Ich musste aufpassen, dass die dornigen Zweige nicht auch noch in mein Gesicht schlugen.

Wenig später war ich auf der anderen Seite.

»Wo bleibst du denn?«, fragte mich Kathrin. Ihr schien es offensichtlich Spaß zu machen, mich herauszufordern.

»Ein abenteuerlicher Weg«, sagte ich.

Wir stolperten weiter. Das Gelände um uns herum wurde sumpfiger. Ich versuchte mir den Weg genau einzuprägen, um die Orientierung nicht völlig zu verlieren. Doch das hätte ich mir sparen können. Im nächsten Augenblick kreuzten wir einen breiten Waldweg.

Ich blieb stehen und sah Kathrin an.

»Warte einmal, Kathrin. Wenn ich mir den Weg so betrachte, hätten wir auch wesentlich einfacher hierher kommen können. Diese ganze Kletterei wäre doch gar nicht nötig gewesen.«

Kathrin sagte nichts, lächelte nur. Im nächsten Augenblick wurde ihr Gesicht ernst.

»Komm«, sagte sie nur.

Sie entschied sich zu meinem Leidwesen nicht für den breiten Waldweg, sondern für den sumpfigen Pfad. Ich wartete ein paar Sekunden, sah mich nach allen Seiten um, seufzte laut und folgte ihr. Das Unterholz um uns herum wurde mit jedem Schritt immer dichter. Ab und an tauchten links und rechts des Weges sumpfige Tümpel auf.

»Jetzt sag mir endlich, was es mit dem Stein auf sich hat«, rief ich Kathrin, die ein paar Meter vor mir lief, hinterher.

»Das ist auch so eine grausame Geschichte, wie beim Pfeifferstein.«

Kathrin hielt an und drehte sich zu mir um.

»Was hat es nun mit diesem Bockstein auf sich?«, fragte ich sie, als ich sie erreicht hatte. Ich schlug nach ein paar Fliegen, die es sich auf dem Schweiß auf meiner Stirn bequem machen wollten.

»Vogtstein.«

»Wegen mir auch Vogtstein.«

»Er soll an einen Überfall und Mord erinnern.«

»Du magst wohl grausame Geschichten?«, kommentierte ich Kathrins Hinweis.

»Hier im Wald sind schon viele Menschen ums Leben gekommen. Der Schönbuch könnte viel erzählen …«

»Wenn er denn reden könnte.«

»Wenn er reden könnte, ja, Luka. Manches hat er sicher auch für sich behalten und nie mehr preisgegeben. Vielleicht liegen hier im Wald noch die Überreste von Menschen, die nie jemand zu Gesicht bekommen hat.«

Nicht nur die Stimmung hier im Wald war bedrückend, auch Kathrins Anwandlungen gefielen mir gar nicht.

»Ich glaube, wir gehen jetzt besser nach Hause«, sagte ich.

»Nein, warte, wir sind schon da.« Wieso wusste Kathrin, dass wir da sind, wenn sie die vergangenen Minuten nur mich angeschaut hatte. Im nächsten Augenblick wandte sie sich von mir ab und zeigte in eine Richtung.

»Da steht er.«

Ich schaute ins Unterholz, konnte aber nichts erkennen.

»Wo? Ich sehe keinen Stein.«

»Geh noch ein paar Schritte. Auf der linken Seite. Dort an dem Busch.«

Ich folgte ihren Anweisungen und wurde fündig. Ich kniete nieder und versuchte die Inschrift auf dem steinernen Kreuz, das über und über mit Moos bewachsen war, zu entziffern.

»Bernhart Vogt«, las ich laut vor.

»Man sagt, dass es ein Bauer war, der hier überfallen und ermordet wurde. Er hatte zuvor sein Vieh verkauft und war gerade auf dem Heimweg. Wahrscheinlich hatte er einiges Geld in der Tasche.«

Ich fühlte, dass Kathrin direkt hinter mir stand. Ihre Stimme hörte sich seltsam leise und brüchig an.

Ich beugte mich über das Steinkreuz, das neben einer großem Eiche stand, und entdeckte eine weitere Inschrift, eine Jahreszahl.

»Gestorben den 18. Januar 1885 steht hier«, sagte ich. Es war plötzlich völlig still geworden. Ich hörte nichts, absolut nichts und das beunruhigte mich.

13

Auch Nelly war, über tausend Kilometer von Tübingen entfernt, seltsam unruhig. Sie zog am Reißverschluss ihrer Handtasche herum, öffnete ihn und schloss ihn wieder. Schließlich holte sie ihr Handy aus der Tasche und starrte das Display an. Warum meldete sich Luka nicht? Sie hatte mehrmals versucht, ihn zu erreichen, aber er hatte den Anruf nie angenommen. Was war nur los?

Nelly machte sich Sorgen. Wo trieb sich Luka herum? Dass er wieder wegen eines Mordes, der im Schönbuch geschehen war, recherchieren musste, gefiel ihr gar nicht. Hoffentlich war er nicht in Schwierigkeiten, dachte sie.

Sie saß alleine im Wohnzimmer ihrer Eltern und schaute sich um. Alles kam ihr so vertraut und doch wieder fremd vor. Sie war einfach zu lange von Hause weg gewesen.

Nelly betrachtete den offenen Kamin, den ihre Eltern früher in den Wintermonaten immer angeheizt hatten. Er war schon lange nicht mehr in Gebrauch. Nun stand in der Esse ein elektrischer Heizstrahler, der, wenn er eingeschaltet war, ein offenes Kaminfeuer simulierte. Nelly fand das falsche Feuer kitschig, ihre Mutter praktisch.

Auf dem Sims über dem Kamin standen seit Jahren dieselben Familienfotos. Bilder der Großeltern, ihrer Eltern mit den Kindern, mit Nelly und ihren Geschwistern. Und alle hatten dieses gezwungene Foto-Lächeln auf dem Gesicht. Nelly überlegte, wann die Fotos aufgenommen worden waren. Sie konnte sich nur vage an die Zeit erinnern, aber sie wusste, die Aufnahmen lagen in jedem Fall schon lange zurück. An den Rändern fingen die Bilder an zu vergilben.

Sie dachte an ihre Schwester, die in den USA lebte. Maeve würde in ein paar Tagen kommen und sie ablösen. Sie freute sich darauf, Maeve wiederzusehen. Sie war neugierig darauf, zu hören, was ihre Schwester in den Staaten erlebt hatte. Wie ihre Ehe mit John verlief.

Für ihren Bruder Liam war die Reise nach Monaghan zu weit. Er war vor ein paar Jahren nach Australien ausgewandert. Sie wusste nicht, war es die Entfernung oder waren es die unterschiedlichen Interessen, sie hatten jedenfalls kaum noch Kontakt miteinander. Liam war immer schon seine eigenen Wege gegangen, hatte sich nie um die Ratschläge der Eltern gekümmert.

Nelly stand auf und ging zum Kaminsims. Sie nahm das Foto ihres Bruders in die Hand und betrachtete es. Sie hatte gestern mit ihm telefoniert. Er hatte hörbar aufgeatmet, als sie ihm gesagt hatte, dass es Vater besser ging und er nicht zu kommen brauchte. Nein, Liam konnte und sollte in Australien bleiben, musste sich nicht ins Flugzeug setzen, um die weite Reise nach Irland zu unternehmen. Und trotzdem ärgerte sie sich ein wenig darüber, dass er in Australien blieb.

Als ihre Mutter angerufen und von Dads Schlaganfall berichtet hatte, war es für sie klar gewesen, dass sie das nächste Flugzeug nach Irland nehmen würde. Sie konnte ihre Mutter in dieser Situation nicht alleine lassen, denn sie war immer für sie da gewesen, hatte sie in allen Krisen unterstützt. Jetzt war es an der Zeit, Mom beizustehen.

Nelly stellte das Foto ihres Bruders zurück auf den Sims. Sie schaute auf die Uhr. Ihre Mutter musste bald zurück kommen.

Nelly hatte sie zum Einkaufen geschickt, damit sie auf andere Gedanken kam. Sie machte sich Sorgen um ihre Mutter. Vierzig Jahre, so lange waren ihre Eltern schon miteinander verheiratet. Und es hatte sicher kaum einen Tag gegeben, an dem sie sich nicht gesehen, nicht miteinander geredet oder etwas zusammen unternommen hatten. Sie waren ein eingespieltes Team, jeder wusste, was er zu tun hatte und jeder wusste, was der andere tat. Und bei allem Alltag, bei aller Gewohnheit waren sie zwei Menschen geblieben, die sich mochten, ja die sich wahrscheinlich immer noch liebten.

Dads Schlaganfall hatte ihrer Mutter einen Schock versetzt. Sie lief seit Tagen völlig verstört durch die Gegend, obwohl sie sich nach außen hin so gab, als ob sie alles im Griff hatte.

Nelly schaute aus dem Fenster. Ihre Mutter war noch nicht zu sehen. Auf der anderen Straßenseite spielten ein paar Kinder. Ihr fröhliches Schreien drang bis zu ihr herüber. Die Kinder waren neu in der Straße. Sie gehörten zu einer jungen Familie, die vergangenes Jahr hier eingezogen war. Sie wohnten in Mollys Haus. Mollys Mann war vor zwei Jahren gestorben, sie selbst bald danach zu ihren Kindern gezogen. Das Haus hatte nur kurze Zeit leer gestanden. Was sich in der Straße abspielte, hatte Nelly von ihrer Mutter erfahren.

Molly und ihr Mann Patrick waren, wie viele andere Familien, zur gleichen Zeit wie ihre Eltern in dieses Viertel gekommen. Sie hatten vier Kinder, mit denen Nelly in ihrer Kindheit oft gespielt hatte. Sie wohnten alle schon lange nicht mehr in Monaghan. Die beiden Söhne waren nach England ausgewandert, eine Tochter lebte in Dublin, die andere wie Maeve in den USA. Molly und Patrick waren die ersten, die aus dem Viertel verschwunden waren. Nelly wusste, in den nächsten Jahren würden weitere folgen. Der Generationenwechsel stand an.

Nelly ging in die Küche, um sich einen Tee aufzubrühen. Es war alles immer noch so, wie sie es aus ihrer Jugendzeit her kannte. Die Tassen und Teller standen im gleichen Schrank wie früher, die Teebeutel lagen wie gewohnt in derselben Dose, die sie einmal ihrer

Mutter zu Weihnachten geschenkt hatte. Ihre Eltern hatten kaum etwas verändert im Haus, alle Handgriffe waren deshalb für Nelly Routine, auch das Aufbrühen einer Tasse Tee, weil alles noch am gleichen Platz stand. Und doch war etwas anders. Sie waren anders, Nelly war anders, sie gehörte nicht mehr hierher, sie gehörte in ein anderes Leben. In ein anderes Leben in Deutschland? In Tübingen? Wollte sie dort für immer bleiben?

Maeve hatte sich auf ihr neues Leben in den USA eingelassen. Sie hatte eine Familie gegründet. Hatte Kinder. Und was war mit ihr? Sie war bald zu alt, um Kinder zu bekommen.

Sie dachte an Luka. Wollte sie mit ihm zusammen leben? War ihre Liebe stark genug, dass sie auch Jahrzehnte anhielt? Und waren Kinder überhaupt noch möglich? Oder war es dafür nicht schon zu spät? Die Vierzig standen bald vor der Tür, Luka hatte diese ominöse Jahreszahl schon längst überschritten.

Nelly nahm den Teebeutel aus der Tasse und entsorgte ihn im Müll. Danach holte sie die Milch aus dem Kühlschrank und goss so viel ein, bis der Tee eine helle Farbe erhielt.

Nelly dachte wieder an ihre Mutter. Und an Dads Schlaganfall. Nelly spürte, dass ihre Mutter Angst hatte. Angst um Dad, aber auch Angst um sich selbst. Plötzlich war die Selbstverständlichkeit nicht mehr selbstverständlich, plötzlich schien die Burg, in der sie wohnten, nicht mehr uneinnehmbar, plötzlich drohte Einsamkeit. Nelly wusste, ohne Dad kam ihre Mutter in ihrem kleinen Leben, das sich um Haushalt, Viertel und Monaghan drehte, nicht zurecht.

Nelly dachte den Gedanken nicht zu Ende. Sie schüttelte den Kopf. Dad ging es besser, er würde sich erholen, würde hierher zurückkommen. Nelly lief mit der Tasse Tee in der Hand zurück ins Wohnzimmer. Ihr Blick ging wieder zum Fenster. Ihre Mutter war immer noch nicht zu sehen. Langsam machte sich Nelly Sorgen. Wo blieb sie nur so lange?

Nelly schaltete den Fernseher ein. Sie schaltete zu einem nordirischen Sender um. Ein Sprecher las lokale Nachrichten vor. Früher hätte er sicher von irgendwelchen blutigen Anschlägen oder Attentaten im Norden berichtet. Jetzt kamen zwar immer noch lokale Nachrichten vor dem großen Weltgeschehen, aber es ging hauptsächlich um sportliche Helden, soziale Probleme oder tragische Unfälle.

Verdammt, fluchte Nelly, warum meldete sich Luka nicht?

Plötzlich nahm sie eine Bewegung vor dem Haus wahr. Sie blickte aus dem Fenster und sah ihre Mutter. Mit zwei großen Tüten bepackt, näherte sie sich der Haustür. Erleichtert stellte Nelly die Tasse Tee beiseite, stand auf und ging zur Tür.

Doch ihre innere Unruhe kehrte schnell zurück.

14

Es war still, zu still. Ich blickte zur Seite. Kathrin stand nicht mehr dort, wo sie vorher gestanden hatte. Ich versuchte mich aufzurichten, als ich plötzlich hinter mir eine Stimme hörte.

»Suchst du mich?«

Erschrocken fuhr ich herum und streifte dabei unsanft das steinerne Kreuz mit meiner Schulter. Ich landete auf dem Rücken und schaute nach oben. Kathrin stand direkt über mir.

»Ich habe dich nicht gesehen. Ich dachte schon, du wärst verschwunden.«

»Ich? Wo sollte ich denn hin?« Ihre Stimme zitterte.

Ich schaute in ihr Gesicht. Es wirkte angespannt, fast verzerrt. Es fiel ihr offensichtlich schwer, sich unter Kontrolle zu halten.

»Was ist mit dir los?«, fragte ich sie, während sich der Stein in meinen Rücken bohrte. Meine Lage war unbequem. Ich wirkte in dieser Stellung fast hilflos, wie ein Käfer, der auf den Rücken gefallen war, während sie von oben, bereit zum Zuschnappen, auf mich hinab starrte. Die unheimliche Stimmung hier im Schönbuch schien auf mich abzufärben. Mühsam richtete ich mich auf. Als ich vor Kathrin stand, fiel sie mir in die Arme. Ich fühlte mich für einen Augenblick genauso hilflos, wie ich zuvor auf dem Boden gelegen hatte.

»Was ist mit dir?«, fragte ich sie.

»Ich habe Angst«, flüsterte sie.

»Angst? Wovor?«

Sie schwieg.

»Hier ist niemand«, sagte ich etwas voreilig, denn im gleichen Augenblick nahm ich eine Bewegung im Augenwinkel wahr. Doch Kathrin lenkte mich ab und zog meine ganze Aufmerksamkeit auf sich.

»Vor dir«, sagte sie leise.

»Vor mir?«

Sie drückte sich fest an mich. Dies war nicht unbedingt die Art und Weise, wie man jemanden zeigt, dass man Angst vor ihm hat.

»Ja. Halt mich fest, so wie früher, als wir noch zusammen waren. Erinnerst du dich noch? Glaubst du nicht auch, dass wir …?«

»Ja, ich erinnere mich noch. Aber darf ich *dich* daran erinnern, dass du mir damals den Laufpass gegeben hast«, warf ich ein. Wir waren an einem Thema angelangt, das ich gerne vermieden hätte.

»Ja, ich weiß. Es tut mir leid.«

»Mir auch«, sagte ich, obwohl ich es nicht sagen wollte.

Es war angenehm, Kathrin im Arm zu halten, und doch spürte ich die Distanz, die zwischen uns lag. Im Zeitraffer lief noch einmal unsere Beziehung vor meinen Augen ab. Meine Gefühle fuhren Achterbahn und das mitten im Schönbuch. Ich hätte mir einen schöneren Ort für eine Romanze vorstellen können, als einen sumpfigen Waldweg bei schlechtem Wetter.

»Kathrin, das geht mir alles ein wenig zu schnell.«

Sie sah mich an. Ihre Augen waren glasig und feucht. Sie war kurz davor, in Tränen auszubrechen.

»Ich mag dich, aber ich möchte dir etwas …«

»Du hast Recht«, unterbrach sie mich und stieß mich sachte von sich. Der Stoß reichte aus, um mich kurz aus dem Gleichgewicht zu bringen. Nur mit Mühe konnte ich mich auf den Beinen halten, da mir wieder dieses Steinkreuz im Weg war.

Gleichzeitig hatte sich Kathrin von mir gelöst und war ins Dickicht gelaufen. Ich stand alleine mitten im Wald. Doch so alleine war ich gar nicht. Am Ende des Waldwegs, kaum zweihundert Meter entfernt, tauchte der Waldschrat wieder auf, der mir vorher mit seinem unheimlichen Murmeln den Nerv geraubt hatte. Er steuerte geradewegs auf mich zu. Was wollte dieser Typ von mir? Wenige Sekunden blieb ich wir erstarrt stehen und beobachtete das Wesen, das immer näher kam. Die kurze Zeit reichte, um

Kathrin vollkommen aus den Augen zu verlieren. Wo war sie hin? Ich schaute mich nach allen Seiten um. Sie war nirgendwo zu sehen, der Wald hatte sie verschluckt. Kathrin war mir wichtiger als dieser eigentümliche Schrat. Ich suchte mir eine Richtung aus und schlug mich seitlich in die Büsche.

»Kathrin, mach keinen Quatsch. Bleib hier«, rief ich, aber ich erhielt keine Antwort. Ich versuchte, mir einen Weg durch das dichte Unterholz zu bahnen. Immer wieder geriet ich ins Stolpern oder blieb an Dornen oder Ästen hängen. Trotzdem gelang es mir, mein Tempo zu beschleunigen. Plötzlich hörte ich das Murmeln des Waldschrats ganz in meiner Nähe. War das möglich, dass der Typ direkt hinter mir war oder spielte mir meine Fantasie einen Streich? Die Antwort darauf war mir egal, ich entschloss mich, meine Richtung beizubehalten. Bei jedem zweiten Schritt allerdings drehte ich mich um. Doch ich konnte keinen Verfolger sehen.

Allerdings hätte ich nicht so oft nach hinten schauen sollen, denn im nächsten Augenblick kollidierte ich mit einem eigenartigen Gegenstand, der von einem Baum herab baumelte. Ich geriet ins Straucheln und kippte zur Seite weg. In meiner Not griff ich nach einem Ast, der mir helfen sollte, mich aufrecht zu halten. Doch mein Rettungsversuch war vergebens, denn es war kein Ast. Es war irgendetwas, das in Stofffetzen eingewickelt war und das sich nun in seine Einzelteile auflöste. Ich landete auf dem Boden mit den Resten dieses undefinierbaren Etwas in meiner Hand.

Aus den Stofffetzen schälten sich die Reste eines Menschen heraus, besser gesagt seine Beinknochen, wenn mich meine Anatomiekenntnisse nicht trogen. Ich stieß die Knochen angeekelt von mir. Es wurde mir übel und schwarz vor Augen. Doch sie blieben leider noch so lange geöffnet, um nach oben zu schauen und zu registrieren, dass der Rest des Gerippes mit Stoff und allem, was sonst noch daran hing, sich aus dem Baum löste und sich seinen Weg nach unten suchte. Leider lag ich unterhalb der Falllinie. Ich spürte noch den Aufprall, ehe sich mein Körper entschied, eine kurze Auszeit zu nehmen.

15 Mein Kopf brummte, meine Glieder schmerzten und in meiner Nase lag ein Geruch, der mir den Magen umdrehte. Langsam lichtete sich der Schleier vor meinen Augen, wie in einem großen, bunten Puzzlespiel setzte sich ein Bild zusammen. Doch wollte ich wirklich schon wach werden und mich der Realität stellen? Meine Erinnerung bestand im Augenblick zwar nur aus Bruchstücken, doch die verhießen nichts Gutes. Irgendetwas hatte mich niedergestreckt und ich ahnte, dass ich nicht wirklich wissen wollte, was es gewesen war. In diesem Augenblick drang eine Stimme durch meine vernebelte Gedankenwelt, eine zarte, angenehme Stimme, die mir bekannt vorkam.

»Luka, komm zu uns?«

Ich komme. Doch wo war ich? Bereits im Himmel und ich hörte die Engel reden? In jedem Fall hatte die Stimme eine beruhigende Wirkung und ich wollte mich ihr ganz hingeben und ausruhen. Doch mein wohliges Dahindämmern wurde jäh durch Geräusche unterbrochen, die meinen Kopf hin und her und meine Gedanken durcheinander wirbelten. Die Geräusche identifizierte ich recht schnell als Schläge, die auf mein Gesicht klatschten. Nun war es wohl doch ratsam, langsam meine Augen zu öffnen.

»Menschenskind, jetzt kommen Sie endlich zu sich, Sie Schlafhaube«, brummte eine raue Männerstimme. Zu dieser Männerstimme gehörten auch die Hände, die die Schläge austeilten. Hier wollte jemand unbedingt, dass ich wach wurde. Doch wer war der Kerl? Und vor allem, wohin war die zarte Stimme entschwunden?

Ich öffnete widerwillig meine Augen.

»Okay, okay, aufhören. Ich bin ja schon wach«, brummte ich.

»Schön, das freut uns, dass Sie wieder unter uns sind.«

Ob ich mich freuen sollte, darüber war ich mir noch nicht sicher. Ich blickte in das vom Wetter gegerbte Gesicht des Waldschrats. Wenigstens murmelte er jetzt nicht undefinierbares Zeugs vor sich hin. Ich konnte jedes Wort genau verstehen. Aber ich merkte sofort, der Waldschrat war nicht alleine. Da war noch ein zweites Gesicht, ein leicht verkrampft lächelndes Frauengesicht. Und das gehörte Kathrin, und es war attraktiver als das Runzelgesicht des Waldschrats.

Ich versuchte meine Gedanken zu ordnen, was mir nur mit

Mühe gelang. Vor kurzem war ich noch alleine durch den Forst gerannt und jetzt saßen zwei Menschen um mich herum und versuchten, ein Gespräch mit mir in Gang zu bringen. Das hätten sie auch einfacher haben können.

»Was ist passiert?«, fragte ich.

»Ja, wie soll ich das sagen? Einiges.« Der Waldschrat lachte kurz auf. So freundlich hatte ich den Menschen zuvor nicht erlebt.

Langsam kam die Erinnerung zurück und als sie da war, schreckte ich hoch und ließ einen Schrei los, der Tarzan hätte vor Neid erblassen lassen.

»Jetzt erinnert sich der gute Mann wohl wieder. Das war ein richtiger Schock für Sie gewesen, was?«

»Mein Gott, die Leiche«, murmelte ich. Mir wurde schon wieder übel.

»Kotzen Sie sich ruhig aus. Ihrer Freundin hier geht es auch nicht viel besser.«

Ich sah zu Kathrin hoch. Sie lächelte zwar immer noch, aber sie war sehr blass und lehnte sich an einen Baum, der ihr Halt gab.

»Wo ist der Tote?«, fragte ich leise.

Der Waldschrat zeigte mit einer Kopfbewegung in eine Richtung.

»Wollen Sie ihn sehen?«

Ich schüttelte den Kopf.

»Und wer sind Sie?«, fragte ich den Waldschrat. Sein Gesicht war voller tiefer Falten. Auf dem Kopf trug er einen grünen Jägerhut. Wie überhaupt grün seine Lieblingsfarbe zu sein schien, zumindest was seine Kleidung betraf.

»Mein Name tut im Augenblick nichts zur Sache. Lassen Sie mich es so sagen: Ich bin ein Waldläufer.«

Als der Typ das Fragezeichen in meinem Gesicht erblickte, schob er eine Erklärung nach.

»Ich bin einer dieser Menschen, die vom Schönbuch fasziniert sind. Ich gehe fast jeden Tag in den Wald, hier ist mein Zuhause, sozusagen. Ich kenne jeden Winkel hier. Und ich liebe die Ruhe, die zwischen den Bäumen herrscht.«

Der Waldläufer sah mich ernst an. Und gleichzeitig wurde seine Stimme lauter.

»Und es stört mich, wenn ihr Städter einfach so durch den Wald trampelt. Und es stört mich, wenn sie dabei auch noch eine Leiche finden.«

Ich nickte zustimmend vor mich hin.

»Dieser arme Kerl. Hängt seit Monaten hier allein herum. Man hätte ihn schon früher finden müssen.«

Bei diesen Sätzen des Waldläufers kehrte meine Übelkeit zurück, aber ich konnte sie im Zaum halten.

»Was war das für ein Typ?«, stotterte ich.

»Sie meinen die Leiche. Das ist ein Selbstmörder. Er hat sich dort an der Buche erhängt. Ich denke, ich weiß, wer es ist. Eine tragische Geschichte. Ich habe immer wieder von dem Mann aus Waldenbuch gehört, der vor Monaten verschwunden ist. Sein Betrieb ist bankrott gegangen, die Familie war überschuldet, das hat er nicht verkraftet. Man war überzeugt, dass er sich irgendwo im Schönbuch umgebracht haben muss. Man hat ihn gesucht, auch ich habe immer genau hingeschaut im Wald, aber niemand hat ihn gefunden. Diese zweifelhafte Ehre wurde nun ihnen zuteil.«

»Darauf hätte ich verzichten können.«

»Sicher. Aber jetzt bekommt er wenigstens sein Grab.«

Eine kleine Pause entstand.

»Ich wundere mich ja schon, dass der Strick so lange gehalten hat. Und dass auch noch ein Teil der Kleidung vorhanden ist. Die Tiere haben ihn in Ruhe gelassen. Er war noch ganz am Stück, als Sie auf ihn gestoßen sind. Aber jetzt hat es ihn zerlegt. Sie haben ganze Arbeit geleistet.«

Jetzt stöhnte Kathrin auf. Der Humor des Waldläufers war etwas zu derb für sie.

Langsam kamen meine Kräfte zurück. Ich richtete mich auf, begleitet von leichten Kopfschmerzen.

»Was machen wir jetzt mit ihm?«, fragte ich, während ich mich in die aufrechte Position mühte.

»Überlassen Sie das mir. Ich weiß ja, um wen es sich wahrscheinlich handelt. Ich hole die Polizei und führe sie zu dem armen Kerl. Die sollen den Rest erledigen.«

Ich nickte und war froh, dass ich mich nicht weiter um die Leiche kümmern musste. Und ich hatte auch keine Lust, sie noch einmal in Augenschein zu nehmen.

»Sie gehen mit ihrer Freundin nach Hause und erholen sich von diesem Schrecken. Sie wird Sie schon wieder auf die Beine stellen, davon bin ich überzeugt.« Der Waldläufer grinste.

Kathrin kam auf mich zu und legte ihre Hand auf meine Schulter.

»Komm, Luka, gehen wir. Ich möchte so schnell wie möglich weg von hier.«

Ich konnte sie gut verstehen. Allerdings hatte sie uns ja diese ganze Geschichte hier eingebrockt. Wäre sie nicht in den Wald gelaufen, hätte ich nicht den Erhängten vom Baum geholt – ein Erlebnis, auf das ich gerne verzichtet hätte.

»Karl, heiß ich, aber die meisten nennen mich Charly«, sagte der Waldläufer und streckte mir die Hand hin. Ich nahm sie an und schüttelte sie. Sein Händedruck war so kräftig, dass meine Finger schmerzten. Ich ließ es mir nicht anmerken, sondern lächelte Charly an. Vor einer Stunde war er mir noch unheimlich erschienen, jetzt kam er mir so vertraut vor, als ob ich ihn schon lange kennen würde.

Nachdem wir uns von Charly, dem Waldläufer, verabschiedet und den Selbstmörder hinter uns gelassen hatten, beeilten wir uns, aus dem Schönbuch zu kommen. Die Zahl der Leichen, mit denen ich in den vergangenen Tagen hier in diesem Waldstück konfrontiert worden war, hatte um 100 Prozent zugenommen. Das reichte mir fürs Erste. Ich brauchte etwas Lebendiges, und das spürte ich ganz deutlich an meiner Seite. Kathrin hatte meine Hand genommen und ich hatte meine nicht weggezogen. Wir redeten aber kein Wort miteinander, bis wir Bebenhausen erreicht hatten. Sie ließ plötzlich meine Hand los, schaute mich an und lächelte.

»Mit dir erlebt man sehr viel«, sagte sie.

»Das ist aber nicht immer so«, meinte ich trocken.

»Das hoffe ich doch. Sonst wär's mir auch zu viel.« Ihre Stimme war sehr sanft geworden. Sie strahlte eine Ruhe aus, die sich auf mich übertrug. Kathrins Gesicht hatte wieder an Farbe gewonnen. Es war so hübsch wie vorher.

Wir überquerten die alte Stuttgarter Straße. Wenig später standen wir vor Kathrins Haus. Ihre Freundin schien nicht da zu sein. Das ließ mich noch entspannter werden. Vielleicht konnten Kathrin und ich unser Erlebnis bei einer Tasse Tee oder einem Glas Wein gemeinsam aufarbeiten. Doch ich erhielt einen Korb. Kathrin ließ mich gar nicht erst in ihre Wohnung.

»Ich würde mich freuen, wenn wir uns bald wiedersehen könnten«, sagte Kathrin.

Als sie meinen fragenden Blick wahrnahm, fügte sie noch eine Erklärung hinzu.

»Ich muss mich um meinen kranken Vater kümmern. Er lebt in einem Pflegeheim. Ich muss jetzt zu ihm.«

Ich nickte verständnisvoll, wenn auch etwas enttäuscht.

Plötzlich fluchte Kathrin leise vor sich hin.

»Was ist?«, fragte ich.

»Ich habe meinen Schlüssel im Haus liegen lassen.«

»Vielleicht ist Ellen schon zu Hause«, warf ich ein.

»Nein sicher nicht.«

Ich schaute nach oben und dann auf Kathrin.

»Und jetzt?«

»Ich hoffe, Ellen hat unser Geheimfach wieder bestückt.« Kathrin machte zwei Schritte zur Seite, bückte sich und griff mit einer Hand hinter zwei Blumenkübel. Triumphierend zog sie zwei kleine Schlüssel hervor.

»Glück gehabt«, sagte sie und schloss die Haustür auf.

Gerade als Kathrin ins Haus gehen wollte, fiel mir mein Termin im Lindenhoftheater ein. Ich fragte sie, ob sie nicht Lust hätte, mich zu der Premiere zu begleiten. Sie sagte zu, und ich hatte mein nächstes Date mit Kathrin.

16

Die Nacht war grauenhaft. Ich wälzte mich in meinem Bett hin und her, weil ich nicht schlafen konnte. Schäfchen zählen half nichts, weil ich jedes einzelne Tier persönlich über die Hürden tragen musste. Und als ich später dann doch Schlaf fand, hatte ich wüste Albträume. Glücklicherweise hatte ich alle vergessen, als ich am Morgen aufwachte.

Für mein schlechtes Gewissen gab es einen Grund. Am Abend zuvor hatte ich mit Nelly telefoniert. Sie machte mir Vorwürfe, weil sie mich die ganze Zeit nicht erreicht hatte. Es war ein eisiges Gespräch gewesen, das sich auf die wesentlichen Dinge beschränkt hatte. Sie erzählte mir von ihren Sorgen, die sie sich wegen ihrer Mutter machte. Und aus ihren Worten hörte man deutlich heraus, dass es ihr wirklich nahe ging. Und dass sie sich mehr moralische Unterstützung von mir erhofft hatte.

Sie sei sich noch unschlüssig, wie lange sie in Irland bleiben würde, meinte sie.

»Ich vermisse dich«, sagte sie zum Schluss und legte auf. Und ich hatte den Telefonhörer in der Hand und fror.

Was war mit mir los? Ich hatte Nelly nichts von meinem Spaziergang mit Leiche durch den Schönbuch erzählt. Nichts von dem eigenartigen Waldschrat und nichts von Kathrin. Was ging in mir vor? Normalerweise hatten Nelly und ich keine Geheimnisse voreinander. Aber jetzt?

Bilder von früher waren mir vor dem Einschlafen erschienen. Es war eine verdammt schöne Zeit mit Kathrin gewesen, verdammt schön. Ich spürte, dass ich diese Zeit einfach verdrängt hatte, nachdem ich von ihr überraschend in die Wüste geschickt worden war. Wahrscheinlich war es gar nicht so überraschend gewesen, aber ich hatte die erste Anzeichen eben nicht gesehen oder nicht sehen wollen. Sie bestand darauf, getrennte Wege zu gehen. Sie wollte nicht so eingeengt, sie wollte freier sein. Und dann hatte sie damals den Satz ausgesprochen, den ich wie die Pest hasse: Wir können ja Freunde bleiben.Ich hatte ihn früher schon einmal gehört und es hatte nicht funktioniert, es kann nicht funktionieren.

Kathrin hatte sich damals gleich in die nächste Beziehung gestürzt. Es war der einfachste Weg für sie gewesen, von der Vergangenheit loszukommen, aber für mich gab es keine Alternative. Ich durfte alleine in meiner Wohnung herum hängen und die Schatten an der Wand zählen.

Ich war erst von ihr losgekommen, als ich Kathrin vollkommen aus meinem Leben ausgeblendet hatte. Es hat sie nie gegeben, redete ich mir ein. Aus und vorbei. Vielleicht war dies ein Fehler gewesen, denn Kathrin hatte mich jetzt mit leichter Hand in die Zeitmaschine gesetzt und zurück in die Vergangenheit geschickt.

Und Nelly? Wieso hatte Kathrin sie in den Hintergrund gedrängt? Nelly war bisher die wichtigste Person in meinem Leben gewesen. Wir hatten so viel zusammen erlebt. Und jetzt brauchte sie mich und ich ließ ich sie im Stich. Zumindest hatte ich dieses Gefühl.

Nachdem ich am Morgen frierend aufgewacht war, kroch ich aus dem Bett und stand mit schwerem Kopf im Schlafzimmer. Der Wecker zeigte sechs Uhr. Eigentlich zu früh, um aufzustehen, und zu spät, um richtig ausschlafen zu können. Trotzdem legte ich mich wieder ins Bett, bereit für die nächsten Albträume.

Und in vier Stunden wartete der Termin bei Gramer auf mich.

Ich schälte mich um kurz vor neun aus dem Bett. Meine vertrauten Kopfschmerzen begleiteten mich auch an diesem Morgen. Ich blickte in den Spiegel und sah einen Menschen, den man nicht gerade attraktiv nennen konnte. Meine Haare standen in alle Richtungen ab, meine Augen wirkten verquollen und überall im Gesicht hatten sich Bartstoppeln breit gemacht. Nach einem kurzen Katerfrühstück stellte ich mich eine Viertelstunde unter die Dusche. Erst heiß, dann kalt, dann schreien und wieder heiß. Nachdem ich mir mit dem Elektro-Rasierer meinen Eineinhalb-Tage-Bart aus dem Gesicht gefräst hatte, sah ich wieder einigermaßen manierlich aus. Ich verließ meine Wohnung, setzte mich ins Auto und fuhr zur Staatsanwaltschaft. Beim Empfang wartete ich, bis Gramer mich abholte.

»Sie sehen ja fürchterlich aus«, munterte er mich auf. »Haben Sie wieder die ganze Nacht durchrecherchiert?«

»Ja, ja«, murmelte ich.

Wir gingen in sein Büro. Er schob mir einen Stuhl hin und setzte sich hinter seinen Schreibtisch, auf dem hohe Aktenberge lagen. Gramer beugte sich leicht nach vorne und musterte mich neugierig durch seine dicken Brillengläser.

»Was kann ich für den Herrn Journalisten tun?«

Ich lehnte mich zurück, wobei der Stuhl unter meiner Last seltsame, knarrende Geräusche von sich gab.

»Ja, das Mobiliar ist schon etwas angegraut, aber es hält. Hoffe ich jedenfalls«, meinte Gramer zuversichtlich.

Nun war ich an der Reihe. Ich wollte keine Zeit verlieren.

»Sie bearbeiten doch den Fall des Mannes, der von der Blauen ...«, weiter kam ich nicht.

»Fall? Das ist kein Fall, das ist ein Akt, ein simpler, behördlicher Akt. Ein Vorgang. Wir ermitteln nicht weiter. Akte zu und aus. Es handelt sich hier um eine arme Seele, die auf tragische Weise seinem Leben ein Ende gesetzt hat.« Gramer nahm von einem Stapel einen Ordner und öffnete ihn. Doch nicht Akte zu und aus, dachte ich.

»Wissen Sie denn genau, wie es passiert ist?«, fragte ich.

Gramer zog seine Brille von der Nase und hielt den Ordner dicht vor seine Augen. Er las die ersten beiden Blätter durch. Dann setzte er wieder seine Brille auf und blickte mich an.

»Was gibt es da zu wissen? Eigentlich geht Sie das doch gar nichts an, weil es sich um eine Selbsttötung handelt. Das ist nichts für die Presse. Aber weil Sie's sind, kann ich Ihnen zumindest sagen, was wir ermittelt haben.«

Ich setzte mich knarrend zurecht.

»Dieser Mann, nennen wir ihn einmal P., Anfang 40, ist in den frühen Morgenstunden, reichlich betrunken, über das Geländer der Blauen Brücke geklettert. Wissen Sie, da hat es so einen Betonvorsprung, damit man nicht gleich auf die Gleise fällt.«

Gramer machte zur Erklärung eine ausladende Handbewegung.

»Der Mann hat offensichtlich gewartet, bis der Güterzug gekommen ist. Dann ist er gesprungen. Schrecklich. Ich bin froh, dass ich mir die Leiche nicht anschauen musste.«

»Betrunken?«

»Ja, hier steht etwas von über zwei Promille.«

»Können Sie mir vielleicht auch den Namen des Mannes sagen und wo er herkommt?«

»Nein, kann ich nicht«, sagte Gramer und schob mir den Aktenordner hin, so dass ich den Namen lesen konnte. Dann schaute er mich mit durchdringendem Blick an. Ich hatte verstanden, von ihm hatte ich den Namen und die Herkunft nicht.

»Können Sie mir nicht mehr über den Mann sagen.«

»Ich weiß nicht, warum Sie das so interessiert.«

Gramer winkte ab.

»Gut, gut, ich weiß. Diese Frau Finthen, diese Augenzeugin hat sich auch bei mir gemeldet. Nettes Ding, übrigens. Sie haben ja auch schon mit ihr gesprochen, wie ich gehört habe und ich sage Ihnen, Sie haben ihr da einen ordentlichen Floh ins Ohr gesetzt. Das wird ihr einige schlaflose Nächte bereiten.«

»Aber, sie hat doch gesehen, wie ...«

»Nichts hat sie gesehen. Sie glaubt, etwas gesehen zu haben, einen Schatten. Das kann alles Mögliche gewesen sein. Sie kennen doch den Begriff des Knallzeugen?«

Ich schaute Gramer fragend an.

»Nicht? Na, dann will ich Sie mal weiterbilden. Ein Autounfall. Es knallt. Ein Zeuge hört den Knall und dreht sich um. Er sieht die zerbeulten Fahrzeuge, mehr nicht. Der Polizei aber erzählt er später, wie die beiden Autos aufeinander zugerast sind, wie der eine dem anderen die Vorfahrt genommen hat, und so weiter. Er ist fest überzeugt, den Unfallhergang miterlebt zu haben. Aber was hat er wirklich gesehen? Nichts. Das ist ein Knallzeuge, mit dem Sie nichts anfangen können. Die Psyche spielt dem Menschen einen Streich.«

Grammer tippte sich mit dem Zeigefinger an den Kopf.

»Das menschliche Gehirn ergänzt Geschichten von ganz allein, erfindet einfach etwas dazu, um die Geschichte abzurunden, erfindet etwas, was der Zeuge gar nicht gesehen haben kann.«

»Und so soll es bei Lena Finthen gewesen sein?«

»Genau. Ich sage Ihnen, wir haben nichts. Es gibt keinen weiteren Hinweis, dass zum Zeitpunkt des Sprungs von der Brücke noch jemand dort gewesen sein soll. Sagen Sie mir, wo soll ich den ansetzen? Wen soll ich denn suchen?«

Ich merkte, hier kam ich nicht weiter. Ich versuchte es an anderer Stelle.

»Was wissen sie denn von dem Typen?«

»Dem Selbstmörder?«

»Ja.«

»Sie versuchen es immer wieder. Aber gut, weil Sie es sind, erhalten Sie ein paar Fakten. Aber die will ich nicht in der Zeitung lesen.«

»Okay.«

Gramer blätterte wieder in seiner Akte.

»P. lebte früher mal in Tübingen. Das wissen wir, weil er hier einmal eine Vorstrafe wegen Körperverletzung bekommen hat. Die Schlägerei ist wohl im häuslichen Bereich geschehen. Hat seine Frau vermöbelt. Ist dann als eine Art Handelsvertreter durch die Gegend gezogen. Hat kürzlich aber seinen Job verloren, wie mir sein Arbeitgeber mitgeteilt hat. Danach hat er seine Wohnung gekündigt und ist wohl durch die Gegend getingelt. Ich vermute auch, dass er Alkoholiker war. Weiß nicht, was er hier wollte.«

»Vielleicht seine Frau besuchen?«

»Möglich.«

»Haben Sie sie befragt?«

»Nein. Wir haben sie nicht gefunden. Unter dem Namen P. lebt sie jedenfalls nicht in Tübingen. Vermutlich ist sie längst geschieden und irgendwo anders hin gezogen. Ist ja schon einige Zeit her.«

Gramer lehnte sich zurück und verschränkte die Arme hinter seinem Kopf.

»Handelsvertreter, wahrscheinlich eher ein Drücker. Ist ein harter Job, Leute irgendwelche Dinge anzudrehen. Wissen Sie, ich denke, er hat keine Perspektive mehr für sich gesehen und sich deshalb das Leben genommen.«

Es hörte sich alles so einfach an, aber irgendwie wollte ich diese Geschichte nicht so recht schlucken. Ich rutschte im Stuhl hin und her, was wieder von einem Knarren begleitet wurde.

»Ich weiß, das gefällt Ihnen nicht. Sie hätten gerne wieder eine reißerische Story. Aber diese Sache hier gibt nichts her. Halten Sie sich doch an den Mord im Schönbuch. Aber, ich weiß, da gibt es halt gerade auch nichts Neues für Sie. Da brauchen Sie eben eine andere Story, um die Leser bei Laune zu halten, was?«

In diesem Augenblick klopfte es an der Tür.

Gramer bellte ein kurzes »Ja« und die Tür öffnete sich.

Ich war überrascht, Sekunden später Staatsanwältin Rosenberg aus Hamburg in der Tür stehen zu sehen. Sie trug einen engen Hosenanzug, der ihre Figur betonte. Außerdem hatte sie dieses Mal ihre braunen Haare nicht nach hinten gebunden, sondern sie offen auf ihre Schultern fallen lassen.

»Oh, ich wollte nicht stören.«

»Nein, nein, komm nur herein, Evelyn. Hier kannst du mal einen unserer fantasievollen Schreiberlinge kennen lernen. Das hier ist Herr Luka Blum. Er erfindet gerne Geschichten für die lokale Presse. Er ist wie immer auf der Suche nach Sensationen.«

»Da ist er bei dir ja an der richtigen Adresse.« Evelyn Rosenberg lächelte Gramer an.

»Sicher. Aber im Augenblick ist er auf der falschen Fährte. Aber jetzt zu dir, Evelyn, was gibt's Wichtiges?« Gramers Stimme war sehr weich geworden.

»Hier. Den soll ich dir von einem Kollegen geben.«

Evelyn Rosenberg reichte Gramer einen Schnellhefter.

»Schon wieder ein neuer Fall?«

»So sieht es aus.«

Staatsanwältin Rosenberg blickte erst mich und dann Gramer fragend an.

»Ach übrigens, Herr Blum, das hier ist Frau Staatsanwältin Rosenberg aus Hamburg. Sie unterstützt uns beim Schönbuchmord. Ihre Betreuung hier haben sie in meine Hände gelegt, was ich gerne übernommen habe.« Er lächelte seine Kollegin eine Spur zu freundlich an.

»Ich weiß«, antwortete ich.

»Ja, natürlich, von der Pressekonferenz bei der Polizei.«

Ich nickte.

»Aber jetzt Herr Blum halten Sie sich mal kurz die Ohren zu.«

»Klar«, sagte ich und hörte genau hin.

Gramer öffnete den Schnellhefter.

»Was? Sie haben eine skelettierte Leiche im Wald gefunden? Schau dir das mal an.« Gramer nahm ein Foto aus dem Schnellhefter und hielt es Evelyn Rosenberg hin. Die Staatsanwältin schreckte kurz zurück, nahm das Bild aber doch in die Hand.

»Unglaublich. Wo ist das?«

»Hier im Schönbuch. Gar nicht so weit weg von hier. Diesmal kann ich aber nicht mit einem Mord dienen. Der Typ hat sich wohl selbst getötet.« Gramer blätterte in dem Hefter weiter und murmelte einige Sätze vor sich hin.

»Hing wohl schon eine ganze Weile am Strick. Hat im Wald

so lange vor sich hin gefault, bis außer den Knochen nichts mehr übrig war. Ganz schön makabere Sache. Seine Überreste liegen jetzt in der Gerichtsmedizin. Sie haben an dem Kerl nichts Ungewöhnliches entdeckt. Aber langsam wird's mir doch zu viel. Wenn das so weiter geht, sterben die Menschen hier noch aus. Ich weiß gar nicht, was die Leute haben. Ist doch gar keine schlechte Gegend hier. Warum bringen sich die Typen nur immer gleich um.«

»Wo genau haben sie denn dieses Skelett gefunden?«, fragte Rosenberg.

»An einem Baum mitten in Schönbuch, unweit von Bebenhausen. Gar nicht weit von der Stelle, wo sie euren Typen aus Hamburg gekillt haben.« Gramer las weiter.

»Ein Wanderer hat ihn gefunden. Muss ein eigenartiger Kerl sein, wie hier steht. So ein Waldschrat. Ist die ganze Zeit nur im Schönbuch unterwegs.«

Gramer sah Rosenberg an.

»Übrigens, war auch wieder so ein Gedenkstein in der Nähe. Wie bei eurem toten Heiratsschwindler. Moment, ich sag dir gleich, wie der Stein heißt.« Er suchte mit dem Zeigefinger die richtige Zeile.

»Vogtstein«, sagte ich.

Zwei verdutzte Gesichter schauten mich an.

17

Gramer musste schwer schlucken, als ich ihm meine Geschichte erzählte. Gut, alles band ich ihm nicht auf die Nase, er musste ja nicht jedes Detail kennen. Zum Beispiel das Detail Kathrin. Wenn niemand nach ihr fragte, brauchte ich sie nicht zu erwähnen. Offensichtlich hatte auch der Waldläufer sie in seinem Bericht ausgelassen.

»Sie haben wirklich überall ihre Finger drin«, stöhnte Gramer.

Er holte mehrere Blätter Papier aus der Schublade.

»Gut. Jetzt alles noch einmal von vorne. Ich werde Sie ganz offiziell als Augenzeugen vernehmen. Diese Geschichte ist absurd«, brummte er und schüttelte mit dem Kopf.

Ich wiederholte meine Erlebnisse im Wald, diesmal noch detaillierter. Rosenberg hörte aufmerksam zu, Gramer schrieb mit.

»Und Sie wollen mir weismachen, Sie gehen an einem normalen Wochentag in den Wald, um nach einem Stein zu suchen.«

Ich zuckte mit den Schultern.

»Warum nicht«, antwortete ich trocken.

Gramer sah mich prüfend an.

»Der Mord im Schönbuch ist beim Pfeifferstein passiert. Als ich dann von dem anderen Gedenkstein hörte, hab ich halt gedacht, ich schau mir den Platz auch einmal an. Sie kennen ja meine Vorliebe für Gedenksteine.«

»Kenn ich nicht. Ist aber auch egal.«

Ich sah deutlich, dass Gramer mir nicht glaubte. Aber schließlich musste er mir nicht alles glauben und ich musste ihm auch nicht alles in aller Ausführlichkeit erzählen. Nach weiteren Frage- und Antwortrunden war Gramer endlich zufrieden.

»Sollen wir ihn jetzt springen lassen?«, fragte Gramer und blickte Rosenberg an.

Die Staatsanwältin schmunzelte und zuckte mit den Schultern.

»Aber Herr Blum, bitte halten Sie sich in Zukunft mit Ihren Entdeckungen etwas zurück. Wir haben genug zu tun. Sie müssen uns nicht noch mehr Arbeit verschaffen.«

Ich merkte, ich war hier nicht mehr erwünscht.

»Alles klar«, antwortete ich und erhob mich. Es war höchste Zeit zu gehen und das traute Paar alleine zurückzulassen.

Ich konnte im Augenblick Gramer sicher keine weiteren Informationen zum Brückensturz aus der Nase ziehen. Also verabschiedete ich mich schnell, bevor Gramer mich verabschiedete. Der Oberstaatsanwalt brachte mich zur Tür. Wir tauschten unterwegs im Gang des schmucklosen Gebäudes ein paar belanglose Floskeln aus. Als ich draußen vor dem Eingang stand, spürte ich Gramers Blick, er mich auf meinem Weg zum Auto verfolgte. Es war mir klar, dass ihm einige Fragen durch den Kopf gingen, die ich aber im Augenblick nicht alle beantworten wollte.

Ich stieg in mein Auto und fuhr durch die Innenstadt Richtung Lustnau. Der Verkehr staute sich am Schimpfeck. Als ich mich durch das Nadelöhr hindurch gezwängt hatte, hörte ich ein Grummeln. Mein Magen fühlte sich vernachlässigt und meldete sich zu Wort. Es war an der Zeit, meinen Kalorienspiegel anzuheben. Da ich mich nicht immer von tief gekühlter Fertig-Pizza ernähren wollte, entschied ich mich für die Live-Version und steuerte eine Pizzeria in Lustnau an.

Dunkle Wolkenbänke verdeckten den Himmel und kündigten einen Starkregen an. Die Temperaturen waren im Keller, was sehr bedauerlich war, denn das Lokal hatte eine schöne Terrasse im ersten Stock und ich hätte dort viel lieber in der Sonne gesessen und meine Pizza verdrückt.

Ich stellte mein Auto mangels Parkplätzen auf dem Bürgersteig vor der Gaststätte ab. Den Tipp hatte ich vom Kellner des Lokals erhalten. Er nannte es scherzhaft: »italienisch parken.«

Als ich die Pizzeria betrat, gab es die erste Überraschung für mich. An einem Tisch saß mein Walking-Partner Max Burger, den ich schon seit meinen Studientagen kenne. Er winkte mir aufgeregt zu, so war ich gar nicht in der Lage ihn vornehm zu ignorieren.

Auf die Gesellschaft hätte ich gerne verzichtet, denn er hatte mich in den vergangenen Jahren mit seinen nicht immer legalen Handlungen das eine oder andere Mal nicht nur beim Walken gehörig ins Schwitzen gebracht. Und auch diesmal sollte er meinen Blutdruck in Schwung bringen. Doch weil zuerst alles gemütlich und friedlich wirkte und ich keine weitere Überraschungen vermutete, setzte ich mich zu ihm an den Tisch.

»Hallo Luka, was treibt dich hierher?«

»Der Hunger.«

Wie aufs Stichwort erschien der italienische Ober an meiner Seite und übergab mir die Speisekarte, die ich mir nur kurz ansah. Ich entschied mich für eine Pizza Vesuvio, schlug aber die Wein-Empfehlung des Obers, einen charaktervollen Negroamaro, aus, weil ich zu dieser Tageszeit nichtalkoholische Getränke eindeutig bevorzuge. Ich gehöre zu der Kategorie, die sich erst nach Sonnenuntergang dem Alkohol hingibt, um der Sonne das Elend zu ersparen.

Aus der Küche drang der Duft von Essen zu uns herüber, was mich noch hungriger machte.

»Keinen Wein heute?«, fragte Burger so laut, dass es alle Gäste an den Nachbartischen hören konnten.

»Nein, keinen Wein.«

»Ja, ich weiß, die haben hier halt keinen deiner guten Pfälzer Tropfen.« Burger lachte auf.

Ich schmunzelte aus Höflichkeit mit. Sein Witz hatte allerdings schon Spinnweben angesetzt.

Nun, worüber unterhalten sich Männer, wenn sie unter sich sind: über Fußball, Politik und Frauen. Die Reihenfolge kann variieren.

Das Thema Fußball hatten wir schnell abgehakt. Als Pfälzer war ich natürlich Fan von den Roten Teufeln aus Kaiserslautern, doch da gab es derzeit nicht viel Höllisches zu erzählen, außer wie leidensfähig man sein muss, um für solch einen Verein zu schwärmen. Burger ging es mit Stuttgart ähnlich. Was sollte er Großartiges aus der Landeshauptstadt berichten? Außer von seiner schwäbischen Leidensfähigkeit. Einen Trost aber hatten wir. Glücklicherweise waren wir nicht Fans von Saarbrücken oder Bielefeld.

Nach dem Fußball folgte die Politik und die Pizza, die der Ober elegant vor mich hinstellte. Mein Magen freute sich, dass er endlich etwas zu tun hatte, wenigstens einer der arbeitete.

Nachdem wir die Kriege in Afghanistan und Libyen beendet, Stuttgart 21 geschlichtet und die USA und Frankreich davon überzeugt hatten, dass sie aus der Atomenergie aussteigen mussten, widmeten wir uns dem schwierigsten aller Themen, das keine so einfachen Lösungen versprach: Frauen.

Burger erzählte mir von seiner neuen Freundin, zumindest nannte er sie so, auch wenn sie noch nichts davon wusste. Nach seinen Beschreibungen war die Frau eine Mischung aus Scarlet Johansson, Kylie Minogue und Shakira, aber vielleicht übertrieb er auch ein wenig. Jedenfalls schien er ordentlich verliebt zu sein, ein Gefühl, das ich schon lange nicht mehr bei ihm erlebt hatte. Bevor seine Beschreibungen zu ausschweifend wurden, versuchte ich mich einzumischen. Schließlich hatte ich auch einiges erlebt. Ich erzählte ihm davon, dass ich meine alte Liebe Kathrin wieder getroffen hatte. Burger gab seine Fantasien auf und hörte mir aufmerksam zu. Weit kam ich nicht.

»Ich kann mich noch genau erinnern, wie ihr zwei damals unterwegs wart. Ihr konntet die Hände nicht voneinander lassen. Mann, wart ihr verliebt damals.« Burger strahlte mich an. Doch gleich änderte sich sein Gesichtsausdruck, er wurde ernst.

»Aber sie hat dich ganz schön sitzen lassen, wegen diesem Typen. Wie hieß er doch gleich? Egal. Versteh gar nicht, wie sie dir den Laufpass geben konnte, wo du doch Adonis persönlich bist.« Jetzt lachte Burger wieder. Daraus schloss ich, dass es sein konnte, dass er die letzte Bemerkung nicht ganz ernst gemeint hatte.

»Mensch du hattest einen ganz schönen Durchhänger damals. Du warst völlig am Boden zerstört.« Offensichtlich gefiel es Burger nun, in meinen alten Wunden zu rühren. Aber ich war selbst schuld. Warum hatte ich ihm von Kathrin erzählen müssen?

»Wenn ich nicht da gewesen wäre und dich wieder auf die Beine gestellt hätte, dann würdest du heute noch mit den Wölfen heulen.«

Seine Vergleiche waren nicht immer die besten. Und außerdem übertrieb Burger, denn er hatte damals nicht viel für mich getan, außer mir zu helfen, meinen Kummer gemeinsam mit mir und vor allem auf meine Kosten in Alkohol zu ersäufen. Viel mehr als durchzechte Nächte und üble Kopfschmerzen am nächsten Tag, waren damals nicht für mich heraus gesprungen.

Burger ließ nicht locker.

»Aber viel Glück hat ihr das nicht eingebracht.« Burger wurde wieder etwas lauter, was mir unangenehm war, denn ich wollte nicht, dass das ganze Lokal über meine Vergangenheit Bescheid wusste.

»Wieso?«, fragte ich, weil ich auch einmal etwas sagen wollte.

»Der Typ hat sie doch sitzen lassen. Er soll sie auch geschlagen haben, hab ich jedenfalls gehört. War nicht die große Liebe, die sich Kathrin erhoffte. Manchmal kommt die Wahrheit halt erst später, in diesem Fall wohl viel zu spät, heraus.«

»Woher weißt du das alles?«

»Tübingen ist ein Dorf.«

Das hatte ich doch schon einmal gehört.

»Gut, ich kenne eine Freundin von ihr. Die hat mir das erzählt, bei einem Glas Weizenbier. Du weißt ja, wie Frauen ihr Herz öffnen, wenn ich in ihrer Nähe bin.«

Ich verdrehte die Augen.

»War keine schöne Geschichte, kann ich dir sagen. Sie meinte, Kathrin habe ziemlich darunter gelitten. Na, wie du damals bei ihr. Ja, das Leben kann auch manchmal gerecht sein. Okay, okay, ich gönne ihr das nicht. Aber ich bin doch immer auf deiner Seite«, meinte er.

»Meistens jedenfalls.«

Burger beugte sich zu mir herüber und senkte seine Stimme.

»Nach dem, was ich alles gehört habe, müsste sie eigentlich einen ganz schönen Hass auf den Typen haben. Er hat sie bis zur Oberkante ausgenutzt, in allen Beziehungen, wenn du verstehst, was ich meine. Dann hat er sie mit einer anderen hintergangen. Das ging wohl schon eine ganze Zeit lang, ehe sie davon erfuhr.« Burger schüttelte den Kopf. Er ging noch weiter ins Detail und erzählte mir mehr, als ich eigentlich hören wollte.

»Und das Schlimme an der Geschichte, manche Menschen erleben den gleichen Dreck gleich zweimal.«

Jetzt schaute ich ihn fragend an.

»Das musst du doch wissen.«

Ich zuckte mit den Schultern.

»Ihr Vater. Der war auch einer von dieser Sorte.«

»Welcher Sorte?«

Burger hob die Hände.

»Hier schweig ich wohl lieber«, meinte er vielsagend. Aber er schwieg nicht.

»Das lief nicht gut zuhause. Ihre Mutter hat ihn zum Teufel geschickt. Oder er hat sie sitzen lassen. Eins von beidem.«

Ich war perplex. Davon hatte mir Kathrin nie etwas erzählt. Im Gegenteil, sie hatte immer davon berichtet, wie glücklich sie in ihrer Familie gewesen sei.

»Aber jetzt ist sie ihn ja los.«

»Wie?«

»Der Alte hat vor gut einem Jahr den Löffel abgegeben.«

»Woher weißt du das?«, fragte ich ihn überrascht.

Er schwieg.

»Ihre Freundin?«

Burger zuckte mit den Schultern.

»Kathrins Vater ist tot?«

Wieder nickte Burger.

»Bist du dir sicher?«

»Bin ich. Warum sollte man mich anschwindeln?«

Meine Gefühlswelt war aus dem Gleichgewicht geraten. Kathrin hatte mich nach unserem Schönbucherlebnis nicht mehr in ihre Wohnung gelassen, weil sie ihren Vater besuchen und versorgen wollte. Sie hatte mich angelogen. Alte Gefühle stiegen auf. Sie hatte mich auch angelogen, als sie mich verlassen hatte. Sie hatte mir damals versichert, dass hinter der Trennung von mir kein anderer Mann stehe. Doch schon eine Woche später war sie mir in den Armen eines anderen Idioten über den Weg gelaufen.

Ich ließ den Rest meiner Pizza stehen. Der Hunger war mir vergangen. Der Grappa, den uns der Ober offerierte, kam mir gerade recht.

18

Ich lag auf dem Sofa und starrte an die Decke. Kathrins Lüge ging mir nicht aus dem Kopf. Oder war es nur eine einfache Ausrede gewesen, um mich wegzuschicken. Vielleicht nahm ich alles viel zu ernst. Ich selbst fühlte mich mies. Ich dachte an Nelly und ich dachte an Kathrin. Mein Gefühlspendel schlug alle paar Sekunden in eine andere Richtung aus.

Als mir die Grübelei zu viel wurde, stand ich vom Sofa auf, ging in die Küche und öffnete den Kühlschrank. Der war so leer wie mein Seelenleben. Ich unternahm eine Tour durch meine Wohnung; Wohnzimmer, Schlafzimmer, zurück in die Küche. Ich wurde zusehends unruhiger. Zwei Gedanken spukten mir immer noch im Kopf herum. Was wollte Kathrin von mir? Was wollte ich von ihr?

Das Telefon klingelte. Ich ließ es klingeln. Die Decke fiel mir auf den Kopf. Ich brauchte Ablenkung.

Wenige Minuten später saß ich im Irish Pub in der Wilhelmstraße. Leider regnete es und ich konnte nicht im Freien unter einem der Schirme sitzen. Drinnen war die Musik sehr laut, aber ich lümmelte sowieso allein an der Bar herum und es gab niemanden, mit dem ich mich hätte unterhalten können. Mein erstes Pint

Guinness hatte ich in wenigen Minuten geleert. Schon nach dem ersten Schluck hatte ich festgestellt, dass der Irish Pub die falsche Entscheidung gewesen war. Er erinnerte mich an Nelly. Was sie wohl in diesem Augenblick gerade machte? Vielleicht hatte sie auch einen Freund aus alten Tagen getroffen? Vielleicht hatte sie sich auch mit ihm …? Dieser Gedanke war ein ausreichender Grund, das nächste Guinness zu bestellen. Auch die Flüssigkeit im nächsten Pint-Glas verdunstete recht schnell. Alkohol ist keine Lösung, sagte ich mir und bestellte das nächste Bier. Nummer drei. Danach hörte ich mit Zählen auf.

Als ich gegen Mitternacht das Lokal verließ, versuchte ich mich draußen vor der Tür zu orientieren. Lustnau musste in östlicher Richtung liegen. Das war rechts. Der kleine Rest meiner Gehirnzellen, der zu diesem Zeitpunkt noch einigermaßen funktionstüchtig war, gab mir den Weg vor. Er traf noch eine weitere, richtige Entscheidung. Ich ließ mein Auto in der Seitenstraße stehen, auch wenn es im Halteverbot geparkt war. Ich wollte es morgen früh holen, ehe es die Polizei holte. Ich schwankte die Wilhelmstraße entlang. Wie lange ich brauchte, um meine Wohnung zu erreichen, werde ich nie herausfinden. Um eine Rekordzeit handelte es sich sicher nicht.

Gerade als ich zu Hause auf dem Sofa meine Ruhestellung einnehmen wollte, klingelte das Telefon. Ich brauchte lange, um das Gerät zu orten. Beim letzten Klingelton hatte ich es erreicht. Nelly meldete sich. Sie überhäufte mich mit Fragen, denen ich nur mit Mühe folgen konnte. Die Schnelligkeit war mein Problem. Während ich noch eine Antwort zurechtlegte, war sie schon bei der nächsten Frage angelangt. Schließlich hatten wir die Übereinstimmung in unserem Frage-Antwort-Spiel verloren, denn meine Antworten passten schon lange nicht mehr zu ihren Fragen.

»Was ist mit dir los?«, fragte mich Nelly plötzlich.

»Alles okay«, murmelte ich.

»Das glaube ich eher nicht. Was hast du? Warum redest du so komisch? Geht es dir nicht gut? Bist du krank?«

Das waren zu viele Fragen auf einmal.

»Mir geht es gut, ich bin nur sehr müde. Lass uns morgen weiter reden«, sagte ich.

»Ich mache mir Sorgen um dich.«

»Das brauchst du nicht.«

Es war still am anderen Ende der Leitung. Ich hörte noch etwas, das wie »vermissen« klang und dann hatte Nelly aufgelegt. Dann folgte eine Erinnerungslücke.

Das nächste, was ich wahrnahm, war ein Schmerz im unteren Rückenbereich. Als ich ihn näher lokalisiert hatte, fand ich ohne Umschweife heraus, warum gerade diese Stelle schmerzte. Ich lag auf der Fernbedienung meines Fernsehgeräts. Dies führte im Sekundenabstand zu weiteren Erkenntnissen: Ich lag auf dem Sofa, in voller Montur, es war taghell und mein Kopf schmerzte wie auch mein Rücken. Nur war daran keine Fernbedienung schuld, sondern eher das Guinness vom Abend zuvor.

Nachdem ich meine Wahrnehmungsfähigkeiten ausreichend getestet hatte, nahm ich einen Ortswechsel vor. Langsam kroch ich, jede Erschütterung vermeidend, vom Sofa ins Schlafzimmer. Ich zog mich bis auf die Unterwäsche aus und vergrub mich in den Decken meines Bettes. Es war mir egal, welcher Tag, welche Stunde, welche Minute jetzt gerade war. Sekunden später war ich wieder eingeschlafen, ohne Fernbedienung im Rücken.

Ich schlief bis spät in den Vormittag hinein. Zwar war man nach einer solch langen Ruhephase dann meist frisch und munter, nur stellte man schnell fest, dass man leider immer noch im selben Dreck feststeckte, wie am Tag zuvor. Die Erinnerung kam zurück und ließ mich alt aussehen. Ich blickte in den Spiegel, grüßte mich mürrisch und widmete mich gleich dem Frühstück.

Es ging mir immer derselbe Gedanke im Kopf herum. Heute Abend wartete die Theaterpremiere im Melchinger Lindenhof auf mich. Auf mich? Auf uns. Was sollte ich tun? Kathrin absagen? Nein, ich wollte nicht kneifen.

Aber ich hatte auch noch Zeit. Ich konnte die endgültige Entscheidung auf später verschieben. Zuerst musste ich meine Vorräte aufstocken. Ich sprang unter die Dusche, zog mich danach an und stand nicht viel später voller Tatendrang mit dem Autoschlüssel in der Hand vor dem Haus. Was fehlte, war mein Auto. Es parkte noch vor dem Irish Pub. Ich stöhnte auf. Eine halbe Stunde Fußweg wartete auf mich. Wenigstens ging es die meiste Zeit bergab.

Ich lief am Lustnauer Zentrum vorbei, die Wilhelmstraße entlang, passierte das Sportinstitut und gelangte schließlich zu den Unigebäuden. Schon von weitem konnte ich sehen, dass mein Auto nicht mehr dort stand, wo es eigentlich hätte stehen sollen. Ein anderes Fahrzeug nahm seinen Platz ein. Oder hatte ich mich getäuscht? Ich hetzte im Uni-Quadrat herum, doch nirgendwo konnte ich meinen Wagen entdecken.

Kein Zweifel, er war weg. Da ich überzeugt war, dass im beschaulichen Tübingen keine Autodiebe unterwegs gewesen waren, blieb nur eine Möglichkeit übrig. Die Polizei hatte nicht verstehen und akzeptieren wollen, dass man Autos auch unter Halteverbotsschildern abstellen kann und war aktiv geworden.

Zwei Anrufe später bestätigte sich meine Vermutung. Die Polizei hatte mein Fahrzeug abschleppen lassen. Ich musste es draußen beim Tübinger Freibad abholen, dort stand es nun, einsam und verlassen. Die Wiedervereinigung war nicht so einfach. Der gute Mann am Telefon hatte mir die Bedingungen vorgegeben. Ich erhielt mein Fahrzeug erst zurück, wenn ich die Abschleppkosten und den Strafzettel bezahlt hatte. Meine Lust, mich erst abkassieren zu lassen und dann zum Freibad zu laufen, hielt sich in Grenzen. Ich entschloss mich, Burger zu fragen, ob er für mich nicht den Taxifahrer spielen wollte. Ich rief ihn an. Er meldete sich nicht.

Mürrisch trat ich den Heimweg an. Im Lustnauer Zentrum kaufte ich zwei Tagesrationen ein. Mit zwei vollen Tüten machte ich mich an den Aufstieg zum Herrlesberg. Unterwegs klingelte mein Handy. Es war Burger. Er hatte gerade seinen Anrufbeantworter abgehört und meine Nachricht vorgefunden. Ich erklärte ihm mein Dilemma. Ein lautes Lachen am anderen Ende der Leitung war sein mitfühlender Kommentar. Ich freute mich, dass ich andere Menschen so fröhlich stimmen konnte. Er willigte ein, mich zum Freibad zu fahren. Allerdings hatte er erst am nächsten Tag Zeit.

Egal, ich konnte auch einen Tag ohne Auto verbringen. Wir verabredeten uns für den nächsten Vormittag.

Als ich das Gespräch beendet hatte, fiel mir siedendheiß ein, dass ich in den nächsten Stunden doch ein Auto brauchte. Irgendwie musste ich heute Abend auf die Alb kommen. Es gab nur einen Weg: Kathrin. Sie musste die Rolle des Chauffeurs übernehmen. Das Schicksal hatte mir meine Entscheidung, ob ich Kathrin wiedersehen sollte, abgenommen.

Ich rief sie an. Schon kurz nach dem ersten Läuten hob sie ab. Ich schwindelte ihr etwas von einem streikenden Motor und einer lahmen Autowerkstatt vor. Sie schlug sofort vor, dass auch sie fahren könnte. Das kurze Gespräch verlief so harmonisch, dass sich alle Zweifel in Luft auflösten. Wir verabredeten, dass wir uns am Abend um halb sieben vor dem Café Luca in Lustnau treffen sollten.

Kathrin war auf die Minute pünktlich. Ich stieg in ihr Auto ein.

»Ich freue mich auf das Theater«, meinte sie und umarmte mich kurz.

»Schön, dann los, auf die Alb«, antwortete ich.

Wir fuhren die B 27 entlang. An der Baustelle in Dußlingen staute sich der Verkehr. Doch dies beunruhigte mich nicht, denn wir hatten noch genügend Zeit bis Theaterbeginn. In der Ferne schälte sich die Burg Hohenzollern aus den Regenwolken. Es war ein trister Abend und man konnte nicht genau sagen, ob die Dämmerung nun echt oder nur den dunklen Wolken geschuldet war.

Über Mössingen und Talheim erreichten wir den Albaufstieg. Beim Blick in den Seitenspiegel war mir ein Auto hinter uns aufgefallen. Es folgte uns seit Tübingen. Ich drehte mich ein paar Mal deswegen um.

»Was ist?«, fragte Kathrin.

»Ach, nichts.«

Als wir die Hochebene der Schwäbischen Alb erreicht hatten, war das Fahrzeug aus meinen Gedanken verschwunden. Weit und breit war niemand zu sehen.

Es war kälter geworden. Ich vergrub mich in meinem Sitz und schaute mir die Umgebung an. Auf dem Hügel konnte man die Umrisse der Windräder sehen. Auf der anderen Seite war Salmendingen fast im Nebel verschwunden. Der Blick reichte nur bis zu den ersten Häusern.

Schließlich hatten wir Melchingen erreicht. Kathrin stellte den Wagen auf dem hinteren Parkplatz ab. Der Regen hatte etwas nachgelassen, weshalb wir entschlossen, ohne Schirm zum Theater zu gehen. Kathrin hakte sich bei mir ein. Innerhalb kurzer Zeit hatten wir das Theater erreicht. Wir mussten am Eingang einige Zeit anstehen, um zur Theaterkasse zu gelangen. Ein Auto fuhr draußen auf der Straße vorbei, das mir bekannt vorkam. Doch ehe ich weiter darüber nachdenken konnte, zog Kathrin die Aufmerksamkeit auf sich. Sie hatte sich für den Abend zurecht gemacht und sah bezaubernd aus. Und das wollte sie auch hören.

»Und, wie seh' ich aus?«, fragte sie.

»Gut.«

»Gut?«

»Sehr gut.«

»Kann man so mit mir ausgehen?«

»Sicher.«

Kathrin lächelte mich an.

»So charmant wie immer«, meinte sie.

Wir hatten die Kasse erreicht. Ich holte meine Journalisten-Freikarten ab und wir drängten uns in den Theatervorraum. Ich holte zwei Gläser Sekt.

»Es ist schön, mit dir heute Abend ins Theater zu gehen.« Sie blickte mich mit großen Augen an und ich nickte. Meine Gefühle waren zwiespältig. Kathrins Gegenwart gefiel mir und beunruhigte mich zugleich.

Die Melchinger spielten einen Klassiker auf schwäbisch. Es war eine typische Lindenhof-Inszenierung, die den Klassiker aus dem fernen Elfenbeinturm auf den Boden der nahen, schwäbischen Provinz zerrte. Kathrin gefiel die Inszenierung und mir gefiel Kathrin.

Nach der Aufführung gingen wir zu ihrem Auto. Diesmal ließen wir uns mehr Zeit. Die Albluft war sehr frisch geworden. Kathrin schmiegte sich fest an mich an. Es war stockdunkel und wir mussten aufpassen, dass wir den richtigen Weg fanden. Wir hatten offenbar einen Umweg genommen, denn es dauerte einige Zeit bis der Parkplatz in Sicht kam. Ich hörte hinter uns ein Geräusch. Ich drehte mich um und sah den Schatten einer Person, die schnell in eine Seitenstraße abbog.

Im nächsten Augenblick hatten wir den Parkplatz erreicht. Ich drehte mich noch einmal um, wieder sah ich eine Bewegung, was mich aber nicht weiter beunruhigte, denn Kathrin hatte die Autotüren geöffnet und wir stiegen ein. Über einen schmalen Weg erreichten wir die Hauptstraße.

Die ersten Minuten saßen wir schweigsam nebeneinander. Erst in Talheim hatten wir unsere Sprache wiedergefunden.

»Hat dir das Stück gefallen?«, fragte Kathrin.

»Ja. Etwas sehr schwäbisch«, entgegnete ich.

»Das war doch gerade schön.«

Wir unterhielten uns einige Zeit über die Inszenierung. Mit jedem Wort näherten wir uns einer gleichen Meinung an. Die Lichter der entgegenkommenden Wagen blendeten wegen der nassen Straße stärker als sonst. Kathrin fuhr sehr vorsichtig. Mein Blick fiel auf die Mittelkonsole des Wagens. Dort lag ein Brillenetui, aber Kathrin hatte keine Brille auf.

Wir erreichten Tübingen ohne Probleme.

»Pass auf den Starenkasten auf«, sagte ich, als wir durch die Südstadt fuhren.

»Klar, kenn ich doch. Allerdings ein schönes Erinnerungsfoto an den heutigen Abend wäre auch nicht schlecht.« Kathrin lachte. Es war ein schönes Lachen.

Wir bogen von der Bundesstraße ab und fuhren nach Lustnau. Über die Pfrondorfer Steige ging es hinauf zum Herrlesberg.

»Wann haben sie denn dein Auto repariert?«, fragte Kathrin.

»Wie? Ach so, ja. Morgen, denke ich.«

»Wenn du mich noch mal als Chauffeur brauchst, ruf an. Du kannst ganz über mich verfügen.«

»Danke.«

Schließlich hatten wir meine Wohnung erreicht.

Kathrin stellte den Wagen ab. Als ich aussteigen wollte, hielt sie mich am Arm fest.

»Es war schön mit dir. Ich möchte dich gerne wiedersehen.« Sie zog mich zu sich und gab mir einen Kuss auf die Stirn. Wir umarmten uns.

Mir wurde heiß, obwohl es draußen recht kühl war. Ich schaute an Kathrin vorbei nach draußen, wenigstens hatte der Regen aufgehört. Ich hatte das Gefühl, es war höchste Zeit, mich von Kathrin zu verabschieden.

»Ich möchte dich etwas fragen, Kathrin.«

»Was ist?«

»Vor ein paar Tagen. In Bebenhausen vor deiner Wohnung. Als wir uns verabschiedet haben.«

»Ja?«

»Da hast du gesagt, du müsstest dich um deinen Vater kümmern.«

Es wurde still.

»Aber dein Vater ist vor einiger Zeit gestorben. Warum hast du mich angelogen?«

Jetzt war es völlig still. Man hätte eine Feder fallen hören können. Aber es war eher die Ruhe vor dem Sturm.

Der erste Satz klang noch recht gefasst.

»Du spionierst mir nach.«

»Nein, ich …«

Kathrin atmete schwer. Schweißperlen bildeten sich auf ihrer Stirn.

»Woher weißt du das? Wer hat dir das gesagt? Hinter meinem Rücken stocherst du in meiner Vergangenheit herum. Was weißt du denn noch alles? Hast du meinen ganzen Lebenslauf durchforstet?«

Sie reagierte heftiger als ich es erwartet hatte.

Kathrin wandte sich von mir ab.

»Du hast mir nie viel von deiner Familie erzählt, als wir noch zusammen waren. Aber ich dachte immer, dass du gut mit deinen Eltern ausgekommen bist. Aber …«

»Das bin ich auch«, schrie sie mich an.

»Ich habe dir nicht nachspioniert. Das mit deinem Vater hat mir ein Freund erzählt.«

Aber Kathrin hörte mir gar nicht zu.

»Was hast du denn noch alles heraus gefunden über mich? Dass ich gerne Leute anschwindle? Und was noch?« Kathrin wurde hysterisch. Ihre Gesichtszüge verzerrten sich. Ich versuchte, die Situation zu beruhigen.

»Ich wollte doch nur wissen, warum du mir diese Geschichte aufgetischt hast.«

»Das ist meine Sache. Das geht dich nichts an. Lass' meinen Vater in Ruhe. Ja, er ist tot. Seit über einem Jahr. Und? Warum ist das so wichtig für dich? Das kann dir doch egal sein. Es ist mein Vater, verstehst du, mein Vater.« Ich verstand nichts.

Kathrins Worte klangen verzweifelt. Ihr Ärger war plötzlich in Trauer umgeschlagen. Ihre Hysterie ging in Schluchzen über.

Ich verstand nicht, was in Kathrin gerade ablief, warum sie so heftig reagierte.

Als ich etwas sagen wollte, fuhr sie mir über den Mund.

»Lass mich in Ruhe«, unterbrach mich Kathrin schroff.

»Kathrin.«

»Bitte, geh'.«

Die letzten Sekunden hatten mich gehörig durcheinander gewirbelt. Ich wusste für einen Augenblick nicht mehr, was ich tun sollte. Kathrin stützte sich mit ihren beiden Händen auf dem Lenkrad ab. Ihr Kopf sank nach vorne.

»Geh' bitte«, flüsterte sie.

Ich öffnete die Wagentür und stieg aus. Der Regen hatte wieder eingesetzt. Durch das Seitenfenster konnte ich sehen, wie wieder etwas Bewegung in Kathrins Körper kam. Sie startete ihr Auto und fuhr los. Reichlich begossen, nicht nur des Regens wegen, der auf mich niederprasselte, stand ich da und verfolgte die Rücklichter von Kathrins Auto, wie sie um die nächste Biegung der Straße in der Nacht verschwanden. Es dauerte Sekunden, bis ich aus meiner Trance erwacht war. Ich drehte mich um. Ein Schatten stand vor mir. Mit jeder Sekunde nahm dieser Schatten mehr Gestalt an.

Es war Nelly.

19

Die Begrüßungszeremonie zwischen Nelly und mir fiel sehr kühl aus. Sie musste schon einige Zeit vor der Tür ausgeharrt und uns beobachtet haben. Ihre Haare waren nass, Regentropfen liefen an ihrem Gesicht herunter. Sie sah mich an, drehte sich um und ging ins Haus.

Kurz darauf saßen wir im Wohnzimmer und schwiegen uns an.

Sekunden, Minuten. Nelly hatte sich umgezogen und ein Handtuch um die Haare gebunden. Ihre Augen waren leicht gerötet.

Schließlich brach Nelly als erste das Schweigen. Sie vermied es, mich auf Kathrin anzusprechen und erzählte stattdessen von Irland und von ihrer Schwester, die kürzlich in Monaghan eingetroffen sei. Sie würde sich nun um ihre Eltern kümmern.

Nelly hatte die erste Möglichkeit genutzt, um nach Deutschland zu fliegen. Es sei ihr schwer gefallen, ihre Mutter und ihren Vater zurückzulassen, sagte sie. Auch hätte sie noch gerne etwas mehr Zeit mit ihrer Schwester verbracht.

»Aber ich habe mir Sorgen um dich gemacht.«

Ihre Stimme wurde mit jedem Wort brüchiger und mein Gewissen mit jedem Wort schlechter. Als sie fertig war, war ich an der Reihe. Ich tastete mich behutsam vor und berichtete, was die vergangenen Tage vorgefallen war. Ich blieb dabei so nahe an der Wahrheit, wie möglich. Sie hörte mir zu, unterbrach mich nicht einmal, sondern wartete, bis sie das Gefühl hatte, dass ich fertig war. Ich sah sie an. Ich konnte in ihrem Gesicht nicht erkennen, wie viel sie mir von dem glaubte, was ich ihr erzählt hatte.

»Wie willst du dich entscheiden?«, fragte sie mich plötzlich.

»Es gibt nichts für mich zu entscheiden.« Und das war nun wirklich die Wahrheit. In dem Augenblick, als Nelly vor mir gestanden hatte, war mir sofort klar gewesen, wo meine Zukunft lag. Wenn es diese Zukunft für mich überhaupt noch gab.

»Lass dir Zeit. Ich glaube, ich brauche sie auch«, sagte sie.

Der Klimawandel war eingetreten, aber es herrschte keine unerträgliche Hitze, sondern die nächste Eiszeit.

»Ich bin müde. Die Reise war anstrengend. Die vergangenen Tage auch. Außerdem macht mir dieser elende Regen zu schaffen. Er schlägt mir aufs Gemüt.«

Nelly stand auf. Sie beugte sich zu mir herüber und sah mich kurz an.

»Wir reden morgen weiter.« Sie drehte sich um und ging ins Schlafzimmer. Ich blieb alleine zurück, starrte vor mich hin und hatte den Blues.

Die Nacht verbrachte ich mit meiner Fernbedienung auf dem Sofa. Sie hatte viel zu tun, denn ich zappte stundenlang durch sämtliche Kanäle. Den Ton hatte ich so weit herunter gedreht, dass ich kaum noch etwas verstand. Ich wollte Nelly nicht stören, auch wenn die geschlossene Schlafzimmertür sicherlich nicht viele Geräusche durchließ.

Die Programme waren in der Nacht nicht besser geworden. Ich hatte die große Auswahl, zwischen Spielfilm-Wiederholungen, angegrauten Serien mit mittelmäßigen Schauspielern, nervigen Verkaufssendungen, sich auf dem Boden wälzenden jungen Frauen mit drallen Brüsten und einer Vielzahl von Telefonnummern. Doch das heiße »Ruf mich an« ließ mich kalt, so kalt wie die nächtliche Temperatur im Wohnzimmer. Draußen regnete es noch immer. Die Tropfen prasselten unaufhörlich gegen die Fensterscheiben.

Ich fror. Neben mir auf dem Sofa lag eine Decke, dich ich zu mir herüberzog. Viel Wärme gab sie nicht ab. Viel lieber wäre ich ins Schlafzimmer gegangen. Doch dort wären die Temperaturen wahrscheinlich noch frostiger gewesen.

Gegen Morgen schlief ich ein.

Als ich aufwachte, war Nelly schon auf den Beinen. Ich hörte sie, wie sie in der Küche hin und her lief. Ich gab vor, noch zu schlafen und zog mir die Decke über den Kopf. Später stand ich auf und ging direkt ins Badezimmer. Als ich aus der Dusche kam, war Nelly weg. Sie hatte mir keine Nachricht hinterlassen, wohin sie gehen und wann sie wieder zurück sein wollte. Aber ihre Sachen waren alle noch da und das beruhigte mich.

Ich stand eine Weile am Fenster und schaute in den Regen.

Micha Becker riss mich aus meiner trübsinnigen Stimmung. Er hatte einen Termin übersehen und suchte dringend jemanden, der für ihn einspringen sollte. Für mich bot sich dadurch die Gelegenheit, auf andere Gedanken zu kommen. Ich sagte zu, schnappte mir meine Jacke und verließ das Haus.

Zuerst suchte ich Burger heim. Er fuhr mich zur Polizei. Dort zahlte ich zähneknirschend Strafe und Abschleppkosten. Schließlich brachte er mich zum Freibad, wo ich mein Auto abholen konnte. Ich bedankte mich bei Max Burger für seine Taxidienste, was er mit einem frechen Grinsen quittierte.

»Ist ganz schön teuer, wenn man sich nicht an die Verkehrsregeln hält.«

»Das sagt der Richtige«, antwortete ich, stieg in mein Auto ein und steuerte den nächsten Termin an.

Micha hatte mich nach Dettenhausen geschickt. Dort sollte ich zwei Frauen interviewen, die einen sozialen Verein gegründet hatten, um Kindern von Hartz IV-Familien zu helfen. Eine gute Sache, die mich vielleicht aufmunterte.

Ich nahm den Weg über Pfrondorf, um nicht über Bebenhausen fahren zu müssen. Nach einer Viertelstunde war ich in Dettenhausen. Kurze Zeit später hatte ich auch die Adresse gefunden, zu der ich musste.

Das Gespräch dauerte eine Stunde. Es war sehr angenehm verlaufen, und ich hatte genug Informationen, um einen Artikel schreiben zu können. Die beiden Frauen platzierten sich freundlich lächelnd vorm Haus und ich lichtete sie mit meinem Fotoapparat ab. So konnte ich den Artikel auch noch illustrieren.

Ich fuhr allerdings nicht nach Hause, um dort zu schreiben, sondern nach Reutlingen in die Redaktion. Ich wollte Nelly vorerst aus dem Weg gehen.

Micha Becker setzte mich in der Reutlinger Redaktion hinter einen Computer. Ich versuchte mich, auf den Artikel zu konzentrieren, aber es gelang mir nicht. Das Klingeln der Redaktionstelefone lenkte mich ab. Auch kamen immer wieder Kollegen vorbei, die sich wunderten, dass sie mich in der Redaktion antrafen. Jedes Mal erfand ich eine andere Geschichte, warum es mich hierher verschlagen hatte. Doch am meisten machten mir die Gedanken an Nelly zu schaffen.

Als ich meinen Artikel endlich fertig hatte und gerade meine Unterlagen zusammenpackte, kam Micha Becker ins Zimmer. Ich sah ihn mir genauer an. Sein Vollbart war noch dichter geworden, seine Augenbrauen länger und um die Hüften war auch das eine oder andere Gramm dazu gekommen. Aber er strahlte übers ganze Gesicht. Es schien ihm gut zu gehen. In der Hand hielt er einen Zettel.

»Hier, ein Fax. Und das bedeutet Arbeit für dich.«

Die kam mir gerade recht.

»Schön, was gibt's?«

»Die Polizei hat für morgen eine Pressekonferenz angesetzt. Es gibt Neues in Sachen Schönbuchmord. Ich habe gleich den Pressesprecher der Polizei angerufen, aber der wollte mir keine Informationen geben. Ich weiß also nicht, worum es genau geht.«

»Um welche Uhrzeit ist der Termin?«, fragte ich.

»Elf Uhr. Genau die richtige Zeit für dich. Dann bist du Penner endlich wach, geduscht und frisch rasiert. Du siehst, die Polizei passt sich mit ihren Uhrzeiten deinen Lebensgewohnheiten an.« Becker lachte lauthals.

»Du fragst mich gar nicht, ob ich überhaupt Zeit habe.«

»Nein.« Becker trat vor meinen Schreibtisch und knallte mir den Zettel auf meine Unterlagen, die ich gerade aufeinander gestapelt hatte. Die Blätter stoben auseinander.

Ich nahm den Zettel in die Hand und schaute ihn mir an.

»Elf Uhr, Presseraum der Polizeidirektion Tübingen«, las ich laut vor. Es folgte noch das Datum und der Hinweis auf den Schönbuchmord, mehr stand nicht auf dem Blatt.

»Und was ist nun? Hat der Herr Starjournalist noch ein Plätzchen frei in seinem übervollen Terminkalender?«, ätzte Becker.

»Schon gut, Micha, war nur ein Scherz. Klar geh ich dort hin. Mordgeschichten sind gut fürs Geschäft.«

»Seh ich auch so.«

»Außerdem brauche ich Arbeit und der Fall interessiert mich.«

Becker wechselte das Thema.

»Ich hab deinen Artikel über die Hartz-IV-Kinder schon auf der Seite platziert. Hast du schön geschrieben. Mit viel Gefühl. Gefällt mir.«

Ich freute mich. Ein so deutliches Lob aus Micha Beckers Mund kam selten genug vor. Aber sicher folgte noch etwas nach.

»Der geborene Fotograf bist du allerdings nicht gerade«, meckerte Becker über meine Fotokünste.

Kurz darauf war ich auf dem Weg nach Tübingen. Als ich zu Hause ankam, war die Wohnung leer. Nelly war noch nicht zurück oder schon wieder fort. Ich setzte mich aufs Sofa und ließ mich einige Zeit von irgendwelchen Fernsehsendungen berieseln. Am Abend öffnete ich eine Flasche Dornfelder. Zwei Gläser später übermannte mich die Müdigkeit. Ich streckte mich auf dem Sofa aus, nahm die Decke, die neben mir lag und zog sie über mich. Ich schlief ein. Irgendwann später wurde ich wieder wach. Jemand schüttelte meinen Arm. Ich öffnete langsam die Augen. Es war Nelly.

»Das sieht sehr ungemütlich aus. Komm ins Bett. Du musst nicht hier auf der Couch schlafen«, sagte sie.

Ich glaubte, so etwas wie ein Lächeln auf ihrem Gesicht erkennen zu können, aber ehe ich etwas antworten konnte, war sie schon im Schlafzimmer verschwunden. Ich hatte wirklich verkrampft und kreuz und quer auf dem Sofa gelegen, denn mein Rücken schmerzte, diesmal ganz ohne Fernbedienung. Ich stand auf, sortierte meine Gelenke und folgte Nelly ins Schlafzimmer. Die Eiszeit war noch nicht vorüber, allerdings zeigten sich die ersten Sonnenstrahlen am Horizont. So hoffte ich jedenfalls.

Am nächsten Morgen stand ich frühzeitig auf. Nelly schlief noch fest. Ich deckte den Tisch, richtete das Frühstück und warf die Kaffeemaschine an. Doch Nelly ließ auf sich warten.

Ich schaute nervös auf meine Armbanduhr. Inzwischen war es fast zehn. Ich wollte nicht, dass Nelly in der Tür auftauchte und ich mich gleich wieder verabschieden musste, um zur Pressekonferenz der Polizei zu gehen.

Deshalb entschloss ich mich, früher aufzubrechen. Wir konnten miteinander reden, wenn ich wieder zu Hause war. Ich nahm mir vor, noch einen kleinen Stadtbummel zu unternehmen, ehe ich zum Pressetermin im Polizeihochhaus ging.

Ich fuhr am Neckar entlang. Als ich zum Kino-Komplex an der Blauen Brück kam, sah ich, dass die Ampel ausgefallen war. Das gelbe Licht blinkte unaufhörlich. Ich musste einige Zeit warten, weil die Autoschlange auf der Hauptstraße nicht abriss. Ich schaute nach links, ob ich in der Kolonne eine Lücke erspähen konnte. Dabei entdeckte ich auf dem Bürgersteig, der über die Blaue Brücke führte, zwei bekannte Gesichter. Kathrin stand dort, ans Geländer gelehnt, und schaute auf die Gleise, die Richtung Stuttgart führten. Direkt hinter ihr war ihre Freundin Ellen. Mehr konnte ich nicht erkennen, denn in der Autokolonne hatte ein Fahrer angehalten, um mich auf die Hauptstraße einfahren zu lassen. Ich gab Gas und bog an der nächsten Kreuzung zum Neckarparkhaus ab. Dort stellte ich meinen Wagen ab.

Über den Steg erreichte ich den gegenüber liegenden Drogeriemarkt. Ich suchte die Musik-Abteilung auf und suchte nach einer irischen CD, die ich vielleicht Nelly schenken konnte. Ich fand nichts Passendes, nur billige Sampler und ging deshalb wieder aus dem Markt hinaus. Als ich vor der Tür stand, schaute ich Richtung Blaue Brücke, um zu sehen, ob sich Kathrin und Ellen noch dort aufhielten. Ich wollte ihnen keinesfalls begegnen, deshalb musste ich schnell handeln. Die beiden stürmten geradewegs auf mich zu. Allerdings hatten sich mich offenbar noch nicht entdeckt. Ich zog mich in den Drogeriemarkt zurück und versteckte mich hinter einem Regal mit Babynahrung. Durch die Glastür sah ich, wie Kathrin draußen auf dem Bürgersteig vorbeihetzte. Gerade als ich hinter dem Regal hervorkommen wollte, schreckte ich erneut zurück. Ellen raste mit eiligen Schritten am Drogeriemarkt vorbei. Ich konnte gerade noch sehen, wie sie Kathrin erreichte. Sie hielt sie am Arm fest. Kathrin drehte sich um. Sie sah verzweifelt aus. Ellen redete auf sie ein. Kathrin antwortete ihr erregt. Offensichtlich stritten sich die beiden. Im nächsten Augenblick waren sie aus meinem Blickfeld verschwunden und weiter Richtung Neckarbrücke gegangen.

Ich wartete ein paar Sekunden und verließ dann vorsichtig das Gebäude. Die beiden hatten meine Neugier geweckt. Ich folgte ihnen in einigem Abstand. Unterwegs sah ich auf meine Armbanduhr. Ich hatte noch genügend Zeit.

Inzwischen waren Kathrin und Ellen in die Uhlandstraße abgebogen. Als ich ebenfalls die Straßenecke erreichte, hielt ich kurz an. Sollte ich den beiden wirklich weiter folgen? Was würde passieren, wenn ich um die Ecke bog und die beiden plötzlich direkt vor mir standen? Es wäre eine sehr peinliche Situation gewesen. Aber schließlich musste ich mich vor niemanden rechtfertigen, warum und wo ich in Tübingen unterwegs war.

Ich hätte mir die Gedanken aber sparen können. Kathrin und

Ellen waren weit vor mir. Ich musste mich beeilen, um sie nicht aus den Augen zu verlieren. Ich lief auf der Straße im Schutz der parkenden Autos. Immer wieder richtete ich mich kurz auf, um einen besseren Blick auf die beiden zu haben. Auf die beiden? Ich sah plötzlich nur noch Kathrin. Sie ging durch ein schmiedeeisernes Tor auf den Eingang eines der schönen, alten Häuser in der Uhlandstraße zu. Anfang des 20. Jahrhunderts hatten hier jüdische Familien stattliche Gebäude errichten lassen und so lange dort am Neckar gelebt, bis sie später von den Nationalsozialisten auf schäbige Weise enteignet und vertrieben worden waren.

Kathrin blieb vor der Eingangstür des Hauses stehen und wartete kurz. Plötzlich drückte sie die Tür auf und ging hinein. Offensichtlich hatte jemand den Türöffner betätigt.

Ich sah mich nach allen Seiten um. Wo war Ellen? Hatte sie den Weg über den Steg auf die Platanenallee genommen?

Wieder blickte ich auf die Uhr. Viel Zeit hatte ich nicht mehr. Doch ich war neugierig, was Kathrin in dem Haus wollte. Also ging ich ein paar Schritte bis zum schmiedeeisernen Tor. In nächsten Augenblick zuckte ich zurück. Durch das Fenster im Erdgeschoss, das etwas erhöht lag, sah ich Kathrin. Allerdings hatte sie mir den Rücken zugewandt. Ein Mann redete mit ihr. Dann bewegte sich Kathrin zur Seite und war aus meinem Blickfeld verschwunden.

Vorsichtig schlich ich weiter, den Blick immer auf das Fenster gerichtet. Sekunden später stand ich vor dem Haus. An der Vorderseite hing ein bronzenes Schild. Es war der Hinweis, dass sich in diesem Haus eine psychologische Praxis niedergelassen hatte. Jetzt war mir klar, was Kathrin dort wollte. Sie suchte ihren Therapeuten auf.

Jede Menge Gedanken schossen mir plötzlich durch den Kopf. Hatte ich etwa Kathrin aus dem Gleichgewicht gebracht? War ich schuld, dass sie einen Seelenklempner brauchte? Oder war sie bei dem Therapeuten, weil sie noch nicht über den Tod ihres Vaters hinweg war? Ich wünschte mir, ich hätte bei den Gesprächen heimlich lauschen können. Ich hätte sicher eine Menge über Kathrin erfahren. Vielleicht auch über das Verhältnis zu ihrem Vater und dem Typen, mit dem sie nach mir zusammen gewesen war.

Im selben Augenblick allerdings hätte ich mich am liebsten in Luft aufgelöst. Als ich mich umdrehte, sah ich auf der anderen Straßenseite Ellen. Sie lehnte an eine Hauswand und hatte die Hände tief in den Hosentaschen vergraben. Ellen hielt den Kopf gesenkt und blickte nach unten auf den Gehweg. Aber ich war mir sicher, dass sie mich gesehen hatte.

Ich überlegte, was ich tun sollte. Die einzige Alternative war, sich in die andere Richtung zu verdrücken. Ich lief die Straße entlang bis zum Park am Anlagensee. Als ich die ersten Bäume, die mir Sichtschutz gaben, erreicht hatte, rannte ich sofort los.

Völlig außer Atem kam ich Minuten später zum Parkhaus. Ich sprang die Treppen hinauf zu meinem Auto, das auf einem der oberen Parkdecks stand.

Ich fuhr gleich los. Als ich an der Schranke der Ausfahrt war, stellte ich fest, dass ich vergessen hatte, die Parkgebühren zu bezahlen. Ich konnte nicht mehr rückwärts, weil bereits ein weiteres Auto hinter mir angehalten hatte. Ich stieg mit dem Parkschein in der Hand aus. Der Mann im Wagen hinter mir warf mir einen bösen Blick zu. Entschuldigend hob ich die Arme, zeigte ihm meinen Parkschein und ging zum Automaten. Glücklicherweise hatte ich genügend Kleingeld dabei und musste nicht noch meine Scheine herauskramen.

Kurz darauf saß ich wieder in meinem Wagen. Ich schob den Parkschein ein, die Schranke wackelte langsam nach oben, und der Weg war frei. Ich steuerte meinen Wagen nach draußen, fuhr fast einen Radfahrer, der von rechts heranschoss, über den Haufen und machte mich dann auf zur Pressekonferenz.

20

Diesmal hatten die Ermittler einen kleineren und nicht so offiziellen Rahmen gewählt. Sie saßen mit den Journalisten in einem kleineren Tagungsraum des Polizeihochhauses um einen Tisch herum. Am Kopfende thronte der leitende Oberstaatsanwalt Andreas Dressler. An seiner Seite hatten sich alle wichtigen Ermittler in diesem Fall niedergelassen. Ihnen gegenüber warteten die Journalisten der Lokalpresse, des Radios und des Fernsehens auf die Neuigkeiten im Schönbuchfall.

Eine reizvolle Troika bildeten Hemmerle, Rosenberg und Gramer. Eine Frau zwischen zwei Männern, so schien es jedenfalls, denn beide bemühten sich wie zwei balzende Hähne um sie. Sie redeten so auf sie ein, dass sie gar nicht wusste, wem sie zuerst zuhören sollte. Offensichtlich gehörte Gramer jetzt auch zum Ermittlungsteam.

Die Pressekonferenz hatte noch nicht begonnen. Doch so einfach kam ich nicht davon. Als ich mit Verspätung den Raum betrat, wurde es plötzlich still. Alle drehten sich zu mir um.

»Herr Blum, wir haben nur noch auf Sie gewartet«, moserte Gramer.

»Dann können wir jetzt anfangen«, ergriff Dressler das Wort. Gramer nickte. Hemmerle grinste.

»Bitte, Herr Hemmerle«, wieder hielt sich Dressler vornehm zurück und überließ dem Kommissar das Wort.

»Gut. Ja, meine Damen und Herren von der Presse. Mit Hilfe unserer norddeutschen Kollegen haben wir inzwischen einiges herausgefunden.« Hemmerle wandte seinen Kopf kurz zur Seite und blickte Rosenberg anerkennend an.

»Sie haben die Wohnung unseres Schönbuch-Toten in einem Vorort von Hamburg auseinander genommen. Interessant war vor allem der Computer des Ermordeten. Dabei zeigte sich, dass … Warten sie einen Augenblick.« Er sprach kurz mit Rosenberg. Gramer hörte den beiden aufmerksam zu.

»Wir können Ihnen jetzt auch den Namen des Toten nennen. Er hieß Marco Vogt. Wie Sie ja bereits wissen, gibt es eine dicke Polizeiakte über ihn. Nun, was ich sagen wollte, Vogt war sehr oft im Internet unterwegs. Dort trieb er sich meist in Chatrooms auf Single-Plattformen herum. Sie wissen, was Chatrooms sind?«

Die Journalisten nickten unisono.

»Gut. Wir haben uns diese virtuellen Räume einmal angeschaut. Dort sind meist Leute des gleichen Alters oder mit ähnlichen Interessen unterwegs. Es waren auch Chatrooms für Singles bestimmter Altersgruppen dabei. Das ideale Jagdgebiet für einen Typen wie Vogt. Dort hat er offenbar nach seinen Opfern gesucht. Wir haben einige E-Mails mit entsprechendem Inhalt gefunden. Aber leider ist das Internet nicht regional begrenzt. Das heißt, wir müssen in ganz Deutschland nach Opfern suchen. Inzwischen wissen wir aber, dass er auch Frauen in Süddeutschland kontaktiert hat.«

Hemmerle deutete auf die Pressemappen, die vor den Journalisten lagen.

Wir haben Ihnen dort einige Daten über Vogt zusammengestellt. Außerdem haben wir der Mappe ein Bild beigelegt. Es wäre gut, wenn Sie das veröffentlichen könnten. Wir hoffen, dass sich jemand meldet, der mit ihm Kontakt hatte. Dabei ist interessant, dass Vogt immer andere Nicknames im Internet hatte. Meist nannte er sich aber Freddy. Keine Ahnung warum. Über diese Nicknames sollten Sie auch berichten.«

»Ich habe das Gefühl, Sie stochern noch sehr im Nebel herum«, meldete sich einer der Journalisten zu Wort.

Hemmerle verzog das Gesicht.

»Nein, das kann man so nicht sagen. Wir können noch weitere Ermittlungserfolge vermelden. Wir haben uns zuerst sehr gewundert, wie der Mann eigentlich in den Schönbuch gekommen ist, denn auf dem Pfeifferstein-Parkplatz hatte kein Auto gestanden. Inzwischen sind wir auf diesem Gebiet einen wesentlichen Schritt weitergekommen. Wir haben herausgefunden, dass Vogt von Hamburg nach Stuttgart geflogen ist. Wir haben überall herum gefragt und eine Leihwagen-Firma in der Nähe des Stuttgarter Flughafens gefunden, die eines ihrer Fahrzeuge vermisste. Vogt muss einen falschen Pass benutzt haben, aber die Beschreibung des Mannes, der den Wagen geliehen hat, passt eindeutig auf Vogt. Wir haben das Auto dann überall gesucht.«

»Und gefunden?«, fragte ich.

»Richtig. Allerdings recht weit weg vom Tatort. In einer Tiefgarage in Reutlingen. Dort stand es herum, ohne das es jemandem aufgefallen ist. Das hat uns leider einige Zeit gekostet.«

»Wie kommt das Auto nach Reutlingen?«

»Das haben wir uns auch gefragt. Inzwischen sind wir der Überzeugung, dass der oder die Täter das Auto nach der Tat dorthin verfrachtet haben. Wie gesagt, es war so unscheinbar dort platziert, eindeutig mit der Absicht, dass wir es nicht so schnell finden.«

»Was ja auch gelungen ist«, mischte sich Rosenberg ein.

»Ja, leider«, meinte Gramer.

»Wir haben das Auto auf Spuren untersucht. Aber der Täter hat sich viel Mühe gegeben, alle Spuren zu verwischen. Einen Fingerabdruck haben wir dennoch sicherstellen können. Es wird sich zeigen, ob er uns zum Täter führen kann. In unserer Kartei sind wir bisher leider noch nicht fündig geworden. Trotzdem, es ist ein Anfang. Wir sammeln die Hinweise, Stück für Stück, bis wir die Puzzleteile zusammensetzen können und am Ende ein klares und eindeutiges Bild von der Tat und dem Täter haben. Wir sind schon sehr nahe dran.«

»Schön gesagt«, kommentierte Gramer Hemmerles Vergleich.

»Es ist nur eine Frage der Zeit, bis wir ihn haben.«

»Oder sie.«

»Richtig. Oder sie.«

21

Mit jedem Wort, das sie las, wurde Kathrin nervöser. Sie konnte nicht glauben, was sie hier vor sich hatte. Sie schenkte sich Tee nach, trank einen Schluck. Stellte die Tasse wieder auf den Tisch zurück. Kathrin las den Artikel noch einmal und schüttelte dabei immer wieder den Kopf. Sie legte die Zeitung schließlich vor sich auf den Tisch und starrte aus dem Fenster. Viele Gedanken gingen ihr durch den Kopf. Sie musste sie neu ordnen, das war ihr klar, doch sie wusste nicht wie. In jedem Fall musste sie ruhig bleiben, genau überlegen, nicht voreilig handeln, nicht wie früher immer.

Es hatte sich viel ereignet in den vergangenen Wochen. Ihr Leben hatte neu begonnen. Sie wollte nicht mehr zurück, sie wollte endlich wieder leben. Aber manchmal nahm wieder dieses Gefühl von ihr Besitz, dass alles, was sie anpackte, schief ging. Wolfgang Berner, ihr Therapeut, hatte so viel mit ihr gearbeitet, geduldig zugehört, versucht, sie zu festigen, sie auf eigene Beine zu stellen, ihr den richtigen Weg zu weisen. Und es würde ihm auch gelingen, davon war sie überzeugt. Aber warum war die Welt immer so einfach zu verstehen, wenn sie bei ihm war, die eine Seite war weiß, die andere schwarz. Es war alles ganz klar.

Doch wenn sie sein Zimmer verließ, war sie wieder allein mit sich und allein mit ihren vielen Gedanken. Dann war plötzlich nicht mehr alles schwarz oder weiß, dann war alles bunt, die Farben verschwommen und mischten sich wild miteinander. Dann war die Welt kompliziert.

In diesen Augenblick hielt sie sich seine Sätze vor Augen, seine Richtlinien, wie er es nannte. Sie hatte sie auswendig gelernt, doch sie funktionierten nicht draußen, in ihrer Welt, sie funktionierten nur, wenn sie bei ihm war, in seinen vier Wänden, in seiner Sicherheit, die er ihr vermittelte.

Kathrin stand auf. Sie schaute auf ihre Hände. Sie wirkten ruhig, aber innerlich zitterte sie. Wie sollte sie sich verhalten? Sollte sie zuerst mit Wolfgang darüber reden? Das war sicherer. Sollte sie auch mit Ellen reden? Sie war immer ihre engste Freundin gewesen, ihr hatte sie alles anvertrauen können. Aber gestern hatten sie sich gestritten, zum ersten Mal, richtig heftig gestritten.

Ich bekomme nichts auf die Reihe, dachte Kathrin. Sie musste die Tränen unterdrücken. Sie ging zum Fenster, stützte sich auf der Brüstung ab, schaute hinaus.

Ellen hatte ihr so viel geholfen, sie am Leben gehalten, als sie sich von Michi getrennt hatte. Von Michi getrennt? Kathrin lachte kurz auf. Er hatte sich von ihr getrennt, er hatte sie betrogen, ausgenutzt und dann fallen lassen, wie ein Stück Dreck. Ich habe kein Mitleid mit ihm. Das war ein Satz, den sie sich nun immer vorsagte. Geschieht ihm doch recht, was ihm passiert ist. Und doch? Gleich kamen wieder Zweifel hoch. Es war immer dasselbe. Immer stellte sie sich in Frage. Immer stellte sie ihre Handlungen, ihr Leben in Frage. Ihre Freunde.

Wenn sie das eine hatte, glaubte sie, das andere sei besser. Wenn sie sich nach langem Überlegen für eine Sache entschied, war sie ihm nächsten Augenblick überzeugt, dass es die falsche Entscheidung gewesen war. Es war immer das Gleiche: Wenn eine Entscheidung anstand, wurde sie unsicher, dann suchte sie nach jemandem, der ihr die Entscheidung abnahm. Diese Unentschlossenheit hatte sie immer belastet, und es war über die Jahre hinweg nicht besser geworden.

Kathrin drehte sich um und lehnte sich mit den Oberschenkeln ans Fensterbrett. Ellen. Ohne sie hätte ich es wirklich nicht geschafft, dachte Kathrin. Und jetzt? Alles war ihr plötzlich zu eng geworden. Und immer die Furcht, dass Ellen doch mehr wollte, als nur eine Freundschaft. Jetzt auf einmal kam ihr Ellen zu dominant vor. Sie verstand sich selbst nicht. Früher war es ihr recht gewesen, dass jemand für sie entschied, dass sie nicht selbst eine Entscheidung treffen musste.

Und zu eng? Kathrin dachte an die Beziehung mit Luka. Auch damals war es ihr plötzlich zu eng geworden. Dieses Gefühl hatte sie auch jetzt wieder. Warum nur? War die Antwort darauf, dass sie einfach nicht in der Lage war, mit einem Menschen länger zusammen zu leben? Sie war unfähig, eine richtige Beziehung zu führen, ob nun mit einem Mann oder mit einer Frau. Aber alleine zu bleiben, war doch auch keine Alternative.

Es lief immer nach dem gleichen Muster ab. Wenn sie sich unterordnete, nutzte man sie aus. Wenn sie sich wehrte, wurde ihr alles zu viel. Dann stieß sie sogar ihren Freunden vor den Kopf. Sie brachte einfach nichts auf die Reihe.

Kathrin ging zum Tisch zurück. Sie schaute auf die Zeitung. Wieder etwas, das sie nicht verstand. Nein, das war etwas anderes.

Soll ich mit Luka darüber reden?, fragte sie sich.

Sie nahm die Zeitung in die Hand, überflog noch einmal den Artikel. Ihr schauderte.

Kathrin stützte sich auf dem Tisch ab.

Sie dachte an Luka. Als sie ihn nach so langer Zeit wieder gesehen hatte, waren die alten Gefühle aufgekommen. Und die alten Gedanken. Es hatte damals doch alles geklappt. Warum musste sie plötzlich weg, raus aus dieser Beziehung? Warum suchte sie immer nach etwas Anderem, nach etwas Neuem? Warum gab es für sie nur immer die Extreme, sich völlig unterzuordnen oder sich völlig frei zu machen? Warum fand sie nie den Mittelweg, wie so viele andere?

Kathrin stöhnte auf. Sie räumte das Geschirr auf dem Tisch zusammen, um es in die Küche zu tragen. Luka. Sie war sofort wieder in ihn verliebt gewesen, dabei hatte sie gedacht, dass sie sich inzwischen besser unter Kontrolle hätte. Was hatten sie damals nicht alles zusammen erlebt. Die Zeit war schön und verrückt gewesen.

Kathrin lächelte.

Und auch jetzt war nichts normal abgelaufen. Der Spaziergang durch den Schönbuch mit dem unheimlichen Ausgang. Die Fahrt ins Theater nach Melchingen.

Ihr Herz klopfte stärker bei dem Gedanken an das Ende. Warum hatte Luka in ihrer Vergangenheit herumstochern müssen? Warum hatte er plötzlich dieses Thema aufgebracht, nach einem Abend, der so harmonisch verlaufen war.

Aber war sie nicht selbst schuld daran gewesen? Warum hatte sie diese unsinnige Lüge benutzt? Sie hatte gespürt, dass Luka mit zu ihr in die Wohnung wollte. Es war ihr zu schnell gegangen. Sie brauchte Zeit, sich an die Gefühle wieder gewöhnen zu können. Sie hatte Angst, dass sie sich nun wieder unterordnen würde. Sie hatte es doch gerade erst geschafft, wieder auf eigenen Füßen zu stehen. Und gleich in die nächste Beziehung? Das wäre nicht gut gegangen. Oder doch? Hatte sie vielleicht die große Chance verpasst?

Nein, nein, nein. Kathrin implodierte fast. Sie stellte das Geschirr zurück auf den Tisch, weil es ihr sonst beinahe aus den Händen geglitten wäre. Kathrin atmete tief durch.

Sie musste etwas unternehmen. Sie konnte nicht hier sitzen bleiben und hoffen, dass sich alles von alleine erledigte. Was sie immer erhoffte, was aber nie so geschah. Sie eilte in ihr Arbeitszimmer und setzte sich an den Schreibtisch.

In Ruhe die nächsten Schritte überlegen, sagte sie sich.

Aber Kathrin war nicht ruhig. Im Gegenteil. Sie war aufgeregt, sehr aufgeregt. Sie beugte sich zur Seite und schaltete den Computer ein. Es dauerte lange, bis endlich das Betriebssystem hochgefahren war. Sie rief den Browser auf. Mit der Maus klickte sie die Favoriten an. Ein Menü öffnete sich. Sie suchte sich die Adressen der einzelnen Single-Plattformen heraus, die sie in den vergangenen Monaten aufgesucht hatte.

Würde sie gleich das finden, was sie suchte?

Kathrin wurde immer nervöser. Machte es Sinn, was sie jetzt tat? Sie schüttelte den Kopf.

Nein, es war doch alles sinnlos, sinnlos wie immer. Oder doch nicht? Sie brauchte Hilfe. Kathrin starrte verzweifelt auf das Mobilteil ihres Telefons, das neben ihr auf dem Schreibtisch lag.

22

Ich hatte sie endlich hinter mich gebracht, die Aussprache mit Nelly. Es gab viel zu erzählen und zu erklären. Nelly hörte mir aufmerksam zu. Sie nickte, schüttelte den Kopf, lächelte, wurde ernst. Als wir fertig waren, sah sie mich lange an, dann nahm sie meine Hand.

»Ich kann dich in vielen Dingen verstehen. Ich glaube es zumindest, aber du hättest viel früher mit mir darüber reden sollen«, sagte Nelly.

»Ich weiß, man kann die Vergangenheit nicht einfach ablegen, wie ein Kleidungsstück. Vor allem, wenn man die Vergangenheit noch nicht abgelegt hat. Und da ist bei dir noch einiges offen. Da bin ich mir sicher.«

»Da ist nichts mehr offen.« Widersprach ich. »Kathrin und ich, wir sind Freunde, nein, wir sind, ach ich weiß nicht, was ich sagen soll …«

Nelly lächelte.

»Vielleicht solltet ihr euch einmal aussprechen, so wie wir gerade. Ich habe das Gefühl, dass du eigentlich nicht viel über sie weißt. Vielleicht hast du ihr nie richtig zugehört, vielleicht hast du zugehört, aber sie nie richtig verstanden.«

Wie soll man Frauen auch richtig verstehen?, dachte ich, behielt es aber für mich.

»Ich will nicht mehr mit ihr reden.«

Nelly hörte mir nicht richtig zu.

»Es wundert mich, dass sie dir die Geschichte mit ihrem Vater nicht erzählt hat. Ich vermute, es muss so viel passiert sein, dass sie niemandem davon erzählen wollte. Was meinst du?«

Ich nickte nachdenklich.

Nelly spürte, dass etwas in mir vorging.

»An was denkst du? Irgendetwas geht dir doch durch den Kopf, das sehe ich dir an«, sagte Nelly.

Ich schüttelte den Kopf. Aber sie hatte recht. Ich hatte etwas im Sinn, aber ich wollte Nelly da nicht mit hineinziehen. Ich war froh, dass sich unser Verhältnis wieder gebessert hatte. Ich wollte es nicht gleich wieder belasten. Und andererseits hätte sie mir die Sache vielleicht ausgeredet. Manchmal gibt es Dinge, die man einfach besser für sich behält.

»Ich möchte noch etwas raus an die frische Luft«, sagte ich plötzlich.

»Soll ich mitkommen?«

»Nein. Sei mir nicht böse. Wir haben über so vieles geredet. Es gibt so viel, über das ich nachdenken muss. Ich brauche einfach kurz Zeit, um alles sacken zu lassen. Und das kann ich am besten alleine. Mach dir keine Gedanken.«

Nelly stupste mich mit dem Zeigefinger an die Nase.

»Und du keine Dummheiten.«

Endlich lachte sie wieder einmal.

»Nein, ganz bestimmt nicht«, antwortete ich schnell. Zum Glück hieß ich nicht Pinocchio.

Kurze Zeit später saß ich in meinem Auto. Es war spät geworden. Die Aussprache hatte lange gedauert. Es war schon weit nach Mitternacht. Aber nicht nur deshalb waren nur wenige Menschen unterwegs. Der Regen prasselte auf Tübingen nieder und vertrieb die Menschen von der Straße.

Ich saß einige Minuten in meinem Auto und dachte nach. Das Gespräch über Kathrin hatte mir eine Sache ins Gedächtnis zurück gerufen, die mich seit einiger Zeit beschäftigte. Ich hatte Kathrin und Ellen auf der Blauen Brücke gesehen. Genau an der Stelle, an der vor ein paar Tagen, der Selbstmörder auf die Gleise gesprungen war. Ich war mir sicher: Das war kein Zufall gewesen, sie hatten sich diese Stelle genau angesehen. Was hatten Ellen und Kathrin mit dem Brückensturz zu tun?

Es war Zeit, dass ich mehr über Kathrin erfuhr. Und es gab einen Ort, der mir als Informationsquelle dienen würde. Ich fuhr los.

Mein Auto stellte ich beim Hauptbahnhof ab. Durch den Park am Anlagensee erreichte ich die Uhlandstraße. Nervös schaute ich mich nach allen Seiten um. Es war niemand zu sehen.

Gerade als ich die Straße überqueren wollte, entdeckte ich in der Ferne ein wackelndes Licht. Ein Fahrradfahrer näherte sich. Ich zog mich in den Schatten der Büsche zurück und wartete bis der Radfahrer an mir vorüber war.

Sekunden später stand ich vor dem schmiedeeisernen Tor auf der anderen Straßenseite.

Ich war mir sicher, in der Praxis des Therapeuten würde ich

alles finden, was ich wissen wollte. In der Krankenakte würde alles über Kathrin stehen. Vielleicht erfuhr ich darin auch etwas über ihre jüngste Begegnung mit mir.

Hatte ich ein schlechtes Gewissen? Ich hatte. Es kam mir vor wie das heimliche Lesen eines fremden Tagesbuches. Aber ich wollte Kathrins Verbindung mit dem toten Mann auf den Gleisen herausfinden. Und irgendetwas in mir sagte mir auch, dass ich dort drinnen in dem Haus noch weitere Antworten auf ungelöste Fragen erhalten würde.

Irgendetwas stimmte mit Kathrin nicht. Warum war sie am Mordplatz im Schönbuch aufgetaucht und hatte mich kurz darauf angerufen? Was sollte der Spaziergang zu den Steinen? Und sie kannte die Selbstmörderstelle auf der Blauen Brücke. Machte ich mir zu viele Gedanken, war alles ganz harmlos, reiner Zufall oder gab es gar eine Verbindung zwischen beiden Fällen? Ich schüttelte den Kopf. Das war absurd. Aber seit ich als Journalist über Gerichtsverhandlungen schrieb, wusste ich, dass nichts so absurd wie die Realität war.

Die Uhlandstraße war immer noch menschenleer. Ich ging durch das schmiedeeiserne Tor und schlich mich an der Wand entlang zur Rückseite des Hauses. Hier stand ich völlig im Dunkeln. Das Licht der Straßenlaternen reichte nicht bis hierher. Ich schaute mir die Fenster an und hatte Glück. Ein kleineres Fenster war gekippt. Es war nicht sehr schwer über eine Kiste, die direkt an der Hauswand stand, das Fenstersims zu erreichen. Ich kletterte hinauf. Es war ein altes Haus und deshalb auch ein altes Fenster. Mit ein paar Handgriffen hatte ich es geöffnet. Ich zwängte mich hindurch und stand in der Toilette der Praxis. Ich bewegte mich nicht und wartete, ob ich irgendjemanden im Haus durch meinen Einbruch aufgescheucht hatte. Einige Sekunden war es völlig still. Ich tastete mich langsam vor. Der Toilette folgte ein Gang, der rechtwinklig um die Ecke bog. Ich überlegte kurz. Ich hatte Kathrin in dem Zimmer gesehen, das zur Uhlandstraße hin lag. Also musste ich bis zum Ende des Ganges gehen.

Nach wenigen Schritten befand ich mich vor zwei Türen. Welche sollte ich nehmen? Es musste die linke sein. Ich hielt kurz inne und lauschte in die Nacht. Es war kein Geräusch im Haus zu hören. Langsam öffnete ich die Tür. Sie knarrte bei jedem Zentimeter, wie es sich für eine alte Tür gehört. Jedes Knarren ließ mich zittern. Aber sicher kamen mir die Geräusche lauter vor, als sie wirklich waren.

Als ich die Tür geöffnet hatte, kroch ich auf allen Vieren ins Zimmer. Ich wollte nicht, dass man mich durch die leicht geöffneten Jalousien von der Straße aus sehen konnte.

Plötzlich nahm ich ein Geräusch wahr. Ein Auto näherte sich dem Haus. Es fuhr immer langsamer. Ich fing zu schwitzen an. Langsam kroch ich bis zum Fenster und richtete mich vorsichtig auf, um nach draußen zu spähen. Der Wagen passierte im Schritttempo das Gebäude und blieb dann stehen. Als ich durch die Jalousien blickte, lief es mir eiskalt über den Rücken. Vor dem Haus stand ein blauer Polizeiwagen. Die Beifahrertür öffnete sich. Eine Beamtin stieg aus und schob sich um das Auto herum. Nun kam auch ihr Kollege dazu. Aber sie gingen nicht auf das Gebäude zu, in dem ich mich gerade befand. Ihr Ziel war der Park am Anlagensee. Am Eingang zum Park blieben sie stehen und blickten sich um. Einer der Beamten holte eine Taschenlampe hervor und leuchtete in die Dunkelheit. Nichts geschah. Die Beamten schauten sich an und zuckten mit den Schultern. Dann gingen sie ein paar Schritte weiter, immer am Rande des Parks entlang. Sie blieben kurz stehen, drehten sich dann um und kehrten zu ihrem Fahrzeug zurück. Als die Beamtin ihren Kopf in meine Richtung wandte, sank ich sofort nach unten. Mein Herz klopfte wild, mein Atem ging schwer. Ich hoffte, dass sie mich nicht gesehen hatte. Die nächsten Sekunden verstrichen wie eine Ewigkeit. Dann hörte ich das Starten eine Motors. Ich atmete tief durch. Das Fahrzeug vor dem Haus setzte sich in Bewegung und fuhr die Uhlandstraße hinunter.

Ich brauchte ein paar Minuten, bis ich mich beruhigt hatte und mein Puls weitgehend wieder auf normaler Frequenz war.

Meine Augen hatten sich inzwischen an die Dunkelheit im Zimmer gewöhnt. Auch drang etwas Licht durch die Jalousien ins Innere des Zimmers, was es mir erleichterte, das zu finden, was ich suchte.

Das einzige größere Möbelstück im Zimmer war ein großer Schrank mit einer Rolltür, die man ganz nach oben schieben konnte. Nur hier konnten die Unterlagen sein. Ich richtete mich auf und ging vorsichtig und halb gebückt bis zum Schrank. Ich packte den Griff und schob die Tür nach oben. Vor mir auf den Regalbrettern lagen viele Papiere. Weiter unten befanden sich mehrere Karteikästen. Ich zog sie heraus und schaute sie mir näher an. Es war genau das, worauf ich aus war. Die Registermappen trugen am oberen Ende den Namen der jeweiligen Klienten. Ich blätterte die Mappen durch, fand aber Kathrins Namen nicht. Auch die nächsten Karteikästen brachten keinen Erfolg. Erst zum Schluss wurde ich fündig. Auf einer der Mappen stand ihr Name. Meine Hände zitterten leicht, als ich nach der Mappe griff und sie herauszog. Den Kasten stellte ich auf dem Boden ab. Ich merkte mir die Stelle, an der Kathrins Mappe gewesen war, um sie später genau dort wieder einordnen zu können.

Ich setzte mich auf den Boden und rutschte leise zum Fenster vor. Hier hatte ich genügend Licht, hoffte ich jedenfalls. Wieder zitterten meine Hände. Ich öffnete die Mappe und sah mir die Aufschriften genauer an. Das Licht reichte aber nicht aus, um das handschriftlich Notierte entziffern zu können. Ich rutschte zurück auf den Boden und holte meinen Schlüsselbund aus der Tasche. Daran hing eine kleine LED-Taschenlampe. Doch sie einzuschalten war mir hier in diesem Zimmer zu riskant. Deshalb kroch ich zurück in den Gang und breitete dort auf dem Boden Kathrins Klientenmappe aus. Ich nahm die kleine Lampe in die Hand und leuchtete die Schrift ab. Sie erzeugte genügend Licht, um die Aufschriebe lesen zu können.

Ich ging Wort für Wort durch, und fasste das Gelesene im Kopf kurz zusammen.

Kathrins Leben blätterte sich vor mir auf wie ein Buch.

Es stand dort vieles über Kathrins Jugend. Ihre Kindheit war keineswegs so glücklich gewesen, wie sie mir immer vorgespielt hatte. Die Familie hatte ihr nicht die Sicherheit gegeben, die sie sich gewünscht hatte. Der Vater ging fremd, die Mutter ließ sich scheiden. Das löste eine tiefe Krise bei ihr aus, weil sie sich nicht entscheiden konnte, bei wem sie bleiben wollte. War sie bei der Mutter, wollte sie zum Vater. War sie beim Vater, wollte sie zur Mutter.

Damals hatte Kathrin offensichtlich erstmals einen Nervenzusammenbruch erlitten und war kurz in der Psychiatrie gewesen.

Ich konnte zwar nicht alles entziffern, was der Therapeut in seinem Patientenblatt notiert hatte, doch so viel war klar. Kathrin war über längere Zeit in ambulanter psychischer Behandlung gewesen. Als der Vater die Frau heiratete, mit der er die Mutter betrogen hatte, brach für Kathrin der letzte Rest ihrer heilen Welt weg. Sie blieb bei der Mutter, der Vater wurde totgeschwiegen, einfach aus ihrem Leben gestrichen.

Schließlich kam ihre Mutter bei einem Verkehrsunfall ums Leben. Nach den Jahreszahlen zu schließen, musste dies nach unserer Beziehung gewesen sein. Kathrin suchte nach dem Vater, fand ihn auch. In einem Gespräch mit ihm stellte sich heraus, dass ihr Vater die Mutter betrogen hatte, weil sie selbst zuvor eine Affäre mit einem seiner Freunde gehabt hatte. Doch dies hatte sie nie von der Mutter erfahren. Kathrin hatte das Gefühl, sich damals für die falsche Seite entschieden zu haben. Viel hatte sie von ihrem Vater nicht mehr. Drei Jahre später erlitt er einen Herzanfall, den er offenbar knapp überlebte. Allerdings war er zum Pflegefall geworden. Ich brauchte ein paar Sekunden, um das zu verdauen, was ich da gerade gelesen hatte.

Meine Aufregung stieg wieder an, als ich in den Aufzeichnungen ins Spiel kam. Hier stand, dass sie sich Vorwürfe machte, dass sie mir damals den Laufpass gegeben hatte.

Was mich völlig sprachlos machte, waren die nächsten Zeilen. Kathrin hatte meinen Nachfolger geheiratet. Heimlich, still und leise. Niemand wusste davon, nur ihrem Therapeuten hatte sie es erzählt. Offenbar war sie mit dem Typen immer noch verheiratet. Jedenfalls las ich hier nichts von einer Scheidung.

Hier stand auch der Name meines Nachfolgers, der sie, wie ich lesen konnte, auch geschlagen und dann wegen einer anderen sitzen gelassen hatte. Der Typ hieß Michael Pfeiffer. Der Name kam mir sehr bekannt vor. Es war der Name des Menschen, der sich von der Blauen Brücke gestürzt hatte. Ich war völlig verwirrt. Der Tote war Kathrins Mann. Was hatte sie mit seinem Sturz von der Brücke zu tun? Aber ich hatte nicht viel Zeit darüber nachzudenken. Denn plötzlich war es sehr hell um mich herum. Vor Schreck ließ ich die Zettel in meiner Hand auf den Boden fallen. Ich sah auf.

Die Therapeuten-Praxis war vom Treppenhaus durch eine Wand abgetrennt, die zur Hälfte mit undurchsichtigem Glas bestückt war. Das Treppenhaus war hell erleuchtet. Ich hörte Schritte. Sie kamen direkt auf die Tür zur Praxis zu. Ich drückte mich platt auf den Boden. Ich war unfähig, mich zu bewegen. Ich lauschte den Schritten. Wenn der Mensch da draußen hier in diese Praxis wollte, würde er, nachdem er die Tür geöffnet hatte, direkt über mich stolpern. Ich zitterte am ganzen Körper.

Die Schritte kamen immer näher. Aus den Augenwinkeln heraus nahm ich den Schatten wahr, der hinter der Glaswand auftauchte. Er wurde gigantisch groß, doch er schob sich weiter. Der Typ wollte nicht in die Praxis. Wahrscheinlich war es ein Nachtschwärmer, der von seiner Kneipentour nach Hause kam und irgendwo im oberen Stock wohnte. Die Schritte entfernten sich nach oben. Ich hörte das Klimpern eines Schlüssels. Eine Tür wurde geöffnet. Dann war es still. Eine Minute später war es wieder dunkel. Die Beleuchtungsautomatik hatte das Licht im Treppenhaus ausgeschaltet.

Mein Herzschlag war so heftig, dass ich ihn hören konnte. Ich blieb noch eine Weile auf dem Boden liegen, bis sich meine Atmung wieder auf Normalbetrieb geschaltet hatte. Es reichte mir, ich hatte genug von meinem Einbrecher-Abenteuer. Ich nahm die Zettel, die vor mir lagen, steckte sie in die Mappe zurück und brachte mich leise und vorsichtig fortbewegend zurück zum Karteikasten. Als ich alles verstaut und mich überzeugt hatte, dass ich keine Spuren hinterlassen würde, zog ich mich zuerst in die Toilette und von dort nach draußen zurück. Meine Knie zitterten immer noch, als ich mein Auto erreichte.

23

Ich hatte Nelly nichts von meinem nächtlichen Ausflug erzählt. Ich wollte nicht riskieren, dass sie gleich wieder sauer war, weil ich sie angeschwindelt hatte.

»Lass uns heute etwas gemeinsam unternehmen«, schlug Nelly vor, als wir am nächsten Vormittag am Frühstückstisch saßen.

»Das wäre schön.«

Doch unsere Pläne wurden schnell durchkreuzt, als das Telefon klingelte.

Als ich abnahm, hörte ich zuerst nur ein Rauschen, dann ein Schluchzen und schließlich die dünne Stimme Kathrins.

»Ich weiß nicht, was hier los ist. Bitte hilf mir«, flüsterte sie. Dann war die Verbindung unterbrochen. Ich hielt den Telefonhörer in der Hand und starrte ihn ungläubig an. Nelly blickte besorgt zu mir herüber. Ich erzählte ihr, was gerade vorgefallen war.

»Was willst du jetzt tun?«, fragte sie mich.

»Wenn ich das wüsste.«

»Wie hörte sich ihre Stimme an?«

»Sehr verzweifelt.«

»Dann hilf ihr.«

»Ist das dein Ernst?«

»Ja. Ruf sie noch mal an.«

Ich zögerte kurz, dann wählte ich Kathrins Nummer. Allerdings hörte ich am anderen Ende nur das Besetzzeichen.

»Was soll ich tun?«

»Schau nach, was passiert ist. Vielleicht braucht sie dich wirklich dringend.«

»Ich kann doch nicht so einfach …«

»Warum nicht?«

»Dann komm mit«, bat ich Nelly.

Sie überlegte kurz.

»Ich weiß nicht, ob das gut wäre. Sie braucht dich. Wenn ich dort auftauche, wird's kompliziert.«

»Ich weiß nicht, was mich dort erwartet. Ich brauche jemand als Back-up.«

»Feigling«, sagte Nelly. »Gut, ich komme mit. Aber ich warte im Auto. Ich habe mein Handy dabei, wenn was ist.«

Wir rannten hinunter zu meinem Wagen und fuhren Richtung

Bebenhausen. Die Baustelle am Hochwasserdamm im Goldersbachtal hielt uns kurz auf. Der Verkehr staute sich.

Minuten später hatten wir aber Bebenhausen erreicht. Als Kathrins Haus in Sichtweite war, kam ich aus dem Staunen nicht heraus. Polizeiwagen standen vor der Tür. Der Eingangsbereich war abgesperrt. Unruhe stieg in mir auf. Was war passiert?

Ich ging auf einen Polizisten zu, der aufpasste, dass niemand ins Haus ging.

»Was ist hier denn los?«, fragte ich ihn im Stil eines neugierigen Passanten.

»Das geht sie nichts an. Bitte gehen Sie weiter«, ließ er mich abblitzen.

Ich war mir sicher, dass irgendetwas mit Kathrin passiert war und dass dieser ganze Auftrieb ihr galt, sonst hätte sie mich nicht mit verzweifelter Stimme angerufen. Ich überlegte, wie ich mich verhalten sollte. Ich musste wissen, was geschehen war.

Der Polizeibeamte sah mich mit wachsender Ungeduld an.

»Bitte gehen Sie weiter«, forderte er mich erneut auf.

Plötzlich sah ich weiter oben in der Straße ein bekanntes Gesicht. Es war der Waldläufer aus dem Schönbuch. Er winkte mich zu sich.

Ich ging zu ihm. Er zog mich weiter von Kathrins Haus weg.

»Wissen Sie, was passiert ist?«, fragte ich ihn.

»Die Polizei hat ihre Freundin mitgenommen.«

»Was?«

»Es sah so aus, als hätten sie ihre Freundin abgeführt. Aber vielleicht täusche ich mich auch. Ich bin mir sicher, sie braucht dringend Ihre Hilfe.«

Ich schaute den Waldläufer mit großen Augen an. Was wusste er wirklich und wie viel davon, erzählte er mir.

Kathrin ist nicht meine Freundin, wollte ich ihm antworten, aber ich unterließ es. Ich hatte keine Lust, dem Waldschrat mein Privatleben zu erklären.

»Wie soll ich ihr denn helfen?«

»Das müssen Sie wissen.«

»Ach, lassen Sie mich doch in Ruhe«, sagte ich nur, drehte mich um und zog ab.

»Wenn Sie mich brauchen, sie finden mich hier oder drüben im Wald«, rief er mir hinterher. Ich blickte mich noch einmal kurz um, aber der Waldmann war schon verschwunden.

Eigenartiger Kerl, dachte ich, als ich zu meinem Wagen lief.

Ich berichtete Nelly, was vorgefallen war.

Sie schüttelte den Kopf.

»Unglaublich.«

Und nach einer kurzen Pause.

»Was willst du nun unternehmen?«

»Keine Ahnung«, meinte ich und das stimmte auch. Ich war noch viel zu konsterniert von den Geschehnissen, als dass ich einen klaren Gedanken hätte fassen können.

»Du musst ihr helfen«, sagte Nelly bestimmt.

»Warum fordert mich hier jeder auf, Kathrin zu helfen?«

Nelly interessierte mein Einwand nicht.

»Finde heraus, warum sie Kathrin mitgenommen haben. Du hast doch Kontakte zur Polizei. Und zur Staatsanwaltschaft. Du hast doch noch was gut bei denen. Denk an die Irland-Geschichte.«

»Das will ich nicht überstrapazieren.«

Nelly setzte ihren strengen Blick auf, dem ich nichts entgegen zu setzen hatte.

»Du musst etwas tun.«

Ich war überrascht, wie sehr sich Nelly plötzlich für Kathrin einsetzte. Ich wollte die Gründe lieber nicht erfragen.

»Okay. Ich versuche etwas herauszufinden.«

Mit Hilfe einer gehörigen Portion Penetranz hatte ich zwei Stunden später Hemmerle am Telefon. Nachdem ich ihm zu seinem Erstaunen erklärt hatte, dass ich Kathrin sehr gut kenne, bestätigte er mir, dass man sie abgeholt hatte, zur Befragung in der Polizeidirektion. Es gehe dabei um den Schönbuch-Mord. Mehr dürfe er mir derzeit nicht sagen.

»Wir werden zu gegebener Zeit an die Öffentlichkeit gehen«, meinte er förmlich, um die Distanz zu wahren. Damit war das Gespräch beendet.

Ich rief Micha Becker an und teilte ihm mit, was passiert war. Er war aus dem Häuschen, denn er hatte seinen nächsten Aufmacher.

»Bleib an der Geschichte. Und schreib mir ein paar Zeilen für morgen. Wenn du noch nicht alle Detail zusammen hast, egal, erfinde etwas, spekuliere ein bisschen, um die Polizei aus der Reserve zu locken.«

Ich erklärte Becker, dass ich zu nah an der Sache dran war, weil ich Kathrin kannte.

»Sei nicht so empfindlich. Du hast die Informationen, du bist der einzige, der etwas draus machen kann. Wenn du willst, lassen wir deinen Namen weg oder schreiben meinen drüber. Dann bleibst du außen vor.«

Ich stimmte zu. Mir war klar, dass wir am nächsten Tag etwas im Blatt haben mussten. Wohl war mir nicht bei der Sache. Ich versuchte, den Artikel mit den Informationen, die ich hatte, so neutral wie möglich zu halten.

Am Abend erhielt ich einen Anruf von Rotraud Jelinek. Sie war Strafverteidigerin. Ich hatte sie schon ein paar Mal bei Prozessen im Landgericht getroffen. Als Gerichtsreporter kannte ich inzwischen fast alle, die dort aus beruflichen Gründen aus und ein gingen.

Sie erklärte mir, dass sie Kathrins Anwältin sei.

»Braucht sie eine Anwältin?«, fragte ich erstaunt.

»Ja. Frau Hoffer wurde von der Polizei in Zusammenhang mit dem Mord im Schönbuch verhaftet. Was ich für lächerlich halte. Ich habe ihr nach unserem ersten Gespräch geraten, vorerst einmal zu allen Vorwürfen zu schweigen. Wir wollen sehen, was die Polizei zusammengetragen hat, bevor wir uns dazu äußern, wenn wir uns überhaupt äußern. Was mich etwas bedrückt, ist die Tatsache, dass Frau Hoffer nicht so zugänglich ist, wie ich mir das erhofft hatte. Sie hält irgendetwas zurück und wirkt sehr abwesend. In dem Gespräch mit mir hat Frau Hoffer auch über Sie gesprochen. Ich denke, es wäre sehr gut, wenn Sie mit ihr in Kontakt treten würden. Auf welche Art das geschehen könnte, weiß ich derzeit noch nicht. Aber ich möchte Sie jetzt nur fragen, ob Sie grundsätzlich dazu bereit wären?«

Ich brauchte nicht lange zu überlegen, da ich wusste, dass ich auch Nellys Rückendeckung hatte.

»Ja, klar«, sagte ich.

»Schön. Ich werde Frau Hoffer morgen wieder sehen und ihr das mitteilen. Dann können wir etwas arrangieren. In dieser Woche wird übrigens auch die Vorführung vor dem Haftrichter sein. Ich werde beantragen, den Haftbefehl außer Vollzug zu setzen.«

Das Gespräch mit Frau Jelinek hatte mir endgültig einen Schock versetzt. Kathrin sollte etwas mit dem Mord im Schönbuch zu tun haben? Das war doch nicht möglich. Vor meinem inneren Auge liefen noch einmal die Situationen der vergangenen Tage ab, in denen ich mit Kathrin zusammen gewesen war. Der Spaziergang durch den Schönbuch, die Fahrt nach Melchingen. Sicher war mir Kathrin sehr sprunghaft in ihren Gefühlen erschienen, doch das hieß nicht, dass sie kaltblütig einen Mord begehen könnte. Und wo sollte sie auch die Waffe herhaben? Ich redete lange mit Nelly darüber. Sie hörte mir zu, ohne mich ein einziges Mal zu unterbrechen. Am Ende waren wir keinen Schritt weiter.

Am nächsten Tag erschien mein Artikel. Micha Becker meldete sich bei mir. Er hatte schon einen Anruf vom Polizeipräsidenten erhalten, der uns aufforderte, in diesem Fall etwas zurückhaltender zu sein. Schließlich müsse man erst noch alle Fakten zusammentragen, eine Täter- oder Mittäterschaft sei noch keinesfalls erwiesen. Er verwies auf die Pressekonferenz am folgenden Tag. Bis dahin forderte er ein Stillhalteabkommen ein, was ihm Becker zusagte.

»Was nicht heißen soll, dass wir nicht weiter am Ball bleiben«, sagte Becker.

Michas Hinweis war mir recht, denn ich wollte nicht tatenlos herumsitzen.

Am frühen Nachmittag setzte ich mich schließlich in meinen Wagen und fuhr nach Bebenhausen. Ich stellte den Wagen ab, lief anschließend unruhig durch den Ort und landete letztlich vor Kathrins Haus. Der Polizeiwagen, der vor dem Gebäude stand, zeigte mir, dass die Ermittler noch in ihrer Wohnung waren. Ich fragte mich, ob Ellen bei ihnen war. Ich musste sie irgendwie erreichen.

Als ein Polizeibeamter oben am Fenster auftauchte, zog ich mich zurück. Wenig später stand ich wieder vor meinem Wagen. Ich hatte noch keine Lust nach Hause zu fahren. Ich starrte auf den Wald, der vor mir lag. Hatte Kathrin hier einen Menschen getötet? Ich entschloss mich, den Weg zum Pfeifferstein noch einmal abzulaufen, den wir vor ein paar Tagen genommen hatten. Ich kam am Parkplatz vorbei und erreichte schließlich den Abzweig, der zu dem Gedenkstein im Unterholz des Waldes führte. Unschlüssig blieb ich stehen und blickte mich nach allen Seiten um. Kein Mensch war zu sehen. Die Stille bedrückte mich. Alles kam mir so unwirklich vor. Ich drehte um und lief zum Parkplatz zurück. Als ich die Lichtung unweit der alten Stuttgarter Straße erreichte, trat hinter dem Baum ein Mann hervor. Es war der Waldläufer.

»Sie haben mich erschreckt«, sagte ich.

»Tut mir leid. Ich habe Sie gesehen, als sie den Weg hinauf gingen und mich gefragt, was Sie hier machen.«

»Darauf kann ich Ihnen keine Antwort geben, ich weiß es selbst nicht.«

Der Waldläufer musterte mich eingehend.

»Die Sache mit Ihrer Freundin geht Ihnen sehr nahe.«

»Kathrin ist nicht meine Freundin.«

»Nicht? Aber Sie kennen sich sehr gut. Ich sehe doch, dass die Sache Sie nicht los lässt.«

»Natürlich lässt mich das alles nicht kalt. Wie würde es Ihnen gehen, wenn jemand, den Sie gut kennen und den sie mögen, plötzlich verhaftet wird.«

»Schon gut, schon gut. Aber was suchen Sie hier im Wald? Glauben Sie, dass Ihnen die Bäume hier zu einer Antwort verhelfen können?«

»Reden Sie keinen Blödsinn.« Ich wurde immer ungehaltener.

»Wenn Sie nach Hinweisen suchen, dann stapfen Sie nicht hier ziellos im Wald herum. Kümmern Sie sich einmal um die Frau, die mit ihrer Freundin zusammen wohnt.«

Ich schaute ihn verdutzt an. Einige Sekunden standen wir wortlos voreinander.

»Machen Sie, was Sie wollen. Ich zieh' jetzt wieder los.« Der Waldläufer wartete erst gar nicht meine Reaktion ab, sondern drehte sich um und machte sich auf den Weg. Schnell hatte ihn der Schönbuch verschluckt. Ich stand eine Weile unschlüssig auf dem Wanderparkplatz herum und starrte in die Richtung, in die der Waldläufer verschwunden war. Dann ging ich zurück nach Bebenhausen, stieg in mein Auto und fuhr nach Tübingen. An der Damm-Baustelle musste ich meine Geschwindigkeit verringern. Im Schritttempo steuerte ich meinen Wagen auf der schmalen Behelfsstraße um die Baustelle herum. Auf der anderen Seite des Großbauwerks, dass das idyllische Tal des Goldersbachs verschandelte, warteten an der Ampel einige Autofahrer auf Grün. Als ich langsam an ihnen vorüberfuhr, sah ich Ellen am Steuer eines Wagens sitzen. Ich fuhr ein paar Meter weiter und drehte dann um. Ich wollte mit Ellen reden. Vielleicht konnte ich sie über Kathrin ausfragen. Ich folgte ihr bis Bebenhausen und parkte direkt hinter ihr. Als sie ausstieg, stand ich bereits neben ihr.

»Ellen, ich möchte mit dir über Kathrin reden«, sagte ich ohne Umschweife.

»Aber ich möchte nicht mit dir reden«, bügelte sie mich ab.

»Aber, Ellen, du bist doch sicher auch …«

»Lass' mich in Ruhe und zisch ab.« Ich war von Ellens schroffem Verhalten sehr überrascht.

Sie ließ mich einfach stehen und lief weiter. Verärgert stieg ich in mein Auto ein und machte mich wieder Richtung Tübingen auf.

Zuhause wartete Nelly mit der Nachricht auf mich, dass sich Kathrins Anwältin gemeldet habe. Ich rief sie sofort zurück.

»Frau Hoffer wird weiter in Untersuchungshaft bleiben müssen, was ich schon vorher befürchtet habe«, berichtete sie mir.

»Sie sagten doch …«

»Die Vorführung beim Haftrichter wurde vorgezogen. Es gibt in der Tat einige Hinweise, die Frau Hoffer in einem schlechten Licht darstellen. Allerdings bin ich mir sicher, dass wir alle Vorwürfe entkräften können und Frau Hoffer bald wieder auf freiem Fuß sein wird, aber das dauert leider seine Zeit. Wissen Sie, die meisten Vorführungen enden damit, dass der Haftrichter den Haftbefehl in Vollzug setzt. Deshalb hat mich das jetzt nicht überrascht. Ich werde noch etwas warten und dann eine Haftprüfung beantragen. Aber nun sind Sie erst einmal an der Reihe. Ich habe gleich eine Besuchserlaubnis für Sie beantragt. Der muss ein Richter oder ein Staatsanwalt zustimmen. Ich habe mit Gramer gesprochen, den kennen Sie ja. Er war von meinem Antrag nicht gerade begeistert. Aber er hat ihm zugestimmt, weil er Sie gut kennt. Allerdings nur unter der Bedingung, dass der Besuch bei Frau Hoffer am nächsten Tag nicht in der Zeitung steht. Können Sie das zusichern?«

»Kann ich«, antwortete ich sofort.

»Und Gramer will mit Ihnen unbedingt noch reden.«

»Das kann er gerne.«

»Gut. Dann sehen wir uns morgen vor dem Untersuchungsgefängnis in Tübingen. Sie wissen, wo das ist?«

»Ja, in der Doblerstraße.«

»Seien Sie pünktlich. Wir haben nur eine halbe Stunde. Und es ist wichtig. Frau Hoffer macht einen sehr desolaten Eindruck. Es wird gut für sie sein, wenn sie in ihrer schwierigen Situation ein bekanntes Gesicht sieht. Ihre Freundin hat sie noch nicht besucht.«

Am nächsten Tag stand ich kurz vor 14 Uhr vor dem großen Metalltor des Untersuchungsgefängnisses in Tübingen. Rotraud Jelinek kam auf mich zu und schüttelte mir die Hand.

»Hallo, Herr Blum, freut mich, dass Sie gekommen sind. Lassen Sie uns gleich gehen.«

Mit jedem Schritt tiefer in das Untersuchungsgefängnis hinein, wurde es mir mulmiger zumute. Nachdem wir durch die Kontrollen hindurch waren, stieg langsam ein Gefühl der Klaustrophobie in mir auf. Ich hatte keine Lust, hier drin mehr Zeit als notwendig zu verbringen. Wie musste es nur Kathrin gehen?

Das sah ich kurz darauf, als wir im Besucherzimmer auf sie trafen. Kathrin sah schrecklich aus. Ihr Blick wirkte hohl. Sie war blass und übernächtigt. Sie hatte wohl kaum geschlafen.

Hinter ihr, an die Wand gelehnt, stand eine Justizwachtmeisterin, die uns die ganze Zeit beobachtete. Ich setzte mich Kathrin gegenüber an einen Tisch mit dunklen Metallbeinen und einer weißen Kunststoffplatte. Am Kopfende des Tisches ließ sich Frau Jelinek nieder.

»Schön, dass du da bist«, flüsterte Kathrin. Tränen standen ihr in den Augen.

Sie schob ihre Hände über den Tisch, was die Wachtmeisterin mit argwöhnischen Blicken verfolgte.

»Es tut mir leid, was passiert ist.«

Ich streichelte ihre Hände, um sie zu beruhigen.

»Was ist denn passiert?«, fragte ich sie.

Sie schüttelte den Kopf.

»Ich weiß es nicht.« Sie sprach so leise, dass ich nur schwer verstand, was sie sagte.

Dann schwieg Kathrin eine Weile.

»Luka, ich komme mir vor, wie in einem schlechten Traum. Sag du mir, was los ist?« Es folgte eine kleine Pause. »Warum läuft nur immer alles schief in meinem Leben.«

Ich nahm ihre Hände in meine.

»Ich kann mir einfach nicht vorstellen, dass du irgendetwas mit dem Mord zu tun hast.«

Kathrin sah mich an. Ihr Blick ging durch mich hindurch.

»Weißt du, man kann sich vieles nicht vorstellen.«

Ich verstand sie nicht richtig.

»Ich hatte gerade wieder Fuß gefasst, da tauchte Michi auf und brachte alles durcheinander. Dann dieser Typ im Internet ...« Der Satz endete im Nichts.

»Willst du mir sagen, was passiert ist?«

Kathrin zog ihre Hände zurück. Ich sah sie an. Ich wollte Kathrin so viel fragen. Nicht nur, was im Schönbuch geschehen war. Der Vorfall auf der Blauen Brücke? Was hatte sie mit dem Tod ihres Mannes zu tun? Warum hatte sie den Typen überhaupt geheiratet? Aber für diese Fragen war jetzt keine Zeit.

»Es kommt mir alles so unwirklich vor. Luka, der Tote im Schönbuch. Ich habe ihn gekannt und doch wieder nicht ... Ich weiß nicht, ich weiß nicht, was passiert ist. Die vielen Fragen, sie verwirren mich. Ich weiß nicht mehr, was ich antworten soll.«

Es entstand eine kleine Pause.

»Wir haben uns gut verstanden, wollten uns treffen.«

Ich glaubte, sie redete über uns. Aber das war nicht der Fall.

»Plötzlich hörte ich nichts mehr von ihm. Keine Antwort mehr, nichts.«

Ich wurde aus ihren Worten nicht schlau. Ich schaute Jelinek an. Sie zuckte mit den Schultern.

»Rede mit deiner Anwältin darüber. Sie wird dir helfen.«

Kathrin sank in sich zusammen. Es war still im Raum. Ich traute mich fast nicht zu atmen, um die Stille nicht zu stören.

»Wie kann ich dir helfen?«, fragte ich.

Kathrin hob den Kopf.

»Ich weiß es nicht. Komm einfach in ein paar Tagen wieder, wenn du kannst. Wenn du überhaupt willst.«

Ich nickte. Sie erhob sich, schaute mich kurz an und ging dann zur Tür. Sie war völlig erschöpft.

»Ich werde dir helfen«, sagte ich, nur um irgendetwas zu sagen, das wie Aufmunterung klang.

Ein Lächeln erschien auf ihrem Gesicht. Es wirkte gequält. Die Wachtmeisterin führte sie ab.

»Sie wird mit der Situation nicht fertig. Was kein Wunder ist. Wir müssen sie hier herausholen«, meinte Frau Jelinek. Ich nickte. Wortlos verließen wir das Untersuchungsgefängnis.

»Berichten Sie mir bitte später von der Pressekonferenz«, bat mich die Rechtanwältin.

Schon vor der Polizeidirektion fing mich Gramer ab.

»Haben Sie bei ihrem Besuch im Gefängnis etwas erfahren, das uns interessieren könnte?«, fragte er mich.

Ich schüttelte den Kopf.

»Ich glaube, Sie sind auf dem Holzweg«, sagte ich.

»Überlassen Sie das uns. Und warten Sie erst einmal die Pressekonferenz ab. Vielleicht sehen Sie die Geschichte dann ganz anders. Und vor allem, tun Sie mir den Gefallen und erwähnen Sie da drinnen bitte nicht Ihren Besuch im Untersuchungsgefängnis. Meine Kollegin aus Norddeutschland hat mir schon die Hölle heiß gemacht. Ihr passte es überhaupt nicht, dass Sie die Beschuldigte besuchen wollten. Sie fürchtet wohl, dass dies unsere Ermittlungen stören könnte. Womit sie nicht ganz Unrecht hat. Aber ich wollte …«

»Sie wollen es sich wohl nicht mit Ihrer netten Kollegin verscherzen«, antwortete ich sarkastisch.

Er sah mich an.

»Reden Sie kein Blech. Sie ist eine nette Kollegin. Sehr ehrgeizig, was man ihr zuerst gar nicht ansieht. Sie hat uns in diesem Fall sehr viel weiter gebracht. Ohne sie stünden wir jetzt noch nicht vor der Aufklärung.«

»Sind Sie sich da so sicher?«

Gramer antwortete nicht mehr auf meine Bemerkung, da wir schon im Presseraum angekommen waren. Einige Pressevertreter waren schon da, auch Hemmerle und seine Kollegen.

Wir warteten noch eine Viertelstunde, während sich der Raum langsam füllte. Schließlich waren alle Journalisten und Ermittler da, die Pressekonferenz konnte beginnen.

Wieder war Evelyn Rosenberg von den Herren Hemmerle und Gramer eingerahmt. Sie schien sich in ihrer Position sichtlich wohl zu fühlen, als Frau, zwischen zwei Männern, dachte ich. Ihr ging es dabei offensichtlich besser als mir in meiner Dreier-Beziehung.

Nach einer kurzen Einführung von Oberstaatsanwalt Dressler berichtete Hemmerle von den Ermittlungsergebnissen.

»Ja, meine Damen und Herren von der Presse, so schnell sehen wir uns wieder. Ich freue mich, Ihnen mitteilen zu können, das wir im Fall des Schönbuchmords einen entscheidenden Schritt weiter gekommen sind. Wir stehen nun dicht vor der Lösung des Falles. Und ich bin stolz auf unsere Ermittlungsgruppe, die hervorragende Arbeit geleistet hat.«

Hemmerle verlor sich etwas in seinen Lobeshymnen, ehe er wieder zum eigentlichen Thema kam.

»Wir können bestätigen, dass wir eine Person in Gewahrsam genommen haben, die dringend verdächtig ist, den Mann, der beim Pfeifferstein im Schönbuch aufgefunden wurde, getötet zu haben. Soviel kann ich Ihnen sagen: Es handelt sich bei der vermutlichen Täterin um eine Frau, Mitte 40, aus Tübingen, die den Ermordeten über das Internet kennen gelernt hatte. Die Beziehung ging schon längere Zeit, zumindest virtuell. Die beiden haben sich dann zu einem ersten Treffen in Tübingen verabredet und sich auch getroffen, obwohl es dazu bisher noch keine verlässlichen Zeugenaussagen gibt. Zum Motiv der Tat können wir derzeit noch nichts sagen, da die Tatverdächtige, die derzeit in Untersuchungshaft sitzt, zu den Vorwürfen schweigt. Aber die Indizien sprechen für sich.«

Beim Wort »Untersuchungshaft« zuckten Gramers Mundwinkel nervös. Er beobachtete mich genau. Ich zeigte keine Regung.

Hemmerle ging noch etwas ins Detail. Er berichtete davon, dass eine Vielzahl von E-Mails auf Kathrins Computer gefunden worden waren, die in Verbindung mit dem Toten standen. Dies bestätigten auch die Ergebnisse, die die Spezialisten der Polizei bei der Auswertung des Computers des Toten erzielt hätten. Im Leihwagen des Mannes seien Spuren gefunden worden, die auf Kathrin hinwiesen. Die Kriminaltechnik untersuche diese Spuren derzeit eingehend. Mit weiteren Ergebnissen sei bis Ende der Woche zu rechnen. Für die Tatzeit habe die Tatverdächtige kein Alibi.

Evelyn Rosenberg mischte sich ein und lobte die gute Zusammenarbeit mit der Tübinger Polizei. Hemmerle gab das Kompliment zurück und betonte, dass Staatsanwältin Rosenberg maßgeblich zur Aufklärung des Falles beigetragen habe. Die beiden lächelten sich zufrieden an.

Ich notierte alles, hatte aber das Gefühl, dass sich Hemmerle wie auch Evelyn Rosenberg selbstsicherer und überzeugter gaben, als sie wirklich waren. Es stand zwar schlecht um Kathrin, aber es sah so aus, als ob die Indizienkette noch längst nicht wasserdicht war. Hemmerle und seine Leute hatten noch einiges an Ermittlungsarbeit vor sich. Und ich wollte dabei nicht einfach nur zuschauen und abwarten.

Nach der Presskonferenz fuhr ich nach Hause, schrieb den Artikel und schickte ihn per E-Mail an Micha Becker. Kurz danach rief ich ihn an und teilte ihm mit, dass ich keine weiteren Termine wahrnehmen würde, da mir die Sache zu nah ging. Murrend stimmte er zu, was blieb ihm auch anderes übrig.

Anschließend rief ich Frau Jelinek an und informierte sie über die Ergebnisse der Pressekonferenz. Sie gab keinen Kommentar ab, aber versprach, mit mir in Verbindung zu bleiben. Ich redete mit Nelly über die Informationen, die ich von der Polizei erhalten hatte und über meinen Besuch im Untersuchungsgefängnis. Sie verfolgte meine Erzählungen mit ernstem Gesicht. Ich spürte dabei, dass zwischen uns immer noch eine Distanz herrschte, die nicht viel geringer zu werden schien.

24

Die folgenden zwei Tage überbrückte ich mit Alltagsarbeit. Micha Becker versorgte mich mit Terminen. Ich saß den Gemeinderat in Wannweil ab und ging zu einem Ersten Spatenstich für ein neues Wohnbaugebiet in Pliezhausen. Das lenkte mich ab, dennoch kamen immer wieder die Bilder meines Besuchs bei Kathrin zurück. Ich wollte ihr helfen, aber ich wusste nicht wie.

Ich entschloss mich, es noch einmal bei Ellen zu probieren. Wie war sie in die Geschichte verstrickt? Hatte sie am Ende der Polizei den entscheidenden Hinweis auf Kathrin gegeben? In jedem Fall musste sie etwas über den Brückensturz wissen. Zwar hatte Ellen mich schroff abblitzen lassen, aber vielleicht war sie inzwischen gesprächiger. Ich fuhr nach Bebenhausen. Als ich gerade meinen Wagen abstellen wollte, sah ich Ellen an mir vorüber fahren. Ich wendete sofort und hängte mich an sie.

Ihr Ziel war offenbar die Tübinger Innenstadt. In der Nonnenhaus-Parkgarage stellte sie ihr Fahrzeug ab. Weil ich bei der Einfahrt einige Autos hinter ihr war, verlor ich sie kurzzeitig aus meinem Blickfeld. Ich stürmte aus dem Parkhaus, rannte einmal um den Block, bis ich sie bei der »Alten Post« entdeckte. Ellen ging Richtung Stiftskirche. Ich folgte ihr in einigem Abstand, da ich erst einmal sehen wollte, was sie vorhatte.

Hinter der Stiftskirche bog Ellen in die Münzgasse ab. Sie schien es eilig zu haben. Ich hatte etwas Mühe, mit ihr Schritt zu halten. Nach einigen Metern war klar, wo sie hin wollte. Sie wollte zum Tübinger Schloss. Die alte Gasse zog sich steil den Berg hinauf. Sie erinnerte mich auch daran, dass ich häufiger Sport treiben sollte, denn schon auf halber Strecke schnappte ich gehörig nach Luft. Zudem stolperte ich ein paar Mal auf dem unebenen Kopfsteinpflaster.

Ellen drehte sich mehrmals um, so als suche sie nach jemandem. Ich zuckte jedes Mal zusammen, aber ich war mir sicher, dass sie mich bisher nicht gesehen hatte.

Oben angekommen, lief Ellen quer über den Innenhof des Schlosses. Am anderen Ende hielt sie kurz an und ließ ihren Blick über das weite Carré schweifen. Ich drückte mich sofort am Schlosseingang in eine Nische, so dass sie mich nicht entdecken konnte. Als ich wieder um die Ecke blickte, hatte ich sie verloren. Ellen war nirgendwo mehr zu sehen. Ich betrat vorsichtig den Innenhof und ging auf den Brunnen am anderen Ende zu. Hatte Ellen den engen, dunklen Durchgang zur Rückseite des Schlosses benutzt? Oder war sie über den Treppenaufgang zum Haspelturm gelaufen, in dem die Empirischen Kulturwissenschaften der Tübinger Uni ihren Sitz hatten?

Ich blickte die Treppe hinauf, sah aber niemanden. Ich schob mich an der Schlosswand entlang bis zu dem dunklen Tunnel. Der Durchgang durch den hinteren Teil des Schlosses war nur spärlich beleuchtet und wirkte reichlich unheimlich. Der Tunnel führte hinters Schloss und von dort entweder hinunter zum Neckar und den Gymnasien, oder auf gleicher Höhe zu den Häusern der Burschenschaften und dem Wohngebiet auf dem Schlossberg.

Ich wusste nicht so recht, was ich tun sollte, trat dann aber doch in die Tunnelröhre ein.

Hier drinnen war es merklich kühler als draußen. Als ich den Durchgang zur Hälfte hinter mir hatte, ging plötzlich das Licht in der Röhre aus. Außerdem hörte ich ein Geräusch hinter mir. Ich drehte mich erschrocken um. Eine Gestalt verdunkelte den Eingang, durch den ich gerade gekommen war. Wegen des starken Gegenlichts, in das ich blickte, konnte ich nicht sehen, ob es vielleicht Ellen war. Die Gestalt hatte einen größeren Gegenstand in der Hand, den sie langsam in die Höhe hob. Ich tastete mich rückwärts weiter Richtung Ausgang und ließ dabei die schwarze Gestalt nicht aus den Augen. Plötzlich hörte ich Stimmen, die aus dem Innenhof zu mir herein drangen. Die dunkle Gestalt, die sich gerade auf mich zu bewegen wollte, hielt kurz inne. Der Lärm irritierte sie offenbar. Sie drehte ihren Kopf zur Seite. Jetzt sah ich ihr Profil. Es war eine Frau. Ellen? Ich war mir nicht sicher. Ich hatte keine Chance, es genau herauszufinden, denn die Gestalt verschwand aus dem Gang. Das Licht von draußen drang jetzt wieder ungehindert in den dunklen Tunnel ein. Nur wenige Augenblicke später hatte eine Gruppe von Leuten den Durchgang erreicht. Es waren japanische Touristen, die sich das Tübinger Schloss anschauten und die neugierig darauf waren, wo dieser Gang hinführte.

Da diese Richtung nun für mich versperrt war, machte ich eine

Kehrtwendung und beeilte mich, zur Rückseite des Schlosses zu kommen.

Als ich endlich den dunklen Gang hinter mir hatte, lehnte ich mich an die Brüstung der Burgmauer und atmete erst einmal kräftig durch. Diese Begegnung der dunklen Art hatte mir doch ziemlich zugesetzt.

Von hier aus konnte man hinunter in den Burggraben blicken. Dort standen große Scheiben, die als Ziel für Bogenschützen dienten. Das Gelände war allerdings menschenleer, keiner der Sportler zu sehen. Dafür aber entdeckte ich auf der anderen Seite des Grabens eine Person, die mir den Rücken zudrehte. Ihre Umrisse kamen mir bekannt vor, doch ich konnte sie keinem mir bekannten Menschen zuordnen. Ich wartete darauf, dass sich die Person umdrehte, damit ich ihr Gesicht sehen konnte.

Plötzlich war ich von lauter Menschen umringt. Die Touristengruppe war lachend aus dem Durchgang herausgesprudelt und hatte sich an der Brüstung der Burgmauer versammelt. Der dunkle Tunnel hatte ihnen offenbar wesentlich mehr Spaß bereitet als mir. Die Japaner zückten ihre Kameras und baten mich, sie alle vor dem Durchgang und dann vor dem tiefen Burggraben abzulichten. Ich tat ihnen den Gefallen, verlor auf diese Weise aber die Person auf der anderen Seite des Grabens aus den Augen.

Die Touristen waren zufrieden und traten ihren Rückweg an. Ich mischte mich unter sie, um so nicht noch einmal alleine einer dunklen Gestalt in dem Durchgang zu begegnen. Im Schlosshof angekommen, schaute ich mich um. Ich lief kreuz und quer durch das Carré, kontrollierte jeden Ein- und Aufgang, konnte Ellen aber nirgendwo ausfindig machen.

Also machte ich mich unverrichteter Dinge wieder auf den Heimweg.

Ich hatte das Gefühl, dass sich etwas zusammenbraute. Dies zeigte sich bereits, als am frühen Abend die Rechtsanwältin, Frau Jelinek, wieder anrief. Sie war außer sich. Kathrin wolle ihr Gewissen erleichtern und ein Geständnis ablegen, berichtete sie. Sie habe sie gerade noch davon abhalten können, sofort die Vernehmungsbeamten zu holen. Am nächsten Tag wollte Frau Jelinek noch einmal mit Kathrin reden und sie davon überzeugen, dass es weiterhin besser sei, vorerst zu schweigen. Man müsse erst abwarten, was die Polizei alles an Indizien zusammengetragen habe. Kathrin wolle auch etwas über ihren Mann sagen. Vorher wolle Kathrin aber ihre Freundin Ellen sehen.

»Bisher spielte doch Frau Hoffers Mann überhaupt keine Rolle. Wissen Sie etwas darüber? Und auch über einen Sturz von der Blauen Brücke?«

»Ich glaube, ich könnte Ihnen da weiterhelfen.«

»Sie sind offensichtlich besser informiert als ich. Wie soll ich Frau Hoffer verteidigen, wenn sie mir dauernd etwas Neues auftischt. Ich denke, wir sollten dringend miteinander reden. Können Sie morgen Vormittag in meiner Kanzlei in der Doblerstraße vorbeischauen.«

Ich sagte zu. Gerade als Rotraud Jelinek sich von mir verabschieden wollte, fiel ihr noch etwas ein.

»Ich wollte gestern Frau Hoffers Freundin, diese Ellen, mir fällt gerade ihr Nachname nicht ein, erreichen. Auch ich muss sie dringend sprechen. Sie ging aber nicht ans Telefon. Ich bin auch nach Bebenhausen gefahren, aber sie hat mir nicht aufgemacht, obwohl in ihrer Wohnung Licht brannte. Sie hat auf mein Klingeln nicht reagiert. Ich habe ihr eine Nachricht im Briefkasten hinterlassen. Bisher hat sie sich aber nicht gemeldet. Wissen Sie, was mit ihr los sein könnte? Ob sie sich derzeit überhaupt in Bebenhausen aufhält?«

»Nein, ich habe keine Ahnung, wo Ellen sein könnte.« Ich berichtete der Rechtsanwältin, dass ich Ellen in der Nähe des Tübinger Schlosses gesehen hatte.

»Zumindest ist sie offenbar noch im Lande. Sollten Sie sie noch einmal irgendwo in der Stadt antreffen, sagen sie ihr, dass sie sich dringend mit mir in Verbindung setzen soll.«

Nach dem Gespräch mit Frau Jelinek überlegte ich, was Kathrin ihrer Anwältin wohl über den Brückensturz sagen wollte. Was war damals auf der Blauen Brücke passiert? War sie der Schatten gewesen, den Lena Finthen gesehen hatte? Oder Ellen? Oder keine von beiden?

Ellen war der Schlüssel zu dieser Geschichte. Nur sie konnte mich weiterbringen. Der Vorfall im Tübinger Schloss, der vergebliche Versuch von Frau Jelinek, Ellen zu erreichen, irgendetwas stimmte hier nicht. Ich redete mit Nelly darüber. Sie sah mir meine Unruhe an.

»Du hältst es doch gar nicht aus, hier tatenlos herum zu sitzen«, sagte Nelly.

»Aber, was soll ich tun?«

Wir sahen uns an. Nelly wusste sofort, was mir im Kopf herum ging.

»Ich weiß nicht, ob das eine gute Idee ist, nochmal nach Bebenhausen zu fahren.«

»Ich möchte mich einfach nur einmal umschauen.«

»Du willst zu Kathrins Freundin.«

»Ich könnte ihr sagen, dass Rotraud Jelinek sie sucht.«

»Meinst du, so wie sie bisher auf dich reagiert hat, sie redet überhaupt mit dir?«

Ich zuckte mit den Schultern.

»Vielleicht ist sie gar nicht da«, meinte Nelly.

»Lass uns nachschauen.«

Nelly musterte mich nachdenklich.

»Sagtest du gerade uns?«

»Ja, denn ich möchte, dass du mitkommst. Ich brauche Rückendeckung, einen Zeugen oder was auch immer.«

Nelly verzog das Gesicht.

»Jetzt brauchst du mich wieder, weil du dich nicht alleine in deine Abenteuer traust.«

»Sieht so aus. Es wäre mir wohler, wenn du dabei wärst. Wir sind ein eingespieltes Team. Wir sind einfach …«

»Feigling.«

»So kann man es auch sagen.«

»Gut, ich komme mit, aber ich bleibe im Hintergrund.«

Kurz darauf waren wir auf dem Weg nach Bebenhausen. Es begann bereits, zu dämmern.

Ich stellte meinen Wagen auf dem kleinen Parkplatz am Tor zum Kloster ab. Wir liefen den Weg an der Klostermühle entlang. Es war ein sehr ruhiger Abend. In dem kleinen Ort war um diese Zeit niemand mehr unterwegs.

Als wir Kathrins und Ellens Wohnung erreichten, schauten wir uns um. In dem Haus waren fast alle Fenster dunkel, nur in einem war ein schwacher Lichtschein erkennbar.

»Hier müsste Ellens Teil der Wohnung liegen«, meinte ich und deutete auf das helle Fenster.

Wir standen eine Weile unentschlossen vor dem Haus herum.

»Sie muss doch zu Hause sein, wenn in ihrem Zimmer Licht brennt«, sagte ich.

»Schau doch nach«, forderte mich Nelly auf.

Ich nickte und ging zur Eingangstür. Ich drückte auf den Klingelknopf. Nichts regte sich. Nachdem auch beim zweiten Klingeln niemand reagierte, ging ich ein paar Schritte zurück und schaute nach oben. Plötzlich stand Nelly hinter mir.

»Entweder macht sie nicht auf oder sie hat vergessen, das Licht auszuschalten.«

Wir standen ratlos herum.

»Lass' uns ein wenig durch Bebenhausen spazieren und dann noch einmal hierher zurückkommen. Vielleicht tut sich noch etwas.«

»Warum nicht. Etwas frische Luft und Bewegung ist gut für uns«, sagte Nelly.

Wir gingen zurück zum Parkplatz und von dort durch das große Tor der Klosteranlage. Die Dämmerung war nun weit fortgeschritten. Trotzdem konnten wir noch gut den Kräutergarten vor der Tür zum Kreuzgang erkennen. Wir passierten das Sommerrefektorium und das Abtshaus. Als wir die Klosterkirche erreicht hatten, war es fast vollkommen dunkel. Ich deutete auf ein kleines Licht oben am Hang.

»Dort oben steht eines meiner Traumhäuser. Hat ein Mann seiner Geliebten gebaut. Mit Rosengarten.«

»Schön.« Das war alles, was Nelly dazu sagte.

Wir gingen weiter an den malerischen Fachwerkhäusern vorbei. Durch den Schreibturm verließen wir die Klosteranlage, in der, wie uns ein Schild erklärte, auch die Tübinger Forstdirektion untergebracht war. Kurz darauf standen wir wieder vor Kathrins Wohnung. Inzwischen war Nacht. Das trübe Licht einer Straßenlaterne beleuchtete das alte Kopfsteinpflaster nur spärlich. Wir warteten eine Weile vor dem Haus. Das Licht hinter dem Fenster im Obergeschoss brannte immer noch. Eine Bewegung hinter dem Fenster war allerdings nicht zu erkennen. Sonst war das Haus vollkommen dunkel.

»Glaubst du, das Licht brennt jetzt schon zwei Tage lang, ohne Unterbrechung?«, fragte mich Nelly.

»Könnte sein, wenn das stimmt, was die Anwältin sagt.«

Wieder standen wir eine paar Minuten wortlos herum.

»Beobachte das Fenster«, forderte ich Nelly auf und ging zur Tür. Ich drückte noch einmal den Klingelknopf. Als sich nach zwei Minuten nichts tat, kehrte ich zu Nelly zurück.

»Hast du oben irgendetwas gesehen?«, fragte ich sie.

»Nein.«

»Vielleicht sollte ich doch einmal nachsehen.«

»Wie meinst du das?«

Ohne zu antworten ging ich zurück zum Eingang. Ich steckte meine rechte Hand zwischen die beiden Blumenkübel, die neben dem Eingang standen. Es dauerte nicht lange und ich hatte gefunden, was ich suchte. Ich hielt die beiden Schlüssel in der Hand und hielt sie Nelly entgegen. Sie staunte nicht schlecht über das, was ich alles wusste.

»Leichtsinnig«, sagte sie.

»Ja. Aber praktisch. Du wartest bitte hier.«

Bevor Nelly etwas einwenden konnte, war ich an der Haustür und schloss auf. Über das Treppenhaus gelangte ich ins Obergeschoss. Ich klingelte dort noch einmal und klopfte auch an die Tür. Nichts regte sich in der Wohnung. Im ganzen Haus blieb es still. Ich wartete kurz, dann schloss ich auf. Vorsichtig drückte ich die Tür nach innen auf.

»Hallo Ellen, bist du zuhause«, rief ich mit gedämpfter Stimme in die Wohnung.

Ich erhielt keine Antwort. Ich drehte mich noch einmal um, schaute im Treppenhaus nach oben und unten. Kein Mensch weit und breit, kein Geräusch, nichts. Ich drehte mich um und ging in die Wohnung. Leise schloss ich hinter mir die Wohnungstür. Ich tastete mich langsam in der Dunkelheit nach vorne. Schließlich hatte ich das Zimmer erreicht, in dem das Licht brennen musste.

Die Tür war verschlossen, doch der Schein einer Lampe drang unter der Türkante hindurch. Ich wartete einen Augenblick. Alles war immer noch still. Ich klopfte an die Tür. Kein Laut kam aus dem Zimmer. Ich traute mich fast nicht zu atmen.

»Ellen«, sagte ich leise und wartete.

Als ich keine Antwort erhielt, legte ich meine Hand auf die Türklinke. Mein Herz klopfte laut.

Sollte ich ins Zimmer gehen oder lieber alles so belassen, wie es war und schleunigst wieder aus dieser Wohnung verschwinden? Ich drückte die Klinke langsam nach unten und hielt sie einige Sekunden fest umklammert in der Hand. Noch zögerte ich, die Tür zu öffnen. War Ellen in diesem Zimmer oder nicht? Und was erwartete mich hinter dieser Tür? Gerade als ich sie öffnen wollte, summte mein Handy. Ich ließ die Türklinke los und zog mein Telefon aus der Hosentasche. Das Display zeigte mir an, dass Nelly am anderen Ende der Leitung war.

»Hallo, was ist?«, flüsterte ich ins Telefon.

»Du musst verschwinden. Es ist jemand an der Haustür.«

»Kannst du erkennen, ob es Ellen ist?«

»Nein, es ist zu dunkel. Aber ich glaube, es ist eine Frau.«

»Hat sie dich gesehen?«

»Nein, ich hab' mich in einer dunklen Ecke versteckt.«

»Vielleicht ist es Rotraud Jelinek.«

»Glaube ich nicht.«

»Wieso?«

»Diese Frau hat einen Schlüssel.«

»Dann muss es doch Ellen sein.«

»Sie geht ins Haus. Die Treppe hinauf.«

Das sah nicht gut für mich aus. Ich war mir sicher, es war Ellen. Wenn ich Ärger vermeiden wollte, durfte sie mich nicht hier in der Wohnung antreffen. Ich musste schleunigst verschwinden. Weil ich die Klinke zu Ellens Zimmer bereits nach unten gedrückt hatte, war die Tür einen Spaltbreit aufgesprungen. Durch ihn konnte ich ins Zimmer sehen. Der Atem blieb mir weg. Ich blickte auf die Beine eines Menschen. Wie in Trance drückte ich die Tür auf und trat ins Zimmer. Auf dem Bett lag Ellen, in einer großen Blutlache. Sie hatte sich die Pulsadern aufgeschnitten. Ich stürzte auf das Bett zu, doch ich sah sofort, dass es zu spät war. Ellen musste schon längere Zeit tot sein.

Ich kniete mich neben ihrem Bett auf den Boden und berührte ihre Schulter. Tränen standen in meinen Augen, mein Magen rebellierte. Plötzlich hörte ich hinter mir ein Geräusch. Die Wohnungstür wurde aufgeschlossen. Wer konnte das sein? Eine Polizeibeamtin? Aber alleine? Ganz gleich, wer es war, es durfte mich niemand hier finden. Ich sah mich schnell nach einem Versteck um. Es blieb nur das Bett vor mir übrig. Ich legte mich auf den Rücken und schob mich seitlich unter das Bettgestell, auf dem Ellen lag. Dabei stütze ich mich mit dem Ellenbogen kurz auf dem Boden ab. Ein Schmerz durchfuhr plötzlich meinen Arm. Ich musste erst einen Schrei und dann ein Husten unterdrücken, weil ich in der Aufregung den Staub unter dem Bett eingeatmet hatte.

Ich befühlte meinen Arm und entdeckte einen kleinen Gegenstand, der in die Haut eingedrungen war. Es war eine Nadel, die in meinem Arm steckte. Mit ihr verbunden war ein kleiner Gegenstand. Ich zog die Nadel vorsichtig heraus und fluchte leise dabei. Ich drehte meinen Kopf zur Seite und sah mir den Gegenstand genauer an. Die Nadel gehörte zum Verschluss eines Ohrrings. Es war, soweit ich es erkennen konnte, eine vergoldete Kreole, die mit kleinen Steinen besetzt war. Ich behielt den Ohrring in der Hand und schob mich schnell weiter unters Bett. Als ich die Mitte des Gestells erreicht hatte, blieb ich liegen. Ellen musste jetzt genau über mir sein. Der Geruch war nur schwer zu ertragen. Aber wo war die Person, die gerade in die Wohnung gekommen war? Ich konnte von meiner Position aus niemanden sehen.

Doch die Antwort folgte prompt. Ich hörte ein leises Knarren. Ich drehte meinen Kopf zur Seite und sah zur Tür. Ich konnte die Spitzen von einem Paar weißer Turnschuhe erkennen. Plötzlich wurde das Knarren lauter. Die beiden Schuhe schoben sich ins Zimmer. In den Schuhen steckte ein Mensch. Ich hielt den Atem an.

Der Mensch ging langsam ins Zimmer. Von der Größe der Schuhe her zu schließen, musste es sich um eine Frau handeln. Sie ging ums Bett herum. Ich hörte leise Schritte. Es klang so, als ob die Person etwas im Zimmer suchte. Die Person kam wieder in meine Richtung zurück. Offensichtlich störte sich die Frau überhaupt nicht an Ellen, die tot auf dem Bett lag.

Plötzlich war es wieder ganz still. Dann sah ich, wie die Füße sich umdrehten und mit schnellem Schritt das Zimmer verließen. Sekunden später hörte ich, wie die Wohnungstür ins Schloss fiel. Ich atmete tief durch. Die Frau musste die Wohnung verlassen haben. Vielleicht hatte sie gefunden, was sie gesucht hatte. Aber was konnte das gewesen sein?

Im Augenblick war es mir egal. Ich war nur froh, dass ich mein Versteck verlassen konnte. Ich wartete noch ein, zwei Minuten und kroch dann unter dem Bett hervor. Alles im Haus war ruhig. Ich kontrollierte kurz das Zimmer. Soweit ich sehen konnte, hatte sich nichts verändert. Dann betrachtete ich Ellen. Das ganze Blut auf dem Bett, das blasse, leblose Gesicht, es war ein schrecklicher Anblick.

Das brachte mich zu meiner unheimlichen Begegnung zurück. Wer war diese Frau gewesen, die sich nicht an Ellen gestört und das Zimmer durchsucht hatte? Was hatte sie hier gewollt?

Ich drehte mich um und ging quer durchs Zimmer. Dabei fiel mein Blick auf einen Umschlag, der auf dem Couchtisch lag. Er war an Kathrin adressiert. Es war wahrscheinlich Ellens Abschiedsbrief. Als ich ihn etwas zu mir drehen wollte, merkte ich, dass ich noch den Ohrring in der Hand hielt. Ich legte ihn auf den Couchtisch neben den Brief. Im gleichen Augenblick summte wieder mein Handy. Ich erkannte auf dem Display, dass es Nelly war. Ich ging ein paar Schritte bis zum Fenster und blickte auf die Straße. Es war niemand zu sehen, auch Nelly nicht.

»Was ist los?«, fragte Nelly aufgeregt.

»Alles okay. Ist die Frau bei dir vorbeigekommen?«, fragte ich sie.

»Was meinst du?«

»Die Person, die ins Haus gegangen ist.«

»Nein. Sie muss noch drin sein. Hier ist alles ruhig.«

»Verdammt.«

»Was ist?«

Ich legte sofort auf. Wo war diese Person? Es war höchste Zeit aus dieser Wohnung zu verschwinden.

Doch ich kam nicht weit. Im Türrahmen stand eine Frau. Ich erkannte sie sofort, es war Evelyn Rosenberg.

Die Staatsanwältin hielt eine Pistole in der Hand, die sie auf mich richtete.

»Sie sind doch dieser Journalist. Was machen Sie denn hier?«, schrie sie mich an.

»Das Gleiche müsste ich Sie fragen.«

»Sie stellen hier keine Fragen!«

Einen Augenblick lang starrten wir uns wortlos an. Frau Rosenberg war so überrascht wie ich. Sie wirkte unsicher.

»Warum haben Sie noch nicht die Polizei gerufen?«, fragte ich sie.

»Sie wird gleich hier sein.«

Ich glaubte ihr nicht.

»Wir können unten warten«, schlug ich vor.

»Nein. Sie bleiben hier. Ich möchte wissen, was Sie hier suchen und wie Sie hier hereingekommen sind.«

»Ich habe einen Schlüssel. Kathrin Hoffer hat ihn mir gegeben«, log ich.

Evelyn Rosenberg überlegte. Ihre Waffe hielt sie immer noch in meine Richtung.

»Nehmen Sie doch die Pistole weg.«

»Nein. Ich möchte wissen, warum Sie hier sind.« Ihre Stimme war schärfer geworden.

»Ich habe mir Sorgen um Ellen gemacht. Kathrins Anwältin hat mehrmals vergeblich versucht, sie zu erreichen. Da dachte ich, ich schaue mal nach ihr. Wenn ich jetzt sehe, was passiert ist, hätte ich das früher tun sollen. Vielleicht wäre ich noch rechtzeitig gekommen.«

Evelyn Rosenberg blickte kurz zum Bett.

»Das glaube ich nicht.«

»Der Tod von Ellen scheint sie nicht sehr zu berühren.«

Die Staatsanwältin antwortete nicht. Ihre Mundwinkel zuckten leicht.

»Ich glaube, hier liegt ihr Abschiedsbrief.« Ich zeigte auf den Couchtisch.

»Ich weiß.«

Die Antwort kam zu schnell. Das merkte auch Evelyn Rosenberg. Sie ging zum Tisch. Im selben Augenblick entdeckte sie den Ohrring neben dem Kuvert. Sie zuckte zurück. Mir wurde heiß und kalt. Mir fiel plötzlich ein, woher ich den Ohrring kannte. Er war mir bei der Pressekonferenz aufgefallen. Evelyn Rosenberg hatte ihn getragen.

Außerdem hatte ich auch auf einmal die Situation hinter dem Schloss vor Augen. Die Person auf der anderen Seite des Burggrabens war die Staatsanwältin aus Hamburg gewesen, deshalb war mir diese Person so bekannt vorgekommen. Rosenberg und Ellen mussten sich schon länger und recht gut kennen. Machte sie das verdächtig? Oder gehörte das alles nur zu ihrer Ermittlungsarbeit?

Evelyn Rosenberg starrte auf den Ohrring. Sie hob den Kopf und sah mir in die Augen.

»Was wissen Sie?«, fragte sie mich unverblümt.

Evelyn Rosenberg ging langsam auf den Couchtisch zu.

»Der Ohrring gehört Ihnen«, sagte ich.

»Sind Sie sich sicher?«

»Ja, Sie haben ihn bei der Pressekonferenz getragen und haben ihn hier in der Wohnung verloren. Er lag unter dem Bett.«

»Jetzt habe ich ihn ja wieder.« Sie griff nach dem Ohrring.

»Warten Sie.«

Rosenberg zuckte kurz zurück. Plötzlich wurde mir klar, was hier ablief.

»Sie waren hier, als sich Ellen getötet hat. Haben Sie sie auf dem Gewissen?«, schrie ich sie an.

»Sie sind ja verrückt.« Die Staatsanwältin schien jetzt die Fassung zu verlieren.

»Warum haben Sie niemanden verständigt?«

Evelyn Rosenberg starrte mich an, sagte aber kein Wort.

»Und warum sind Sie jetzt wieder hier?« Ich ließ die Frage kurz wirken.

»Sie haben den Ohrring gesucht. Es sollte ihn niemand hier finden, weil dann die Frage aufgetaucht wäre, wie der Ohrring hierher kommt. Unters Bett.«

Evelyn Rosenberg schaute mich an.

»Sie haben zu viel Fantasie«

»Wirklich?«

Evelyn Rosenberg wurde zusehends nervöser. Plötzlich kippte ihr Ton.

»Wenn Sie so weitermachen, werden Sie zu einem Problem.«

»Noch eine Fantasie: Ellen hat sich gar nicht selbst getötet«, sagte ich plötzlich.

Rosenbergs Hände zitterten, was ich am Lauf der Pistole erkennen konnte.

»Was für ein Blödsinn. Stecken Sie Ihre Nase nicht in Dinge, die Sie nichts angehen. Das kann gefährlich werden«, herrschte mich Evelyn Rosenberg an.

Die Staatsanwältin umklammerte fest den Griff ihrer Waffe, die jetzt wieder auf mich gerichtet war.

»Legen Sie doch die Pistole weg«, sagte ich leise.

Evelyn Rosenberg schwieg, starrte mich nur an.

Was ging in ihrem Kopf vor?

»Was steht in dem Brief?«, fragte ich sie. Ich versuchte, die Staatsanwältin von mir abzulenken.

»In welchem Brief?« Evelyn Rosenbergs Mundwinkel zuckten immer heftiger.

»Ellens Abschiedsbrief.«

»Was soll dort drin stehen?« Evelyn Rosenbergs Stimme verlor an Kraft.

»Was wirklich geschehen ist.«

»Seien Sie einfach nur still.«

Evelyn Rosenberg war für einen Augenblick nicht mehr bei der Sache. Ihre Gedanken schienen irgendwo zu sein, nur nicht hier in diesem Raum.

»Was ist geschehen?«, bohrte ich nach.

»Zu viel. Zu viele Menschen sind ums Leben gekommen. Ich wollte das nicht. Ich kann nicht mehr weiter.« Sie sprach so leise, ich konnte sie kaum noch verstehen.

»Gut, lassen Sie uns jetzt auf die Polizei warten.«

Für einen Augenblick schien die Kraft wieder in Frau Rosenbergs Körper zurückzukehren. Sie sah mich durchdringend an, mit einem Blick, der mir deutlich machte: Es kam keine Polizei.

Für Sekunden wurde es völlig still. Rosenberg zog sich Richtung Tür zurück. Die Pistole hatte sie noch auf mich gerichtet.

»Warum sind Sie nur hierher gekommen?«, fragte sie.

Im gleichen Augenblick nahm ich ein Knarren und eine schnelle Bewegung hinter Rosenberg wahr. Sie schrie kurz auf, stürzte nach vorn und landete krachend und benommen auf dem Boden.

Ein harter Schlag hatte sie auf den Hinterkopf getroffen. In der Tür stand Nelly. Sie hielt einen schweren Holzprügel in der Hand.

25

Evelyn Rosenberg saß zusammengekauert auf dem Boden und stöhnte. Sie lehnte an dem Bett, auf dem Ellen lag. Mit der rechten Hand rieb sie sich die Stelle am Hinterkopf, die Nelly getroffen hatte. Nelly stand bei der Tür. In der Hand hielt sie immer noch den Holzprügel. Doch ihr Griff lockerte sich, das Stück Holz glitt ihr aus der Hand und fiel zu Boden. Das unerwartete Geräusch schreckte mich auf. Ich sah zu Nelly hinüber, die sehr blass im Gesicht war und sichtlich geschockt auf einen imaginären Punkt auf der Wand starrte.

Die Gefahr war vorüber. Evelyn Rosenberg hatte nach Nellys Schlag die Waffe verloren. Es war nicht schwer für mich gewesen, mir die Pistole zu holen. Ich hielt sie in der Hand, etwas unsicher, was ich mit ihr anfangen sollte. Aber ich musste sie erst gar nicht als Drohmittel einsetzen. Evelyn Rosenberg wirkte immer noch leicht benommen. Sie schien aufgegeben zu haben. Ihre Selbstsicherheit, wie ich sie auch von der Pressekonferenz her kannte, war gänzlich aus ihrem Gesicht verschwunden. Ihre Gesichtszüge waren erschlafft und doch war auch so etwas wie Erleichterung in ihnen zu lesen, dass alles vorüber war. Nelly war die Erste, die diese Stille nicht mehr aushielt.

»Ist das Ellen?« Sie deutete aufs Bett.

Ich nickte. Dann drehte sie sich zu Evelyn Rosenberg um.

»Und wer ist das?«, fragte sie mit zittriger Stimme.

»Das ist jemand, der eigentlich zu den Guten gehören sollte.«

Nelly sah mich fragend an.

»Evelyn Rosenberg, eine Staatsanwältin aus Hamburg. Sie ist

Teil der Ermittlungsgruppe, die den Schönbuch-Mörder sucht. Ich denke, sie steckt selbst tief in dieser Geschichte drin. Sie wird nun sicher einiges erklären müssen.«

Evelyn Rosenberg blickte kurz auf. Ihr Blick war hohl. Resigniert senkte sie den Kopf.

»Hat sie auch Ellen getötet?«, fragte Nelly.

»Nein.«

Evelyn Rosenbergs vehementer Zwischenruf war wie ein Schlüssel, der eine geheime Tür öffnete. Sie musste reden, musste Ballast ablegen. Es war zu Ende.

»Nein, ich habe sie nicht getötet. Aber ich bin schuld, dass sie …« Ihre Stimme brach ab.

»Hat Ellen den Mann im Schönbuch getötet?«

Sie schüttelte den Kopf.

»Ich habe ihn erschossen.«

»Sie?«

»Es hat doch keinen Sinn mehr. Ich habe einfach keine Kraft mehr.«

Evelyn Rosenberg richtete mit Mühe ihren Oberkörper auf und starrte mich an.

»Sie haben Vogt nicht gekannt. Dieser skrupellose Blender. Er war so von sich selbst überzeugt, dass es einem schlecht werden konnte.«

Die Staatsanwältin stöhnte kurz auf und hielt sich den Kopf.

»Aber er hatte eine große Begabung. Er wusste, wie er mit Menschen umgehen muss, wie man sie um den Finger wickelt. Und das hat er gnadenlos ausgenutzt. Ich habe ihn im Gericht erlebt. Mir konnte er nichts vormachen. Ich kenne diese Typen. Hatte ja laufend mit denen zu tun.«

Rosenberg atmete tief durch.

»Sie hätten die Familien sehen sollen, die er ruiniert hat. Da waren Leute dabei, die ihr ganzes Geld verloren haben. Familienväter, die gerade ihre Existenz aufbauen wollten, genauso, wie alte Menschen, die überzeugt waren, ihr Geld sei sicher angelegt. Am Ende ist ihnen nichts geblieben, als die paar Euro ihrer kleinen Rente.«

»Er hat dafür im Knast gesessen«, sagte ich.

Rosenberg lachte kurz auf.
»Ja, das hat er. Aber das hat die Sache doch nicht wieder in Ordnung gebracht. Er ist viel zu gut weggekommen. Sie hätten sehen sollen, wie er sogar die Richter eingewickelt hat. Die haben ihm seine Reue glatt abgenommen. Ich konnte es nicht fassen. Vogt war nicht lange im Knast. Der war schnell wieder draußen. Er gab sehr überzeugend den geläuterten Kriminellen. Halbstrafe, Freigang. Und schon war er fort.«
Sie schüttelte mit dem Kopf und machte eine verächtliche Handbewegung.
»Und kaum war er draußen, da ging es weiter.«
»Und deswegen haben Sie diesen Vogt umgebracht, erschossen?«, fragte Nelly, die langsam außer sich war.
Evelyn Rosenberg antwortete nicht sofort. Sie verbarg ihr Gesicht mit beiden Händen und atmete tief durch. Die nächsten Worte fielen ihr offenbar schwer.
»Er hat das Leben so vieler Menschen zerstört. Vogt war ein skrupelloses Schwein. Wenn ihn einer dieser Menschen getötet hätte, ich hätte ihn nicht anklagen können.«
»Aber keiner von ihnen hat ihn getötet. Sie haben ihn erschossen.«
»Ja, und? Er hat es verdient«, schrie die Staatsanwältin. Ehe Nelly etwas entgegnen konnte, fuhr Evelyn Rosenberg fort.
»Wir haben ihn aus den Augen verloren. Doch plötzlich tauchte er wieder auf. Und diesmal war er ganz nah, zu nah.«
»Was ist passiert?«, fragte Nelly.
Die Staatsanwältin schaute Nelly an. Ihre Mundwinkel zitterten. Tränen standen ihr in den Augen. Nur mit Mühe hielt sich Evelyn Rosenberg unter Kontrolle.
»Er kam zurück und wollte es mir heimzahlen, wahrscheinlich weil ich ihn so hartnäckig verfolgt habe und ihn für immer hinter Gittern sehen wollte. So etwas hatte ich ihm einmal während des Prozesses direkt ins Gesicht gesagt. Er hat genau gewusst, was er tat. Vogt hat sich an meine Freundin herangemacht. Mein Gott, sie war so ein lieber Mensch. Wir waren wie Geschwister. Ich konnte mich immer auf sie verlassen. Wir haben über alles geredet, haben uns immer gegenseitig geholfen. Aber in diesem einzigen Fall hat

sie mir nichts gesagt. Er hat alle Tricks angewandt, dass sie die Beziehung für sich behielt.«

Evelyn Rosenberg stöhnte auf.

»Verdammt nochmal, ich hatte den Kerl direkt vor meiner Nase und ich habe es nicht gemerkt. Ich hätte es merken müssen.«

»Was hat er ihrer Freundin angetan?«, fragte Nelly vorsichtig. Ich bewunderte sie, wie es ihr gelang Evelyn Rosenberg aus der Reserve zu locken.

»Er hat sie ausgenommen, auch sexuell. Und dann hat er sich aus dem Staub gemacht, hat sie fallen lassen, wie eine heiße Kartoffel. Es war nicht das erste Mal, dass ihr so etwas passiert war. Und jetzt mit Vogt, das war zu viel für sie. Sie erlitt einen Nervenzusammenbruch, kam in eine psychiatrische Klinik. Ich musste ihr versprechen, niemandem etwas von der Geschichte mit Vogt zu erzählen. Sie hat sich so geschämt. Weil sie ihm letztlich auch mehr vertraut hatte, als mir. Weil sie so naiv in seine Falle getappt war.«

Evelyn Rosenberg schluckte schwer.

»Sie wurde depressiv. Der Aufenthalt in der Klinik half ihr nicht weiter. Einen Monat später hat sie einen Überdosis Schlaftabletten geschluckt. Sie fiel ins Koma. Sie ist nicht mehr aufgewacht. Wenigstens war ich noch bei ihr, als sie starb.«

Evelyn Rosenberg rang um Fassung.

»Ich habe mir Vorwürfe gemacht. Ich fühlte mich mitschuldig an Hannahs Tod. Wenn ich nicht gewesen wäre, hätte sie ihn wahrscheinlich nie kennen gelernt.«

»Und dann sind Sie ihm nach«, mischte ich mich ein.

»Ja, er durfte doch nicht davon kommen. Er hat den liebsten Menschen, den ich jemals hatte, auf dem Gewissen. Ich habe recherchiert, alle Hebel in Bewegung gesetzt, aber ich kam immer zu spät. Er war weg. Untergetaucht, wie vom Erdboden verschluckt. Ich habe meine Kollegen eingeschaltet, habe ihnen alles Mögliche vorgemacht. Dass ich mir sicher sei, dass Vogt wieder Leute betrügt. Ich konnte ihnen doch nichts von Hannah erzählen. Aber wir kamen einfach nicht weiter. Nach einem Jahr wurden die Ermittlungen zurückgefahren, dann eingestellt. Meine Kollegen waren sich nicht sicher, ob wir hinter dem richtigen Mann her waren.

Mein Chef hat mich von dem Fall abgezogen. Er meinte ich sei emotional zu sehr engagiert, könne die nüchternen Fakten nicht sehen. Was für ein Idiot. Ich habe aber nicht aufgegeben, ich habe alleine weitergemacht, wenn ich Zeit hatte, unauffällig, auch außerhalb meiner Dienstzeit. Und es hat sich ausgezahlt. Ich habe aus guter Quelle einen Tipp bekommen. Den Tipp mit den Single-Plattformen im Internet. Ich habe alle abgeklappert. Ich habe lange gebraucht, aber ich habe ihn gefunden. Ich war mir jedenfalls ziemlich sicher, dass er es war. Im Netz findet man eben alles und jeden.«

Es sprudelte förmlich aus Evelyn Rosenberg heraus. Sie schien wieder zu Kräften zu kommen.

»Diesmal sollte er aber nicht wieder davon kommen. Ich pirschte mich an den Typen heran, beobachtete genau, was er in diesen Chatrooms trieb. Er hatte sich ein Pseudonym, einen Nickname zugelegt. Er nannte sich Freddy. Nach einiger Zeit war mir klar, dass er ein neues Opfer gefunden hatte. Sie nannte sich Jeanette. Immer wenn sie auftauchte, war auch er da. Ich konnte mitlesen, wie er sie langsam einwickelte. Eigentlich hätte ich in diesem Augenblick aufhören und den Fall an meine Kollegen weitergeben sollen. Aber ich fürchtete, dass alles zu langsam gehen würde. Dass meine Kollegen mich vielleicht nicht ernst nehmen würden und ich am Ende zu spät kam. Und dass ich nicht verhindern kann, dass er wieder eine Frau, ein Leben zerstört. Ich musste ihn selbst erwischen, in flagranti. Doch mein Plan ging daneben, völlig daneben.«

Evelyn Rosenberg schwieg eine Weile. Es schien, als ob ihr wieder die Luft ausging. Sie atmete schwer.

»Ach, lassen wir das. Rufen Sie jetzt die Polizei«, sagte sie plötzlich.

Ich nickte, legte die Pistole beiseite und holte mein Handy aus der Tasche.

»Wie kommt Kathrin in diese Geschichte?«, fragte ich währenddessen.

»Kathrin Hoffer war Jeanette. Ich habe einige Zeit gebraucht, ihren richtigen Namen herauszufinden, wie sie wirklich hieß und wo sie wohnte. Aber dann ging alles sehr schnell. Ich musste handeln. Ich vermutete, dass Vogt ein Treffen mit ihr vereinbart hatte. Ich wusste wo Kathrin Hoffer wohnte, also bin ich hierher nach

Tübingen gefahren. Das war leider die falsche Entscheidung. Ich wollte ihn hier vor Ort erwischen und ihn endgültig fertig machen.«

Evelyn Rosenberg stützte ihren Kopf mit beiden Händen ab. Ich hatte Mühe, sie zu verstehen.

»Aber es ging vom ersten Augenblick an schief. Als ich nach Bebenhausen kam, habe ich nicht Frau Hoffer, sondern ihre Freundin Ellen angetroffen.«

Evelyn Rosenberg sah zu mir auf.

»Ich habe mit ihr gesprochen. Danach lief alles aus dem Ruder. Ich möchte ihnen eine Statistik nennen. Nüchterne Zahlen, hinter denen sich aber Schicksale verbergen, die sie sich kaum vorstellen können. In Deutschland gibt es jährlich über 7000 Fälle von Vergewaltigung und sexueller Nötigung, das sind zwanzig am Tag. Eine unglaubliche Zahl. Auch Ellen gehört in diese Statistik. Ich möchte nicht wissen, was sie erlebt hat. Schon mit 16. So ein Erlebnis geht nie aus ihrem Kopf. Das tragen Sie ein Leben mit sich herum.«

Ich stand noch immer mit dem Handy in der Hand da. Evelyn Rosenberg machte eine Kopfbewegung, die mir anzeigte, dass ich die Polizei anrufen sollte. Ich wählte den Notruf und erklärte dem Mann am anderen Ende der Leitung, dass er auch Kommissar Hemmerle informieren sollte. Als ich den Anruf beendet hatte, nickte mir Evelyn Rosenberg zu.

»Als ich Ellen von Vogt erzählt hatte, war sie außer sich. Sie wollte es dem Typen heimzahlen, ich glaube, sie wollte es den Männern heimzahlen. Ich konnte ihre Reaktion verstehen. Und ich ließ mich von ihr mitziehen. Mein Hass auf Vogt hatte sich durch Ellen noch verstärkt. Jetzt war ich auch so weit. Er sollte büßen. Für alles, was er angerichtet hatte.«

Evelyn Rosenberg brach ab und lehnte sich zurück. Sie drehte sich um und betrachtete Kathrins tote Freundin auf dem Bett.

»Ellen hatte ihre eigene Vorstellung, wie man ihn zur Strecke bringen könnte. Sie wollte ihm das zeigen, was Männer Frauen antun. Sie wollte ihn erniedrigen, so wie sie erniedrigt worden war. Ellen brauchte nicht viel, um mich zu überreden. Ich hatte noch das Bild Hannahs vor Augen, das reichte. Und es klang alles so einfach, was Ellen vorhatte. Aber es ging schief.«

»Draußen im Schönbuch?«, fragte ich.

»Ja. Das war Ellens Idee. Es sollte ein symbolischer Akt sein. Der Pfeifferstein. Ellens Freundin Kathrin heißt eigentlich Pfeiffer mit Nachnamen. Hoffer ist ihr Mädchenname. So nennt sie sich heute.

Der Pfeifferstein sollte die Stelle sein, an der Vogt seine Strafe erhalten sollte. Es war leicht, ihn in den Wald zu locken, ihm die Hoffnung auf ein sexuelles Abenteuer vorzugaukeln, um ihn dann fertig zu machen. Er sollte auf dem Boden kriechen, nackt um sein armseliges Leben winseln. Wir wollten ihn dann an einen Baum anbinden und ihn gedemütigt wie eine vergewaltigte Frau zurücklassen. Er sollte nie mehr einer Frau etwas antun.«

Evelyn Rosenberg wurde wieder leiser.

»Aber, man kann sich in der Fantasie noch so viel zu recht legen, in der Realität läuft immer alles anders ab. Ellen hat Jeanette gespielt, ihn in den Wald geführt. So weit lief alles nach Plan ab. Ich habe ihn niedergeschlagen, aber er hat mehr ausgehalten, als ich gedacht habe. Er war schnell wieder bei Bewusstsein, hat sich gewehrt. Und dann hat er mich trotz Maskierung erkannt. Ich geriet in Panik. So hatte ich mir das nicht vorgestellt.«

Frau Rosenbergs Stimme zitterte.

»Wir konnten ihn doch nicht einfach gehen lassen.«

Sie sah mich fast flehentlich an.

»Als er schreiend auf mich los ist, habe ich meine Pistole gezogen und ihm ins Gesicht geschossen. Ich dachte eigentlich immer, es sei schwer, einen Menschen so zu töten, aber es war ganz einfach. Einfach nur den Finger zurückziehen und ...«

Sie ließ den Satz unvollendet.

»Es war ein Schock. Ellen hat mir die Pistole abgenommen und dann noch zweimal auf ihn geschossen. So wären wir beide für seinen Tod verantwortlich, sagte sie. Wir haben ihn zuerst im Wald liegen lassen. Haben ihn, so gut es ging, verscharrt und sind dann einfach abgehauen. Wir wollten ihn später wegschaffen. Irgendwohin, wo ihn niemand findet. Fragen Sie mich nicht, wie wir das machen wollten, ich weiß es nicht. Dann passierten zwei Dinge gleichzeitig, die alles durcheinander wirbelten. Die Leiche wurde durch diesen Typen mit seinem verdammten Caching-Spielzeug viel zu früh gefunden. Wir mussten uns etwas anderes einfallen lassen.«

Evelyn Rosenberg schaute zum Fenster.

»Wo bleibt die Polizei?«, fragte sie.

»Sie werden sicher gleich hier sein.«

Die Staatsanwältin wandte sich wieder mir zu.

»Völlig chaotisch wurde es dann, als Kathrin Hoffers Mann immer penetranter wurde. Er war offenbar schon einige Tage zuvor in Bebenhausen aufgetaucht. Ellen hatte einen großen Hass auf ihn, weil er ihre Freundin früher wie ein Stück Dreck behandelt hatte. Aber Kathrin drohte umzukippen. Zumindest fürchtete das Ellen. Sie fürchtete Kathrins Mitleid. Der Kerl brauchte Geld und ein warmes Bett, wo er unterschlupfen konnte. Frauen können manchmal auch ganz schön dumm sein.«

»Kathrin hat von der Geschichte im Schönbuch nichts erfahren?«

»Nein, nie. Sie war nur enttäuscht, dass ihr toller Freddy plötzlich nichts mehr von sich hören ließ. Wissen Sie, Ellen hatte zuvor ihre Rolle in dem Chatroom übernommen, seine Mails auf ihren Computer umgeleitet. Deshalb wussten wir ja, wann er nach Tübingen kommen würde. Er hat nichts gemerkt. Ellen war richtig gut. Sie hat dem Typen alles Mögliche vorgespielt, ihn richtig heiß gemacht und ihn zum Pfeifferstein-Parkplatz gelotst.«

Mich interessierte noch ein anderes Thema.

»Und was ist an der Blauen Brücke passiert?«

»Das hat mit dieser Sache nichts zu tun. Das soll Ihnen Frau Hoffer erzählen.«

»Sie wissen doch sicher auch, wer Kathrins Mann auf dem Gewissen hat?«

»Nein. Er kam uns in die Quere, und Ellen sagte, sie wolle sich um die Sache kümmern. Ich musste mich ja auch zurückhalten, weil ich mich hier, ohne das Wissen meiner Vorgesetzten in Hamburg, in den Fall eingeschlichen hatte. Ich weiß nicht, was passiert ist. Aber Ellen hat mit Kathrin Hoffer geredet. Danach ist alles außer Kontrolle geraten. Die zwei hatten einen fürchterlichen Streit. Offensichtlich sah Ellen in Kathrin mehr als nur eine Freundin. Nach dem Streit war Ellen jedenfalls sehr getroffen. Sie schlug plötzlich vor, die Geschichte im Schönbuch Kathrin in die Schuhe zu schieben. Es war auch für mich die Chance, gut aus der Sache herauszukommen. Ich habe Ellen geholfen, was gar nicht so schwer war. Schließlich gehörte ich ja zur Ermittlungsgruppe. Ich war jederzeit auf dem neuesten Stand. Aber die Sache stand auf wackligen Beinen. Weil Ellen plötzlich umgekippt ist. Sie hat ein schlechtes Gewissen bekommen. Sie ertrug es nicht, Kathrin im Gefängnis zu sehen. Ellen wurde mit der Situation nicht fertig. Wir hatten deshalb eine schreckliche Auseinandersetzung. Sie wollte zur Polizei gehen, wollte alles auffliegen lassen. Wir sind heftig aneinander geraten, ich meine auch körperlich. Dabei muss ich diesen verdammten Ohrring verloren haben. Sie hat mich geschlagen. Ich bin einfach nur abgehauen und habe in meinem Hotelzimmer darauf gewartet, dass mich meine Kollegen abholen. Aber nichts geschah. Sie hatte nicht bei der Polizei angerufen. Ich bin dann wieder zurück zu Ellen, wollte noch mal mit ihr reden. Sehen, was los ist. Ich hab sie hier gefunden, sie war schon tot. Ich habe Hals über Kopf die Wohnung verlassen, mir war nur noch übel. Erst vor ein paar Stunden bin ich wieder zu mir gekommen. Ich habe versucht, einen klaren Gedanken zu fassen. Dabei ist mir aufgefallen, dass der Ohrring fehlt. Ich konnte ihn nur bei Ellen verloren haben. Wenn die Polizei ihn gefunden hätte, wären Fragen aufgetaucht. Ich habe die blöden Dinger doch die ganze Zeit getragen. Gramer hat mir sogar Komplimente deswegen gemacht.«

Von draußen drang das Blaulicht der Polizeiwagen zu uns herauf.

»Der Nachmittag lief wie in Trance ab. Ich kam mir wie fremd gesteuert vor. Das war nicht mehr ich, die da versuchte, die Geschichte noch so zu drehen, dass ich unbeschadet aus ihr herauskam.«

Stimmen drangen von draußen zu uns hoch.

»Und der Abschiedsbrief hier? Was steht da drin?«

»Ich weiß es nicht, ich habe ihn nicht gelesen. Ich will auch gar nicht wissen, was da drin steht. Ich bin nur noch müde und ich bin froh, das endlich alles vorbei ist.«

Wir hörten Schritte auf der Treppe. Ich ging Richtung Wohnungstür. Im nächsten Augenblick stand ein schwer atmender

Hemmerle, der zahlreiche Kripobeamte direkt hinter sich hatte, vor mir.

»Hier, eine Pistole für sie«, sagte ich und händigte ihm Evelyn Rosenbergs Waffe aus. Hemmerle sah mich mit großen Augen an.

»Sie schon wieder.«

»Ja. Und ich habe eine Überraschung für sie. Die wird Ihnen nicht gefallen.«

Sie hatten Kathrin praktisch von einem ›Gefängnis‹ ins andere verlegt, von der Haftanstalt in Tübingen ins Psychiatriezentrum in Zwiefalten. Der Grund: Nachdem man ihr gesagt hatte, dass Ellen sich das Leben genommen hatte und, dass sie in den Mord im Schönbuch verwickelt war, war Kathrin psychisch und physisch zusammengebrochen. Sie galt als suizidgefährdet.

Die Polizei hatte nach Evelyn Rosenbergs Geständnis sofort alle Vorwürfe gegen sie fallen lassen. Sie war wieder in Freiheit, aber sie war kein freier Mensch. Rotraud Jelinek brachte mir einen Brief vorbei, den Kathrin an mich geschrieben hatte. Darin beteuerte sie, dass sie von allem, was auch Ellens Abschiedsbrief später bestätigte, nichts gewusst habe. Sie schrieb auch von ihrem Mann, der vor Wochen plötzlich bei ihr in Bebenhausen vor der Tür gestanden habe.

»Er sah so elend aus, so heruntergekommen, so fertig, du wirst mich wahrscheinlich nicht verstehen, aber ich hatte einfach Mitleid mit ihm. Ellen hat ihn rausgeworfen. Sie hatte Angst, dass ich schwach werden könnte. Sie wollte mich beschützen, wie sie es vorher getan hatte. Aber er ist wieder gekommen und das hat Ellen mitbekommen«, berichtete Kathrin.

Was dann auf der Blauen Brücke wirklich passiert ist, wird sich wohl nie ganz aufklären lassen. Kathrin jedenfalls konnte mir nur sagen, was sie von Ellen gehört hatte. Danach ist Michael Pfeiffer mitten in der Nacht vor ihrem Haus in Bebenhausen völlig betrunken aufgetaucht. Sie selbst habe fest geschlafen und gar nichts davon mitbekommen. Dafür aber Ellen.

»Michael muss in einer schlimmen Verfassung gewesen sein, sagte mir Ellen. Er konnte kaum noch stehen. Für Ellen war es körperlich kein allzu großes Problem, ihn zu packen und in ihr

Auto zu stecken. Sie hat ihn nach Tübingen verfrachtet. Unterwegs machte sie ihm wohl klar, dass er für immer aus meinem Leben verschwinden sollte. Ich weiß nicht, was sie ihm alles angedroht hat.«

Michael wohnte nach Kathrins Angaben in einem Hotel in der Nähe der Blauen Brücke. Kurz vor dem Hotel sei Michael plötzlich aus dem Auto gesprungen. Ellen habe ihren Wagen abgestellt und sei ihm hinterher gerannt. Auf der Blauen Brücke habe es nach Ellens Worten einen heftigen Disput gegeben. Betrunken wie Michi gewesen sei, sei er übers Geländer gestiegen, »um sich selbst umzubringen, um ihr Angst zu machen oder weil er einfach nicht mehr wusste, wo er eigentlich war.« Er sei noch hin und her getorkelt, habe irgendetwas von Liebe gelallt. Ellen habe nach ihm greifen und ihn zurück übers Geländer ziehen wollen. Doch Michael habe das Gleichgewicht verloren und sei auf die Gleise gestürzt.

»Ob ich ihr das glaube? Ich weiß es nicht. Vielleicht wollte sie ihm wirklich helfen, vielleicht hat sie ihn auch hinunter gestoßen, weil sie ihn so hasste. Wir werden es nie erfahren. Sagen wir, es war ein tragisches Unglück. Und Luka, so schlimm es ist, es hat mir auch eine Last genommen.«

26

Nelly stellte ihren Koffer am Check-in-Schalter im Stuttgarter Flughafen ab. Sie drehte sich zu mir um und nahm mich in den Arm. Ich drückte sie, so fest ich konnte.

»Oh Mann, du nimmst mir die Luft«, sagte sie.

»Ja, ich weiß, bei mir bleibt den Frauen immer die Luft weg.«

»Aber eingebildet bist du gar nicht.« Nelly lachte.

Es war wieder das frische Lachen wie früher. Und es brachte die vielen Sommersprossen in ihrem Gesicht noch mehr zur Geltung.

Ich vermisste sie jetzt schon, diese vielen Sommersprossen, und alles andere drum herum auch.

Nelly hatte mir erklärt, dass sie eine Auszeit brauche. Sie müsse sich klar werden, was sie und vor allem auch wo sie leben wolle, ob in Irland oder Deutschland.

Ihre Schwester war noch in Monaghan, sie wollte sie unbedingt wiedersehen und mit ihr einiges unternehmen, bevor sie wieder in die Staaten zurückkehrte. Ihrem Vater ging es inzwischen wesentlich besser. Und auch ihre Mutter schien sich zu fangen. Nelly wollte gerne einige Zeit mit ihren Eltern verbringen, alte Zeiten wiederbeleben.

Und ich hoffte, dass Nelly danach wieder zurückkommen und mir eine zweite Chance geben würde.

Ich brachte sie zur Gepäckkontrolle. Wir verabschiedeten uns.

»Werde ich dich wieder sehen oder willst du jetzt alles beenden?«, fragte ich.

Nelly sah mich eindringlich an. Küsste mich und ging.

Weitere Regio-Krimis von Veit Müller

176 Seiten

ISBN 978-3-88627-245-7

Luka Blums erster Fall

Lokaljournalist Luka Blum versucht sich als Schriftsteller. Doch diese Entscheidung hat tödliche Folgen. Alles, was er in seinem Krimi schreibt, passiert plötzlich in Wirklichkeit.

192 Seiten

ISBN 978-3-88627-419-2

Luka Blums zweiter Fall

Mitten im Naturpark Schönbuch findet die Polizei die Leiche eines alten Mannes. Luka Blum wittert eine große Story und beginnt zu recherchieren.

192 Seiten

ISBN 978-3-88627-447-5

Luka Blums dritter Fall

Luka Blum gerät in Irland mitten in einen Banküberfall und tötet in Notwehr einen der Räuber. Da dieser Mitglied der IRA war, fürchtet er die Rache der Terroristen, flieht aus Irland und kehrt nach Tübingen zurück.

Oertel+Spörer – der Buchverlag in der Region Neckar-Alb